RÉSIGNÉE.

CORBEIL, IMPRIMERIE DE CRÉTÉ.

RÉSIGNÉE,

PAR

GUSTAVE DROUINEAU.

Ce Monument sera l'œuvre de tous,
et nul ne lui donnera son nom.

TOME PREMIER.

Troisième Édition revue et corrigée.

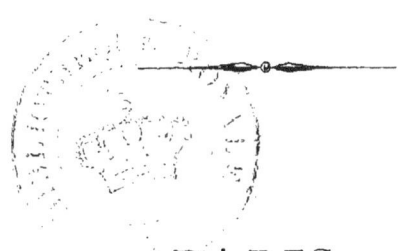

PARIS,

LIBRAIRIE DE CHARLES GOSSELIN,

RUE SAINT-GERMAIN-DES-PRÉS, N° 9.

M DCCC XXXIV.

Hymne.

I.

Isis mystérieuse de l'Égypte, type immortel que Platon enseignait sur le cap Sunium; verbe, que saluait Socrate à sa dernière libation, principe de la vie sociale, source des grandes actions, comme des harmonieuses paroles; essence éthérée, inexplicable, âme, invisible beauté du ciel, n'as-tu pas une image sur la terre? L'âme visible, n'est-ce pas la beauté?

II.

Beauté, consolation de notre exil terrestre, attrait sans cesse renouvelé, puissance consacrée à jamais, tu règnes sur tout l'homme, âme et sens; il te doit les plus doux instans de la vie et ces enivremens de la pensée, qui s'identifie à toi, monte, monte sur l'aile de l'imagination, et te rêve idéale, immortelle dans les cieux.

III.

Quand tu soulèves ton voile, et que tes cheveux se balancent en boucles sur ton front, autour de ton cou; quand tes yeux scintillent d'un feu d'amour; quand ta bouche sourit d'un rire engageant; quand tu baisses tes yeux humides de mélancolie, est-il un mortel qui ne tressaille? N'es-tu

pas déjà le bonheur, image faible et péris-
sable d'un bonheur irrévélé ?

IV.

Soit que Raphaël t'ait douée, sur la toile,
d'une tendresse ineffable; soit que, de nos
jours, le pinceau te représente avec des
grâces plus étudiées; soit que tu brilles par
ces belles lignes grecques si admirées ; soit
que l'expression de l'Italie et de l'Espagne
t'anime, que le charme rêveur de l'Allemagne
et de l'Angleterre t'idéalise, ou que ton
sourire gracieux, tes formes élégantes, la
magie despotique de tes modes, nous sédui-
sent en France; n'es-tu pas la fée moderne,
l'âme de toute poésie ?

V.

Les fictions à la mode te font de gaze et
de soie; adorateurs des formes, presque tous

nos écrivains te promènent sur les tapis des salons, aux lueurs des bougies, des cristaux étincelans des lustres ; ils te peignent glissant sur les parquets, aux accords des contre-danses, au milieu des vertiges de la valse ; ils enseignent comment l'on te séduit !... par des mensonges élégans et d'habiles dédains.

VI.

Le chantre de Julie, Rousseau, qui s'exal-tait par toi ; Rousseau, son tourment à lui-même, l'apôtre passionné de l'amour, en un siècle prostitué à l'épicuréisme ; Rousseau reçut peu de baisers de lèvres réelles ; il embrasait son cœur, son sang et son élo-quence à des baisers imaginaires, et il mou-rut honteux, désespéré de l'outrageante infidélité d'une ignoble servante.

VII.

Byron, qui emprunta à l'Orient les suaves

et fraîches couleurs avec lesquelles il te peignit; Byron, type et créateur, preuve douloureusement éloquente de l'impuissance du matérialisme à rendre heureux; Byron, qui impreignit son style de toi, et qui fut tour à tour ciel et enfer dans sa poésie; voluptueux ou ironique, Byron déchira ta robe de gaze d'une main insultante; alors tu t'inclinas à ses pieds, et lui, abreuvé, ennuyé d'amour, il détourna parfois la tête.

VIII.

On cherche à t'enlever ton prestige, à renfermer ta puissance dans un attrait matériel; on t'achète, on te vend par le mariage, n'en es-tu pas indignée? Seras-tu long-temps privée de tes droits? attends, et réclame-les: mais garde toujours cette pudeur qui refusa la honte du fauteuil saint-simonien; et si ta puissance nous était imposée, si elle traitait

avec l'homme d'égal à égal, si elle cessait
d'être un attrait, tout le charme en serait
détruit.

IX.

Songe que tu n'es plus la beauté païenne,
la beauté sans âme de Lucrèce; la beauté qui
fleurissait au printemps et qu'on effeuillait
dans un festin entre le Falerne et le vin de
Chio, aux sons de la lyre d'Anacréon ou
d'Horace. Près de ces convives, penchés sur
leurs coussins de pourpre, qu'étais-tu? Demande à leurs couronnes de roses, brillantes
avant l'ivresse et toutes flétries après.

X.

Tu n'es plus la beauté fardée que chantait
le froid Dorat; reviens, reviens à la pensée,
à l'âme, ton origine; sois forte par ta fai-

blesse, mais sois forte aussi par la chasteté;
descends encore une fois dans la piscine
évangélique qui t'a purifiée; sois la Psyché
symbolique et rajeunie qui complète l'amour,
et répands autour de toi de nouvelles, d'eni-
vrantes, de chastes voluptés.

XI.

Parfois, à te voir dépouiller toi-même
l'amour de son attrait idéal, je m'en suis allé
dédaigneux; car tu étais la beauté, et je son-
geais à ce qui te rend si désirable, si puissante, au respect de toi-même. Ah! c'est
l'excès de la passion qui seul fait l'excuse de
la passion, et alors elle aime à se sancti-
fier.

XII.

J'ai deux lyres : une lyre aux cordes élec-
triques qui jettent du feu dans les veines, et

une lyre aux célestes accords pleins de tendresse, de sérénité; ils vibrent dans l'âme,
ils l'émeuvent et la calment... Mon âme fut
tourmentée comme Saül, et la harpe qui l'a-
paise, c'est l'Évangile.

XIII.

Insensé! j'ignorais l'inconstance et la fra-
gilité des biens de la terre; je leur demandais
plus de bonheur qu'ils n'en peuvent accorder; les illusions de ma jeunesse échouaient
l'une après l'autre sur les écueils de la réalité...
mais mon cœur est jeune, il retourne à la
foi; je me sens un nouvel homme.

XIV.

Ceux qui m'ont vu affaibli, brisé par le
chagrin, sans force contre le mal de l'existence, rient et se disent : « Que peut-il? »

Ils ne savent pas ma puissance; moi-même je ne la savais pas. J'ai médité dans la solitude; mon âme a trouvé le secret d'elle-même, et c'est vous, DIEU, Beauté, Douleur, qui me faites mon style.

XV.

Style bien imparfait encore, car j'ai peu de loisirs pour approfondir ma pensée, j'écris vite!... Style douloureux, car je ne suis point de ces hommes qui ne prennent aucun engagement pour leurs idées, et ne se passionnent jamais pour elles; j'écris avec des tressaillemens à la fois doux et pénibles, avec l'oubli des heures, avec ma santé, avec ma vie. Je les laisse toutes deux sur chacune des pages que vous lisez.

XVI.

Si je respire bientôt près de toi l'air pur

de la campagne, si je repose sur ton sein
ma tête embrasée, si tu assoupis mes peines
dans la mélodie de ta voix aimante, si j'y
réalise les rêves de mon intelligence sous
ton regard inspirateur, si nous communions
par l'amour avec Dieu, si tu recueilles cette
fougue qui s'évapore, cette ardeur qui s'é-
puise, cette originalité qui s'ennuie et cherche.... alors, grâce à toi, mes idées mieux
développées auront quelque influence peut-
être.

XVII.

(1) Si je garde dans le sein un reste du
poison de la livide épidémie qui a crispé mes
nerfs sur ce lit où je froidissais, cadavre
vivant, et où je demandais mon linceul; si,
fatigué de tant de secousses, je me repose

(1) Qu'il me soit permis de donner ici un témoignage de
ma reconnaissance à M. Andral, dont l'habileté et les soins
empressés m'ont sauvé d'un danger imminent.

bientôt.... dans la tombe! alors prends ces
pages qui me sont échappées inachevées, et
daigne les lire, mais avec la pensée qu'elles
sont le pâle reflet d'une lumière intérieure,
éteinte avant de briller au dehors.

XVIII.

Je cherche les causes du malaise social,
et j'ai dû raconter une partie des douleurs
que tu endures dans une société toute
d'égoïsme et d'ironie, toi toute d'expansion
et de croyance. Prends-y garde! l'homme
dominateur finirait par changer ta nature;
il te reproche les vices qu'il te donne afin
de te mieux maîtriser : proteste, et sois la
poésie vivifiante, le lien vivant de la société.

XIX.

Condamne les scandales délirans de la

scène, ces romanesques récits où la fiction
te jette d'un vice à un autre, et te donne,
au lieu de cœur, un peu de fange où la cor-
ruption fermente. Non, ton amour ne parle
pas ce langage; il affiche rarement ces impu-
deurs; s'il s'oublie, il a des combats, des
repentirs; il s'exalte, il s'égare, mais il ne
se pétrifie presque jamais. Eh! n'est-il pas
des contrastes consolateurs?

XX.

N'est-il pas de jeunes filles, de jeunes femmes d'où la vertu émane, comme un parfum
délicieux s'exhale des fleurs au matin? N'ont-
elles pas des dévouemens tendres, assidus?
Ne sont-elles pas les emblêmes de ce beau
idéal, que l'artiste contemple, chancelant
dans une extase qui lui fait pressentir l'inconnu? Il s'y ranime, il passe de longues
journées avec sa vision, ivre d'elle, ivre de

ses idées, puis il les laisse tomber dans un siècle distrait.

XXI.

Beauté, consolation de notre exil terrestre, attrait sans cesse renouvelé, puissance consacrée à jamais, tu règnes sur tout l'homme, âme et sens; il te doit les plus doux instans de la vie, et ces enivremens de la pensée, qui s'identifie à toi, monte, monte sur l'aile de l'imagination, et te rêve idéale, immortelle dans les cieux.

———

PRÉFACE.

Troisième Édition.

———

PROMENADE AUX TUILERIES.

———

LE VIEILLARD.

Aʜ! c'est moi qui suis votre Vieillard de la préface du *Manuscrit Vert!* J'en avais quelque soupçon; je me rappelais vous avoir vu, ce soir-là, chez madame ***; vous avez fidèlement peint les divagations animées de la conversation.

MOI.

Je regarde une préface comme une causerie avec le lecteur, qui préfère toujours
un laisser-aller intime à un ton dogmatique,
raide, prétentieux. La gracieuseté molle et
variée des formes n'exclut pas la force de la
pensée : les idées, comme les jolies femmes,
doivent pouvoir supporter le déshabillé;
enfin, un dogmatisme absolu est peut-être
un non-sens dans une époque agitée.

LE VIEILLARD, en souriant.

Parler ainsi, c'est vous faire votre procès
à vous-même.

MOI.

J'ose espérer, monsieur, que vous aurez
une tout autre opinion de mon système,

quand je vous l'aurai non pas développé, mais indiqué.

LE VIEILLARD.

Eh bien! allons nous asseoir sous les til-leuls; voici encore une belle journée; les feuilles tombent, et, à mon âge, on jouit des beaux jours heure par heure; la chute des feuilles est un avertissement d'en jouir. Voyons vos idées!... Dès qu'on me parle d'améliorations sociales, j'écoute avec atten-tion, même un homme jeune.

MOI.

Voilà ce que Béranger m'a dit plus d'une fois chez notre ami Cauchois-Lemaire, dont vous connaissez le remarquable discours sur l'Évangile.... Observez-vous avec quel empressement on lit les journaux de l'op-position?

LE VIEILLARD, tristement.

Le nouveau ministère soulève bien des répugnances, bien des haines!... Je crois comme vous à une révolution sociale : sans doute je ne la verrai pas.... mais elle est inévitable ; la question est seulement de savoir si elle s'opèrera avec ou sans secousses. Le gouvernement comprendra-t-il toute l'immense étendue de sa mission? Ce ne sont pas des substitutions de mots, des discussions de synonymes, le *grouper* des chiffres, quelques timides essais de canalisation et de chemins de fer qu'il faut; c'est un remaniement fondamental de nos institutions....

MOI.

Une réforme morale aussi.

LE VIEILLARD.

Sans doute; mais prenez garde de confisquer votre avenir au profit d'une idée fort incertaine. Eh, mon Dieu, mon cher ami! il n'y a pas de lieu commun plus trivial que l'improvisation d'une théorie religieuse. Avant la Constituante, je me rappelle qu'il n'était si mince apprenti philosophe, si petit écolier publiciste, qui n'eût formulé sa constitution; les constitutions pleuvaient que c'était pitié : il serait curieux d'en faire un catalogue aussi exact que possible. Aujourd'hui la monomanie a changé, elle a tourné à la religiosité : nos jeunes théoristes ne rêvent que de religion; ils ont tous une religion dans leur poche, une belle religion rédigée par chapitres et par alinéa, spécifique universel aux malheurs de toutes les sociétés sublunaires : mais il ne

2*

manque à ceux-ci que des croyans, et à
ceux-là que cinq ou six pauvres petits millions pour mettre en jeu leur mécanisme
religieux.

MOI.

S'il est un spectacle qui doive profondément affliger les amis des pensers graves,
c'est celui du scandale que donnent à la
France ces improvisateurs de religion qui
en affichent les programmes aux coins des
rues, en présentent les devis calculés par
francs et centimes, la revêtent d'une frivole
et théâtrale friperie, l'exposent dans la
chaire aux sifflets, aux huées, aux sarcasmes; orateurs sans dignité, apôtres sans
influence, les prétendus réformateurs du
catholicisme en profanent les débris au-
gustes, les mettent au rabais, cherchent à
fonder en religion une concurrence impie,
funeste, et matérialisent enfin sa poésie

mystérieuse, qui, sous les voûtes des gothiques églises, aux sons de l'orgue solennel, a des échos, des demi-jours, des
langages consolateurs.

LE VIEILLARD.

Vous avez raison ; envisagé comme
croyance individuelle, le catholicisme est
respectable ainsi que toute opinion con-
sciencieuse.

MOI.

C'est profanation sacrilége que de badi-
geonner ce vieil et mystique monument,
qui a vu tant de grandes choses, enfanté
tant de chefs-d'œuvre ; c'est chanter sur
le piano les vers de Dante et de Milton ;
c'est passer une couche de chaux vive
sur les fresques de Michel-Ange et de Raphaël.

LE VIEILLARD.

Ce pauvre M. l'abbé, ou l'évêque Chatel (j'ignore son titre), ne comprend seulement pas le catholicisme; c'est à hausser les épaules, à le plaindre. Point de milieu avec le catholicisme : il faut l'admettre ou s'en séparer radicalement.

MOI.

Oui, sans doute ; mais à considérer le catholicisme comme hiérarchie, comme influence sociale, c'en est fait, il n'a plus d'avenir, il est sans action sur les peuples ; il craque et se brise : l'encyclique du pape est morte inaperçue, les foudres du Vatican ne sont plus que de ridicules pétards sans retentissement ; personne n'en a peur et ne s'en écarte d'un pas. Que M. l'abbé de La Mennais se découvre et s'incline ; on le

conçoit, ce salut, c'est le dernier terme de
son système d'unité catholique. Il lui était
impossible de ne pas se soumettre sans être
inconséquent aux principes de toute sa vie.
Que disais-je, il y a un an, dans la préface
du *Manuscrit Vert*? Ma prévision ne s'est-
elle pas réalisée à la lettre? Je déplorais
cette exclusive préoccupation d'un homme
supérieur qui enferme son génie dans une
idée absolue comme dans un tombeau glo-
rieux et admiré.

Respect à sa conviction! respect à la
poésie des ruines, surtout en religion!
N'oublions pas que le catholicisme, qui se
meurt, est sorti du christianisme, qui ne
meurt jamais.

LE VIEILLARD.

Ah, nous y voilà! continuez: je vous
écoute avec intérêt.

MOI.

Je vais profiter de cette bienveillance en faveur d'une esquisse imparfaite du résultat de mes méditations.

L'unité harmonique des évolutions planétaires, atmosphériques, prouve l'unité d'une volonté créatrice, régulatrice, qui est DIEU.

Au commencement, Dieu fit le bien et le mal, afin qu'il y eût travail, lutte, mérite, progrès, perfectionnement.

La PROVIDENCE est le développement de l'humanité, tendant à toute la perfection humainement possible.

La perfectibilité est la faculté de tendre à cette perfection; elle est non pas infinie, mais indéfinie. C'est le but caché de la PROVIDENCE. Les philosophes l'ont démontrée; mais ils y ont vu presque tous un

effet sans cause : ils ont systématisé l'absurde.

Il n'y a pas d'effet sans cause. DIEU est
la cause : les mondes, les sociétés, les phases
de ces sociétés, sont l'effet.

La lutte du bien contre le mal, qui est
la force motrice de la perfectibilité, amène
les révolutions ; pour qu'il y ait révolution,
il faut que le plus grand nombre donne
son adhésion à une idée, qui est un progrès. L'évolution de cette idée s'accomplit,
puis une autre la remplace.

Quand un homme de génie, ou inspiré,
arrive avant le temps, on ne croit pas en
lui ; il n'est que précurseur. Saint Jean-
Baptiste fut le précurseur du Christ ; il
mourut pour le Christ.

Jésus-Christ est mort pour l'humanité.

Il a prêché l'égalité, la dignité de l'homme
par l'âme, l'abolition de l'esclavage, le pardon des injures, la charité, le mépris des

biens, l'obéissance aux lois, le dévouement, le sacrifice du *soi* pour le bien de tous; il a changé la face de la terre.

Et cette révolution a eu plusieurs époques.

Et elle se continue sous nos yeux.

La première époque du christianisme a été l'*époque morale*. La force des idées nouvelles suffisait au progrès; le monde romain et païen tomba devant elles.

L'*époque catholique* succéda (1). Il fallait une puissante unité pour combattre l'influence de la féodalité : l'homme ne fut plus esclave; la terre le fut. Le catholicisme adoucit les mœurs, ouvrit l'Orient, concourut à la civilisation par les croisades, les lettres, les arts; puis, quand sa mission providentielle fut accomplie, le progrès ne se fit plus par lui; il se corrompit. La cour

(1) Je n'indique que les sommités jalonnées à de longues distances, je franchis toutes les idées corollaires : on le voit bien.

de Rome vendit des péchés, la faculté de pécher impunément ; Luther, indigné, se leva.

Il commença *l'époque critique*. Elle réforma de nombreux abus ; mais une fois la liberté d'examen proclamée, il faut qu'elle aille, il faut qu'elle accomplisse le cycle de sa mission providentielle.

La révolution de 89 commença un autre cycle providentiel (car une époque peut se composer de plusieurs phases) ; elle eut ses excès. Ce commencement de réalisation fut interrompu ; le principe de l'égalité qu'elle mettait en action eut un apôtre armé, qui le porta avec ses victoires aux quatre coins de l'Europe et même dans l'Égypte, Napoléon ! Infidèle à l'idée qu'il représentait, il tomba ; le libéralisme le mit à bas d'un trône qui ne reposait plus que sur la pointe d'une épée.

Il brisa aussi la restauration. Le dernier

terme du cycle providentiel des idées libé-
rales est la révolution de juillet.

Aujourd'hui, il y a lassitude dans les
esprits. L'avortement des espérances a détruit les convictions; mais l'immoralité est
plus apparente que réelle : on l'exagère. Il
est vrai que le matérialisme domine; presque tout se traduit par ces mots: *jouissance,
argent.* L'égoïsme cupide nie le sentiment,
oublieux de la révolution de juillet, qui a
été un mouvement spontané, une énergique
impulsion morale. Mais il y a déjà lutte
contre cet état de choses; le républicanisme
effraie la France, qui ne recommencera
plus l'horrible 93. Une révolution parallèle
à celle de 89 ne serait plus un progrès. De
cette lutte entre ces deux principes, l'égoïsme
et le dévouement, naîtra un nouveau lien,
une révolution sociale, *l'époque organique*
du christianisme, le NÉOCHRISTIANISME.

Maintenant, si vous me demandez quelles

formes religieuses et sociales adopteront le
néochristianisme et ses sectaires, je vous
répondrai qu'on ne peut encore le prévoir.
Les événemens successifs résoudront la
question; mais, avant d'aborder une nouvelle série de considérations, je vous prie
d'observer que je dépouille ma parole de
tout ornement étranger. J'ai déjà entendu
tant de fois répéter ironiquement à mes
oreilles : « Poésie, vague poésie ! » que je ne
parle ici qu'un langage sévère et didactique.

LE VIEILLARD.

De quel train vous allez, jeune homme!
Vous permettrez, sans doute, à un vieillard
de ne point marcher votre pas; mais comment oserez-vous mettre des réflexions si
austères en tête de vos fictions si passionnées!

MOI.

L'esprit de néochristianisme est tout

d'amour, de charité, d'égalité, de dévouement; il ne combat que les passions mauvaises, honteuses, et ennoblit celles qui font
éclore les vertus.

LE VIEILLARD.

Mais quel sera ce néochristianisme?

MOI.

La forme, le rituel, ne peuvent pas être
encore indiqués; toutefois, il est possible
de prévoir dès aujourd'hui comment le
néochristianisme obtiendra attention, pro-
sélytisme.

Une société ne peut pas exister long-
temps sans croyances, car des individualités
éparses sans ralliement ne forment pas un
tout; l'absence de convictions produit des
insoumissions ambitieuses et en révolte,
chacun des membres n'écoute plus que l'ap-
pétit instinctif de l'intérêt qui veut sa part,

et qui la volera, si l'on ne la lui donne.
Otez l'âme, le mariage n'est plus qu'un
accouplement; ôtez les croyances, la société
n'est bientôt plus que la force du poing. Un
parti domine aujourd'hui, parce qu'il est
le plus fort; demain un autre parti prévaudra et dominera, jusqu'à ce qu'il soit dominé à son tour. Vous me dites que mon
intérêt bien entendu est de me tenir coi, de
me contenter du morceau de pain que vous
me jetez; je vous réponds que personne
n'entend mieux que moi mon *intérêt*, que je
l'interprète tout différemment; que si vous
me menacez de ce chiffon de papier que
vous nommez loi, papier en vertu duquel
vous avez cent mille francs, deux cent mille
francs sur le budget, et moi le droit d'en
payer onze péniblement gagnés, je tâcherai
de faire en petit ce que vous faites en grand,
je vous volerai.

Le système de l'intérêt ne fondra jamais

rien; car il lui est impossible de parquer
les intérêts, de les numéroter, de leur donner
une, ou deux, ou trois rations, selon; ceux-
ci crieront, on se battra; ce sera toujours à
recommencer. Le premier homme de talent
qui jettera son bonnet par-dessus sa tête
(j'aime assez ces expressions triviales quand
elles sont énergiques) et qui dira : «Je veux!»
pourra, en s'adressant à ses intérêts affa-
més, troubler la société et se donner la sen-
sation d'être un Rienzi, un Masaniello, un
Babœuf de quarante-huit heures, ou quarante-huit jours, ou quarante-huit mois.

On a espéré long-temps en ce système;
mais toutes ses diverses combinaisons n'ont
rien amené de stable. Voyez comme les
jeunes intelligences s'exaspèrent indiscipli-
nées, tourmentées par elles-mêmes, par la
faim, raillant la société, la calomniant même,
parce que leur désespoir exagère tout; voyez
ces écoles littéraires épuisant tous les délires

de la pensée humaine abandonnée à elle-
même; voyez ces paroxismes se reproduire
sous toutes les formes, aux théâtres, dans
les écrits.... Matérialistes, le chaos que vous
avez fait est fatigué.

Et ils s'injurient les uns les autres, sans
songer que leur principe arrive inévitablement à ces conséquences effroyables.

Leurs combinaisons ne sont pas toutes
épuisées; elles le seront.

Alors, l'analyse n'ayant produit que des
dissolutions déguisées, les esprits se réfu-
gieront dans une synthèse.

Cette synthèse puissante et divine commence *l'époque organique* du christianisme.
Divine, elle s'appuiera sur l'Évangile; puissante, elle ralliera autour d'elle tous les élémens de sociabilité, industrie, commerce,
beaux-arts; car elle leur offrira à tous des

garanties fortes par la foi et le dévouement (1).

La lutte entre ces principes est déjà commencée.

Prédire les évolutions de cette lutte, ses physionomies, les phases de la création des nouveaux liens sociaux, des nouvelles croyances, je le confesse en toute humilité, cela me semble impossible; mais je pense que tout homme qui est convaincu des vérités du christianisme doit le méditer, publier le résultat de ses méditations, apporter enfin sa pierre au monument.

C'est ce que je fais.

---

(1) « Viennent ces jours promis où l'Évangile sera la charte intellectuelle, politique, sociale et religieuse du genre humain.» (*Protestant*, numéro du 30 juillet 1832.)

Ces paroles de M. Athanase Coquerel donnent à espérer que les protestans de France s'uniront un jour au vœu de leur éloquent pasteur. Le néochristianisme sera le produit d'une vaste fusion des communions religieuses, fraternellement réunies dans un but social.

Il sera l'œuvre de tous, et nul n'y mettra son nom.

Quel nom plus beau que celui du Christ!

LE VIEILLARD.

Il y a tant de chaleur et de bonne foi dans ce que vous dites, qu'en vérité je craindrais de vous affliger par mes doutes; vous écouter, vous encourager, c'est tout ce que je puis. Mais voyez ce qui est advenu du saint-simonisme.

MOI.

Saint-Simon est parti du christianisme : il en a déduit quelques principes heureux sur l'amélioration du sort des classes souffrantes; mais il s'est égaré dans son orgueil, et ceux qui l'ont suivi, dans leur délire. Leur panthéisme, leur matérialisme, ont eu des destinées corollaires de leur principe; ils sont arrivés inévitablement à l'adoration de la matière, à l'obéissance passive, à la soumission

3*

absolue; la cendre retourne à la cendre; la
boue retourne à la boue.

LE VIEILLARD.

Vous êtes bien sévère.

MOI.

Je ne parle pas des hommes, je respecte
et plains leurs convictions.

LE VIEILLARD.

Et le système de M. Fourrier ?

MOI.

Je n'ai point assez étudié ce système pour
en discuter le mérite. S'il a force et vie; il se
réunira par attraction au néochristianisme,
qui ne rejette rien de ce qui peut adoucir
les souffrances du plus grand nombre. Les
macérations du corps, les jeûnes, les ri-
gueurs excessives, émanent du catholicisme;

rien de cela dans l'Évangile, qui est tout empreint de miséricorde, de mansuétude, de bonté, d'amour, de charité.

LE VIEILLARD.

Fort bien; vos déductions me semblent logiques : mais donnez-moi un avant-goût de cette organisation sociale que vous espérez, et dont je ne serai pas témoin.

MOI.

La Société Néochrétienne, fidèle à la loi du progrès, devra prendre pour bases *l'extension et la réalisation des doctrines de l'Évangile*, le respect de la pensée, l'égalité fraternelle, la tolérance, la liberté de conscience, le dévouement, la soumission au supérieur légal, l'humilité restrictive des ambitions sans frein.

Elle aura brisé notre vieux système d'in-

struction, source de tous nos maux, matière
à révolutions continuelles.

Elle en instituera un où l'intelligence s'ap-
pliquera successivement à une grande di-
versité d'occupations, où l'étude sera une
étude de nos réalités, et non des fictions
grecques et latines, où l'on enseignera d'a-
bord le bien-vivre et le bien-parler; après
des *écoles intermédiaires* (1) commenceront
l'œuvre de cette émancipation de l'instruction publique.

La société néochrétienne procédera par
le concours et l'élection, par l'emploi des
capacités, et non du privilége.

Des jurys seront institués dans les diverses
attributions sociales.

Ce système de jurys s'échelonnera de la
commune, source populaire, au chef du
gouvernement, qui se trouvera ainsi con-

(1) Voyez les préfaces d'*Ernest* et des *Ombrages*.

tinuellement en rapport avec le besoins généraux. Le principe moral se répandra aussi
par là dans la société.

Des Jurys d'administrateurs nomme-
ront aux places d'administration après examen.

Des jurys de savans, d'ingénieurs, nom-
meront les directeurs des travaux de la
société, etc., etc.

Un exemple du mode électif. La police,
qui de nos jours procède hostilement, se
pose en ennemie, changera d'attitude, de
physionomie, comme la société elle-même :
formée dans un esprit de protection, de ga-
rantie pour le repos de la cité, elle ne pro-
voquera plus l'irritation, la haine; au lieu
d'être immorale, elle sera morale.

Les membres d'un quartier se rassem-
bleront, non pas sous la présidence du ministre de ce quartier (le néochristianisme

n'est point une théocratie), mais bien sous sa surveillance paternelle; il n'aura là que le droit d'admonition.

Un président laïque sera nommé. L'assemblée élira un surveillant des mœurs et un surveillant de salubrité. Les surveillans des divers quartiers se réuniront, et institueront leur chef et les fonctionnaires qui seront groupés autour de ce chef. La force morale de ces citoyens fera la force de cette police nouvelle...

Je ne saurais que vous indiquer d'une façon très insuffisante les féconds, les immenses résultats qui découlent de l'idée simple de l'application du système néochrétien à la société. Il faut que je descende, par la méditation, dans ce système, en même temps que j'appelle sur lui l'attention de tous ceux qui souffrent de l'état de choses actuel, de tous ceux qui, las du doute, sentent le besoin de croyances, de tous

ceux qui pleurent, de tous ceux qui aiment
le pays, de tous ceux qui veulent espérer.

LE VIEILLARD.

Et l'Europe, monsieur, l'Europe ne vien-
drait-elle pas crever ce système à coups de
canon?

MOI.

A cette époque la politique européenne
aura subi des modifications; d'ailleurs les
peuples, et même les cabinets de l'Europe,
ne devraient pas s'effrayer d'une organisation éminemment pacifique, amie de l'ordre
et d'une royauté citoyenne.

Le néochristianisme répugne à verser le
sang, mais il défendrait ses foyers et ses
convictions.

Les hommes qui en sont encore à leurs
souvenirs de 89, et qui, classiquement tra-
ditionnels, en sont encore à discuter la

forme gouvernementale au lieu de regarder
au fond de la sociabilité, me semblent les
rhéteurs et les grammairiens de la politique.

Au reste, je m'attends à être traité de
visionnaire et de fou, sinon publiquement,
du moins dans les causeries de salon. On
ne peut pas exiger que des hommes qui ont
vécu avec les idées voltairiennes, d'analyse
et d'ironie, changent soudain de façon de
voir; ce revirement est impossible. Je res-
terai donc sous le coup de leur sentence
anonyme jusqu'à ce qu'une génération
adopte ces espérances, et surtout les per-
fectionne.

Je vous demande bien pardon de vous
parler autant de moi : mais quand on s'est
incarné une idée, il faut bien se condamner
à cette analyse publique de soi : l'homme
individu n'est rien par lui-même, l'œuvre
est tout, et cette œuvre sera celle du plus

grand nombre. Si je donne le signal, c'est que je cède au cri de ma conscience. Voilà tout.

Une fois le système mieux indiqué qu'il ne l'est, je n'oublierai pas que le néochristianisme doit être un esprit d'abnégation individuelle. Tous travailleront à ce monument ; nul n'y mettra son nom.

LE VIEILLARD.

Une chose me plaît en vous, c'est que vous ne vous posez pas comme un chef de secte.

MOI.

Se proclamer fondateur de religion est un lieu commun absurde, profanateur ; travailler à la réhabilitation des idées morales qui entreront un jour dans le lien religieux des peuples, c'est un devoir d'honnête homme. Et quand on a un tel oreiller de conscience, qu'importent les railleries que votre nom peut réveiller?

LE VIEILLARD.

Eh! eh!... l'ironie, l'ironie; ne lui jetez pas le gant, croyez-moi : tâchez qu'elle vous oublie, car si elle vous flagellait....

MOI.

Eh bien! après?

LE VIEILLARD.

Elle mettrait en pièces votre jeune réputation.

MOI.

Je suis sans coterie, mais j'ai de la patience, parce que les idées sur lesquelles je m'appuie sont fortes et d'un intérêt général; à coup sûr, la presse littéraire n'entrera pas

pour moi dans ces paroxismes laudatifs
devenus à la mode; si, dédaigneuse, elle
payait mes efforts par des sarcasmes, ils
glisseraient sur moi comme l'eau sur une
toile imperméable.... J'espère qu'il n'en sera
pas ainsi. Quelques journaux ont accueilli
ma tentative avec une bienveillance visible,
encourageante : mais (pourquoi ne pas le
dire?) la presse des départemens, et même
de l'étranger, a surtout contribué au succès
du *Manuscrit Vert*, et j'étais d'autant plus
touché de ces sympathies, que je n'en con-
naissais pas les auteurs. Je les en remercie.
Aujourd'hui que l'éloge semble avoir atteint
son apogée d'exagération, aujourd'hui qu'il
a perdu son influence, ou qu'il n'édifie que
pour peu de temps, il faut, après avoir
publié un livre, croiser les bras, et attendre
sa réussite de l'avenir. Si l'ouvrage est nul,
la louange complaisante ne pourra que le
galvaniser un peu, il tombera après les

secousses magnétiques des feuilletons ; s'il a quelque vitalité, quelque puissance, il fera bien sa destinée tôt ou tard.... Qu'importe une immortalité d'un an ou deux!.... ce n'est pas la peine ; mieux vaut mourir tout de suite.

LE VIEILLARD.

Quel est le but spécial de ce nouveau roman?

MOI.

Dans le *Manuscrit Vert,* j'ai mis en opposition le spiritualisme et le matérialisme; dans *Résignée,* je montre les conséquences déplorables du matérialisme jugé en lui-même; puis j'ai peint les ennuis de la femme dans cet état anormal et inharmonique de la société. Mon partage était d'offrir de fortifiantes consolations à ces douleurs déjà présentées sous un autre aspect avec ta-

lent et succès : mais ce n'était qu'un inci-
dent accessoire à mon sujet ; j'ai ensuite
indiqué par quelles phases psychologiques
et réelles un amour profond peut conduire au spiritualisme, portique du christianisme.

Enfin, par opposition à l'amour de l'horrible, je m'efforce de ranimer, autant que
je puis, le sentiment du beau moral.

Fontenay-aux-Roses, juin 1833.

RÉSIGNÉE.

I.

Aperçu.

L'ÉPOQUE des crises sociales est venue ; le monde est attentif. Des sceptres se sont brisés comme des roseaux desséchés ; les couronnes des rois semblent de verre sur leurs fronts, et l'on détourne à peine la tête au bruit qu'elles font en tombant. Les peuples, travaillés par ces

fureurs maladives qui naissent de longues souffrances, murmurent et s'agitent.

Deux principes sont en lutte : l'aristocratie
et la démocratie, le privilège et le droit. L'aînée
des nations par l'intelligence, la plus prompte
de toutes à l'action, la France a ouvert un grand
champ-clos politique ; les peuples et les rois y
sont, et les combats s'y livrent à outrance.
Préparée par l'audacieuse philosophie du dernier siècle, commencée par l'élan national de
1789, souillée par le sang des échafauds, interrompue par notre gloire militaire et nos désas-
tres, qui sont aussi de la gloire, cette lutte pour
la conquête de nos droits fut reprise, sous la
restauration, avec un instinct merveilleux, et
bientôt avec un éclat qui étonna et instruisit
l'Europe.

Ces agitations prenaient une physionomie
plus sombre dans les premiers jours du mois
d'avril 1821, époque à laquelle cette action
idéale s'ouvre pour se développer comme une
épopée merveilleuse par elle-même et par ses

réalités morales. Je sens mon insuffisance : mais les événemens qui éclatent de nos jours sont pleins de vie, et leur simple exposé est doué d'un attrait plus puissant que les fictions de toute poésie mythologique, orientale ou chevaleresque. Je m'efforce de tremper les miennes dans nos réalités, et de les y teindre de leur couleur.

Tantôt logicienne hardie, tantôt s'enveloppant d'allusions diaphanes, parfois découvrant son front mobile où se peignent toutes les passions, toutes les pensées, railleuse, vive, menaçante, bouffonne, grave, éloquente, la presse périodique annonçait les défiances nationales, que les élections manifestaient bien plus encore. Les assassins du midi tremblaient, l'opinion s'exaltait, et des millions de voix faisaient écho à la voix poétique qui chantait le drapeau tricolore, et vengeait ses nobles couleurs de la poussière qui les ternissait. En Espagne, les cortès avaient broyé la puissance absolue de leurs Bourbons ; la constitution, incomplète, trop peu élaborée, n'était point comprise par

4*

une population fanatique et ignorante, agenouillée devant le froc d'un moine. Une réaction
s'y préparait. Le Portugal réclamait aussi une
constitution, et ne la méritait pas mieux peut-
être.Naples soulevée, ardente comme son volcan,
embusquait ses lazzaroni dans les Abruzzes. Le
nord de l'Italie allait prendre feu. Le carbonarisme italien donnait la main au carbonarisme
français, aux francs-maçons de l'Allemagne,
aux patriotes anglais. La Grèce faisait déjà le
signe de la croix au nom de quelques uns de
ses martyrs. L'Amérique du Sud improvisait
des républiques; Bolivar combattait, infati-
gable dans son patriotisme calomnié. Les peuples avaient leur sainte alliance comme les rois.
L'agonie du Prométhée de Sainte-Hélène semblait menacer autant que sa vie, et la tribune
française devenait le phare étincelant des nations.

L'attaque du libéralisme était implacable, en
haine des perfidies continuelles du pouvoir; l'un
ne pouvait plus tromper, l'autre ne voulait plus

attendre; l'un avait perdu la faculté de promettre, l'autre celle d'espérer : des deux côtés
on était las de l'hypocrisie des ménagemens.
Dans les partis qui se haïssent, les formes sont
des mensonges.

C'était mal comprendre la position de la société, que d'y voir seulement les efforts de notre
nationalité humiliée, impatiente de recouvrer
ses droits et cette dignité, qui est aussi un pain
quotidien en France. Le mal ne se montrait pas
dans toute sa douloureuse profondeur. L'état
social était un chaos où chaque chose n'était pas
à sa place, où il n'y avait pas de place pour chaque
chose. Les intérêts sans équilibre se heurtaient,
s'irritaient; nos mœurs effacées n'attachant de
considération qu'à l'argent, aux honneurs, les
plus minces talens s'y précipitaient ; un vieux
système d'instruction publique uniforme, pro-
duisant les mêmes résultats intellectuels, produisait les mêmes ambitions. Les populations exu-
bérantes et mal réparties s'inquiétaient instinctivement de l'étroitesse des vues ministérielles.

Plus de religion ! Elle n'était qu'un costume à l'usage des ambitieux. Les missions devenaient des arènes politiques. La foi et la charité chrétiennes vivaient silencieuses au fond de quelques âmes. La chaire catholique ne savait que maudire au nom du Christ, qui avait tant aimé. La philanthropie avait ses calculs, ses bordereaux, l'or-dieu, son temple. Les cœurs se pétrifiaient ; la vieille société européenne craquait sourdement, mais les combattans, attentifs qu'ils étaient aux scènes et aux acharnemens de la mêlée, ne sentaient point les tremblemens de la terre sous leurs pas.

Les passions du moment suffisaient à la lutte. Les rois voulaient des apparences, des souffrances muettes ; ils auraient désiré que, comme les gladiateurs romains, les peuples mourussent en riant. Les peuples commençaient à espérer en eux-mêmes ; une vaste confraternité, une communauté de vœux, une puissante unité, voilà ce qui, surtout en France, donnait tant de force au parti national. Le parti opposé se livrait

aux vertiges d'une folle confiance; c'était bien :
à chaque jour son œuvre. Tous marchaient
sous le doigt de la Providence, tous travaillaient
au progrès, principe vital des sociétés.

Or, c'est la société résumée en des individualités actives, souffrantes, ambitieuses, égoïstes,
passionnées; c'est la société avec ses mesquineries, ses indifférences, ses vertus, ses ennuis,
son luxe, ses misères, ses orages, ses jours
d'héroïsme, ses cris de détresse, ses plaisirs, ses
larmes; c'est notre société que j'ai entrepris de
mettre en face d'elle-même par des ouvrages
que je publierai successivement. Je ne me
prends pas d'une joie honteuse à peindre ses
laideurs; je ne me plais jamais à en tracer d'avi-
lissantes anatomies; si je flétris les modernes
bassesses, c'est d'un trait rapide et indigné :
mon amertume se passionne; puis j'aime à
rendre hommage aux beautés morales de la société, et je puise dans leur contemplation des
espérances d'une amélioration à venir. Oui, elle
sentira que ses principes de conservation sont

insuffisans ; elle cherchera un centre moral. Où
en trouver ailleurs que dans le rajeunissement
des croyances religieuses, morales politiques,
croyances essentiellement liées les unes aux autres ?

Je consulte, je le sais, bien plus mes intentions que mes forces. N'importe ; les pensées
mauvaises et corruptrices entraînent de la
honte, mais il n'y en a pas pour les incom-
plètes.

————

II.

Une Promenade au crépuscule.

Sur la lisière de la Pinéa, célèbre forêt qui étend ses ombrages entre l'Adriatique et Ravenne, où, suivant une poétique tradition, erra le Dante, proscrit par les Guelfes, deux Anglais se promenaient charmés d'une radieuse soirée d'Italie. C'était l'heure où le crépuscule, aidé de la transparence du ciel et du voisinage

de la mer, fond les nuances du jour, le clair-
obscur de la nuit, et les jets de la lumière qui
précède le lever de la lune. Le ciel gardait encore ces belles teintes rosées, vaporeuses, diaphanes, violettes, empourprées, parfois glissant comme une dentelle de feu aux sommets
des nuages gris, parfois y reposant, à l'intérieur, comme un incendie voilé. Instant magique, indéfinissable à quiconque ne l'a point
vu des promontoires solitaires de l'Océan,
quand le flot dort ou bat mollement les grèves.
Il règne alors dans le ciel et sur la terre un
calme balsamique qui pénètre en vous, tout
agité que vous soyez par des passions; on sent
qué la nature est une bonne amie, et qu'il est
doux de s'endormir dans son sein.

Ils admiraient ce spectacle, et laissaient flot-
ter d'une main distraite la bride luisante sur
le cou de leurs chevaux bien dressés, et relevant la tête aux mouvemens d'un amble ca-
dencé; le visage de ces deux jeunes cavaliers
portait l'empreinte ineffaçable des ennuis. On

lisait sur les traits mobiles et assez irréguliers
de l'un d'eux une ardente susceptibilité que
tempérait la tendre bienveillance de son caractère. D'une taille élancée, svelte, il en développait la grâce avec un peu trop d'étude peut-
être ; son désir de plaire éclatait ; parfois une
fatuité moqueuse jouait en ses paroles, parfois
une simplicité franche et de bon ton y régnait ;
deux natures semblaient lutter en lui, l'une
d'habitude et produit des convenances sociales,
l'autre jaillissant du cœur, mais comprimée par
le monde où il vivait ; celle-ci fougueuse, li-
bertine, railleuse, flétrie, usée : celle-là bonne,
inquiète, timide, jeune et cachée. Sa jeunesse
dissipée, gâtée par les plaisirs, se parant de
ses vices, n'avait pu corrompre entièrement un
instinct d'amour pour le beau, et la vertu qui
sommeillait en son cœur. Il appartenait à une
illustre famille écossaise, et s'enorgueillissait
du nom de Donald.

Une âme extraordinaire rayonnait sur l'admirable visage de l'autre jeune homme. On y

sentait la divinité du génie. Des touffes soyeuses
et bouclées de cheveux châtains, déjà mêlés
de cheveux gris, se groupaient avec art sur
son front pâle. Une sorte de majesté triste émanait de lui. Rien de plus attrayant que l'expression de ses yeux, de plus varié, de plus
pénétrant que son regard. Une teinte grise y
dominait, et avec elle une douceur infinie, une
sorte de fascination; sa bouche se dessinait élégamment; ses dents brillaient petites et bien
rangées, et la partie inférieure de son visage
rappelait les formes divines de l'Apollon du
Belvédère. Son cou semblait modelé sur l'antique; ses mains étaient belles comme celles
de Napoléon.

Lui aussi, il avait un sceptre; ce n'était pas
une épée (au besoin, il eût brillé et dominé
par elle), c'était une plume dont il se servait
avec une puissance capricieuse. A la fois su-
perstitieux et sceptique, il ne relevait que de
sa pensée, et ne reconnaissait d'autre pouvoir
au monde que celui de l'amour. Dès sa jeu-

nesse, il avait posé un pied dédaigneux sur le cou de l'opinion publique. Mais un rien bouleversait le calme de sa physionomie; toutes ses impressions s'y reflétaient; gaîté vive, sarcasmes amers, sublime de la pensée, ivresse de l'amour, délire rapide, désenchantement plus rapide encore, espérances d'un jour qu'il brisait le lendemain, belles inspirations, paroxismes de désespoir et de misanthropie, énergie sans frein, timidité, héroïsme, toutes les passions s'échappaient de son cœur.

Réservé, silencieux dans les salons, il semblait y jouer le personnage que lui imposait sa gloire, et promenait au hasard un œil distrait et presque ennuyé sur la foule qui l'entourait : mais dans l'intimité, il ouvrait tous les trésors de son âme franche, tendre, expansive, bonne; il les déployait en des causeries folâtres ou graves, attrayantes par un abandon original, entraînantes par des élans difficiles à suivre. Il s'enivrait à ses paroles, et subissait ainsi le charme qu'il répandait autour de lui.

Il avait jugé la société; il pensait et disait,
de toute la hauteur de son intelligence, « que
le monde ne valait ni la peine de le conquérir,
ni le regret de le perdre. » Mais en se versant
sur quelques facultés qu'elle exalte et divinise,
l'âme laisse des lacunes dans l'être intellectuel
et sensible; les imperfections qui en naissent,
ne se trouvant plus en rapport avec les autres
facultés plus puissantes, jettent en des écarts
que les médiocres ne comprennent, ni ne par-
donnent. Froissé, aiguillonné, le génie s'indigne alors, se retourne contre la société, et
la tourmente des talens dont il est tourmenté.
C'est ce qui arriva à cet homme.

Et puis, son ambition, cherchant en vain un
aliment digne d'elle, se repaissait d'elle-même,
et restait inactive par orgueil; mais cet orgueil
n'était pas stérile, mais ce dédain ne s'arrêtait
pas à des mouvemens de lèvres; il était fécond,
et la poésie en émanait forte, magique, colo-
rée, railleuse, tendre, acerbe, rayonnante. Il
dépensait largement la vie; il semblait pressé

d'en finir avec elle; elle n'avait plus rien à lui apprendre, et il n'était pas homme à demander long-temps sans obtenir. .

Son scepticisme religieux n'avait rien de commun avec la léthargie morale dans laquelle la société actuelle s'endort; c'était un tourment sublime, parfois illuminé d'en-haut, parfois désespéré. Il avait foi aux présages, indice d'une religion poétique et désordonnée comme lui-même. Oh! s'il n'eût pas éprouvé une amère déception à l'aube de sa vie, si, prenant en pitié son génie et le comprenant mieux, une femme l'eût entouré de plus de tolérances domestiques, si elle eût versé un baume de tendresse sur ce cœur malade, si une voix, harmonieuse par l'admiration, puissante par l'amour, eût pu diriger cette fougue ou la convier à de grandes choses, qui peut dire ce que cet homme eût été; car il s'appelait Byron!...

Il eût été.... qui sait?... moins étonnant peut-être que les douleurs nous l'ont fait.... mais il eût été heureux. Et, dites-moi, marchands d'opinion

publique, combien il faut de siècles de gloire
pour faire la somme d'un jour de bonheur?

Injustement attaqué par l'aristocratie anglaise, qui se vengeait déjà des ennuis de l'admiration, il ne dissimula pas ses erreurs, mais
aussi il ne demanda point pour elles le pardon
qui leur était dû; pilote de son malheur, ac-
ceptant l'orage qui s'amoncelait sur sa tête, il
l'avait défié à plaisir; puis, quand il l'avait vu
bien furieux, sans peur et l'œil fixé sur lui, il
s'y était précipité, préparant son naufrage, si
c'est naufrager que de sombrer dans la vie,
jeune encore, parce qu'on a embrassé plus de
gloire que les bras n'en peuvent étreindre et le
corps supporter.

Il existait aussi une cause non avouée à cette
mélancolie, tantôt ardente et imitant la gaîté,
tantôt lente et corrosive qui minait son existence; il portait un pied difforme, et une
jeune fille (1) en avait plaisanté lorsqu'il était en-

_____

(1) Miss Mary Chaworth. Dans une lettre où il parle du
mariage de cette jeune femme, il fait remonter à cette cir-

core adolescent. Aussi Byron était saisi d'une préoccupation presque continuelle qui imprimait de la gaucherie à ses mouvemens ; aussi il se plaisait à presser le galop d'un cheval, à lasser son ardeur ; aussi la gondole berceuse et le yacht léger le portaient sur les flots, qu'il aimait tant, où il se plongeait avec amour, et dont l'aspect seul le rafraîchissait.

Sa santé, dont il avait été si prodigue à Venise, s'était rétablie, pendant son séjour à Ravenne, auprès de la comtesse Giuccioli(1). Affilié aux carbonari de la Romagne, il renaissait, grâce au bonheur que lui donnait l'amour, à d'énergiques pensées ; il avait hâte de mettre la main à l'œuvre de la régénération italienne, et il gourmandait sans cesse les lenteurs de ses amis des Venta.

constance le trouble prétendu de ses facultés : « Le mariage, « dit-il, auquel elle sacrifia l'avenir de deux familles, un « cœur qui était sien depuis l'âge de dix ans, et une tête qui, « depuis, n'a jamais été bien saine.... »

(1) Lettres de Shelley.

La beauté de ce crépuscule s'emparait de lui ;
il semblait en aspirer les sensations, en formuler les images dans un langage intérieur qu'il ne
révélait pas en ce moment. La force de son attention l'absorbait; à le contempler lui-même,
on eût soupçonné un être d'une nature supé-
rieure à la nôtre.

—Que pensez-vous de ma forêt, Donald?
—dit-il en interrompant enfin ce silence. Sa voix,
dont le timbre était sonore et joyeux, prit une
douceur tendre et triste qu'on ne pouvait oublier quand on l'avait entendue une fois.

—J'aime comme vous ces grands pins et
leurs antiques traditions. Les ombres de Dante,
de Paolo et de Francesca semblent errer sous
ces dômes touffus....

—Allons! Damnation! s'écria en riant Byron ;
ne faites pas le poétique, Donald; votre prose
sonne creux, ce soir, comme les vers de Southey.

—Ah! respectez un peu plus mes inspirations. Cette forêt ne semble-t-elle pas les appeler? Ne lui devons-nous pas de belles strophes

de don Juan, votre prophétie de Dante ? N'avez-vous pas dit à cette verdoyante Pinéa :

How have I loved the twilight-hour and thee? (1)

N'y avez-vous pas déclamé pieusement :

Ave Maria! 'tis the hour of prayer!
Ave Maria! 'tis the hour of love!
Ave Maria! may our spirits dare
Look up to thine and to thy Son's above (2).

—En présence de ces beaux soirs, j'aime à écouter la cloche à travers les arbres ; mais j'y ai souvent honte de m'amuser à des rimes. La nuit est éloquente, sainte. C'est pitié que de perdre son temps à jouer aux paroles, au lieu d'admirer ces étoiles, ces mondes de mondes, œuvre du Créateur.

(1) Combien j'ai aimé le crépuscule et toi

(*Don Juan.*)

(2) *Ave Maria!* c'est l'heure de la prière ; *Ave Maria!* c'est l'heure de l'amour ; *Ave Maria!* puissent nos esprits oser monter jusqu'à toi et ton Fils !

(*Don Juan.*)

5*

—Eh mais! à votre tour, ne faites pas le religieux, Byron. Ce serait une étrange singularité! Nous teniez-vous ce langage dans les
joyeuses cérémonies de Newstad-Abbey? Parliez-vous ainsi à vos *fazzioli* (1) de la Sodôme des
eaux? (2)

—Alte-là, John Bull! s'écria lord Byron avec
un geste comique, mais où perçait un dépit
concentré. Avez-vous contre moi tous les préjugés des dandys et dandies, bleus et bleues
de la Grande-Bretagne, damnée coalition d'hypocrites? Suis-je un athée, un Béelzebut, un
monstre? Vient-on me voir comme une bête
curieuse à Exeter-Change? —Lord Donald comprit, malgré le ton enjoué de ces paroles, qu'il
avait involontairement blessé son illustre ami.

—Mon cher Byron, répondit-il, est-ce que
vous ne distinguez pas le plaisant du sérieux?
Nul n'a plus que moi maudit les coteries et la

(1) Fichus. Dernière classe des Vénitiennes, célèbre par
la beauté du sang et des formes.

(2) Venise. (*Marino Faliero.*)

tourbe de vos adversaires ; je vous ai défendu, et
j'ai laissé ma réputation dans la mêlée, ce dont
j'ai fort peu de souci. On m'honore même dans
quelques cercles du nom de votre imitateur,
moi indigne et fort prosaïque personnage.
Écoutez, mon ami; je conçois vos colères. Vous
avez été mis hors la loi commune par la société;
elle a porté un jugement avant de vous avoir
entendu. Vous êtes condamné à l'exil par des
acclamations haineuses; et la calomnie, dédaigneuse des formes, a décrété sans appel cet
ostracisme anonyme. Mais tant de fureurs si
misérablement coalisées n'ont pu que vous faire
plus grand poète.

—Mon ami, je m'inquiète fort peu de
l'opinion de ce vulgaire brillant et corrompu
qui inonde les cercles de Londres. Ces salons
sont parquetés d'infamies; mais tout y est re-
couvert d'un vernis d'élégance. Les chagrins
que lady Byron m'a causés en brisant si violemment notre mariage ont frappé mon existence
au cœur; elle se sépara de moi sans préciser

ses griefs. La presse me poursuivit de ses in-
vectives, et je ne fus pas à l'abri des insultes
de la rue. Mon nom, dont mes ancêtres ont
commencé l'illustration sous Guillaume-le-
Conquérant, fut traîné dans la bave et le venin
périodiques des pamphlétaires. En Suisse, aux
bords des lacs bleus dont je respirais la fraîcheur et le calme pour me les communiquer,
je fus encore atteint par le souffle empoisonné
de la haine et l'abord avilissant de l'espionnage;
alors, comme un cerf aux abois, je me suis
confié aux eaux (1), et les vagues de l'Adriatique
balancent ma gondole et mes chagrins sans les
assoupir.

Ma fierté, qui n'oppose à ces rumeurs qu'un
silence de mépris, les a déjà accréditées; on
me représente comme un être immoral par
instinct et par principe. Eh bien! je ne suis pas
athée (2). Tout est mystérieux en nous et autour

(1) Expression de lord Byron.

(2) « Il me semble, écrivait Byron, que si nous suivons
« l'action perpétuelle, l'intelligence, l'immortalité de l'âme

de nous : nul œil humain n'a percé le voile ; il
est là, toujours là, immobile, placé entre la
nature et son Créateur, le fini et l'infini. Mais
parce que je ne l'ai point vu de mes yeux,
dois-je nier l'Être, cause intelligente du tout....
A vrai dire, le corps humain est une triste réu-

« est probable. J'en ai douté parfois; la réflexion m'a mieux
« instruit. L'âme agit si indépendamment du corps; en
« rêve, par exemple, avec incohérence, follement, il est
« vrai, mais c'est encore plus l'âme que quand nous sommes
« éveillés. Qui peut donc dire qu'elle n'aura pas sa vie sé-
« parée comme elle l'a conjointe? Les stoïciens disent de
« l'état présent : « C'est une âme qui traîne une carcasse. »
« Chaîne pesante! mais toute chaîne matérielle peut se bri-
« ser. Que l'autre vie soit *individuelle*, ou plutôt jusqu'à
« quel point elle ressemblera à notre existence présente,
« c'est une autre question.... mais l'éternité des esprits me
« semble aussi probable que celle des corps l'est peu... J'a-
« borde la question sans recourir à la Révélation, qui a sa
« solution aussi rationnelle qu'une autre. » Extrait littéra-
lement des cinq volumes traduits avec une piquante originalité par madame Sw. Belloc, et que Thomas Moor a in-
titulés *Mémoires de lord Byron*.

nion d'atomes, et toutefois il est en lui une
tendance secrète et invétérée à l'amour du *bon*;
quoique assez mal logée, l'âme existe.... Tenez,
vous ne persuaderez jamais à Fletcher que les
âmes des Lanfranchi ne reviennent pas dans
leur vieux et sombre palais que j'ai visité à
Pise; je n'en serais pas étonné.... Mais laissons là
ces merveilleux sujets, ajouta-t-il en observant
la surprise et les rires étouffés de Donald; de
telles profondeurs seront toujours insonda-
bles, et mon intelligence courrait grand risque de naufrager dans cet océan sans rives de
spiritualités. — La lune se levait et déployait
son voile d'argent sur le vert effacé des bois et
des prairies, et le bandeau enflammé que le
soleil avait déposé à l'occident, comme un mo-
narque découronné, s'éteignait enfin par degré.

— Toujours est-il, s'écria brusquement lord
Byron, que mes prétendus imitateurs sont
diablement éloignés de la vérité!

Lord Donald, cédant à des impressions de
volupté, s'était découvert et tournait son front

du côté du vent : — Comme la brise attiédie pendant le jour s'est rafraîchie et caresse mollement; comme les parfums s'exhalent de ces haies fleuries! Combien cette soirée a d'énivrantes sensations! Que les plaintes des rossignols sont tendrement modulées! Oh! qu'en ce moment il serait doux de sentir tressaillir sur votre bras la main d'une femme bien aimée!

—Sont-ce là des souvenirs de votre sigisbéisme romain? ou songez-vous à quelque miss de la Grande-Bretagne!

— Je dis femme et non pas épouse. Si vous avez commis une faute, je m'en garderai, moi; j'y suis décidé, je ne me marierai jamais.

— Jamais!

— Oh ! jamais, je vous le jure, — s'écria-t-il en étendant la main. Et ils passaient devant une croix de bois plantée à une issue de la forêt.

— Je n'aime pas, Donald, à vous voir prendre un engagement aussi solennel, aussi téméraire.

— Serait-ce aujourd'hui un de vos jours néfastes, un vendredi ?

— Je vous répète que je n'aime pas la solennité de vos paroles sur un sujet aussi scabreux. Le mariage! vous me faites frémir!... A la vérité, vous n'avez pas tort; le mariage de la société actuelle est une invention assez stupide. Vous aimez une femme, elle vous apparaît charmante à travers la poésie d'une imagination éprise; votre tendresse l'entoure d'une auréole; vous la trouvez, dans vos visites, toujours bien parée : le pied pressé d'un petit soulier que ne flétrit jamais la boue des rues, elle ne foule que tapis dans les salons, que sable fin dans les allées d'un parc; elle vous enivre des parfums de ses cheveux, des fleurs qu'elle pôrte; ses robes dessinent à ravir les formes de son corps, vous en adorez les plis et les mystères qui fascinent. Vous êtes délirant d'amour; ou l'église, ou Bedlam! Je ne vous donne pas pour quinze jours de bon sens; mais rassurez-vous le mariage va vous guérir. La cérémonie est dite ; vous êtes en possession de votre bonheur et il vous embarrasse. Votre femme boit et

mange devant vous, se couche et se lève devant
vous!... Damnation! tout le charme s'en va
pièce à pièce; la raison revient, et l'on a rivé
votre amour pendant qu'il était brûlant et
flexible.

— Ajoutez, criait Donald en éclatant de
rire, ajoutez que le mariage devient souvent
alors un enfer plus terrible que celui de Dante.

— Si j'avais à recommencer le mariage, je
le voudrais charmant et gracieux comme le
premier amour, séduisant comme le rire voluptueux d'une Italienne. D'abord je n'aurais
par le même appartement que ma femme; je
voudrais acheter par des refus le bonheur d'y
être admis; je la trouverais dans une toilette
de nuit, fraîche et coquette; rien autour de
nous qui décélat notre misérable nature; des
fleurs en des vases de porcelaine, ces légers
aromates qu'on brûle dans les sérails d'Orient,
placés à l'antichambre en des cassolettes; de
brillantes tentures, des tableaux, le demi-jour,
des bougies éclairant à distance, ou des lampes

à transparence d'albâtre. Je voudrais que ma femme ne mangeât pas de ces viandes qui rendent féroce, et même qu'elle mangeât peu ; je ne lui permettrais que du vin de Bordeaux ou de Champagne. Après dîner, j'écouterais sa musique; le parc nous offrirait des retraites; j'aurais une gondole glissant sur le lac, à condition que nous n'y lirions pas tous les poètes du marécage (1); j'aurais une barque à voiles latines, et des harpes éoliennes dans les arbres bordant la rive. Je désirerais les mêmes égards de toilette qu'entre amans, et je serais charmé que ces soins fussent des plaisirs inspirés plutôt que des devoirs dictés. Je me sentirais heureux de ses joies, de ses bouderies, de nos voyages et de leurs souvenirs. Je serais heureux de ma fille, de mon Ada aux blonds cheveux flottans, et d'un fils héritier de mon nom. Charmante, renouvelée par cette coquetterie légitime à

(1) Les lakistes, école poétique qui a produit quelques hommes distingués et de bien monotones imitateurs. — Au reste, les imitateurs sont là, comme partout, nuls.

laquelle je la provoquerais, ma femme m'en aimerait davantage, à moins que la coquetterie permise eût perdu tout son attrait; et, pour finir gaîment mon conte, ma foi! nous serions jeunes aussi long-temps que possible.

—Vous parlez comme *les Mille et une Nuits*, mon cher Byron; vous êtes en verve; rimez ces illusions qui vous échappent presque formulées, et ce sera de la poésie, mais rien de plus.

— Ne pensez pas que je veuille vous convertir au mariage.

— Oh! je vous en défierais sans crainte..... On dit que le célibat est fort doux à Paris, je vais en essayer. Un jeune Portugais, né au Brésil, le duc Salvador d'Alvida, m'y attend. Je l'ai connu à Rome; il est de vos admirateurs, homme d'esprit, de talent, et d'un caractère décidé. Nous avons les mêmes opinions sur la vie et l'usage qu'on en doit faire. Tout en un mot : jouir.

— Laconique et joyeuse maxime, mais difficile à réaliser. La jouissance physique s'épuise

vite; la jouissance intellectuelle fatigue. Jouir!
c'est aussi faire de grandes choses, c'est courir
un noble danger. J'aime les sourds pressenti-
mens du réveil de la nation italienne. Oublier
l'égoïsme étroit de l'individu pour songer à ce
qu'il doit à l'humanité dont il est membre, cela
est beau. Le temps d'agir est venu; écrire ce
n'est rien, quand l'action ne doit pas suivre la
parole, quand celui qui trace de froides lignes
n'y voit aucun engagement pour lui. Écrire,
c'est combattre, quand on suit une haute pensée
ou une illusion, comme vous voudrez. «Que
« signifie le soi, si l'étincelle de ce qui fit la
« gloire du passé se peut léguer vive et inextin-
« guible à l'avenir? Ce n'est pas d'un homme ni
« d'un million d'hommes qu'il s'agit, mais de
« l'esprit de liberté qui doit s'étendre; les vagues
« qui battent le rivage viennent une à une s'y
« briser : mais l'océan avance. Il engloutit l'An-
« nada, il use le roc; il a non seulement détruit,
« mais fait un monde. Quelque sacrifice d'indi-
« vidus qu'il y faille, la grande cause prendra

« des forces, balaiera les aspérités, et fertilisera
« ce qui est propre à la culture. En pareil cas,
« plus de calcul de pur égoïsme, du moins je
« n'en ferai pas ; je ne fus jamais habile à calcu-
« ler les chances, et je ne commencerai pas à
« présent (1). » Viennent les Autrichiens, et que
l'insurrection bouillonne menaçante, je ne re-
culerai pas. Pourvu que ces ébullitions de patriotisme ne viennent pas à s'évaporer en bravades,
pourvu que ces Italiens ne soient pas seulement
des acteurs, des héros en paroles. Rien de plus
misérable que la parodie de ce qui est grand.
Mais s'ils ont dans les veines un peu du sang de
leurs ancêtres, je leur crierai : « Place ! faites-
« moi place ! » Je les guiderai ! je prendrai mon
rang dans cette cause si belle, ou je mourrai.
La vie n'est pas dans le nombre, mais dans l'emploi des jours... *Etre le premier, non le dictateur,
non le Sylla, mais le Washington, l'Aristide, le
guide en talent et en vertu, c'est venir après Dieu* (1).

(1) Pensée de lord Byron.

(2) Passage d'un des journaux de lord Byron.

Une émotion convulsive accompagnait ces
paroles. Lord Byron lança son cheval au galop;
son jeune ami, pénétré d'admiration, suivait à
peine la rapidité de sa course, qui ne se ràl-
lentit que sous les murs de l'antique Ravenne.

III.

Trois Caractères.

Le mois de mai brillait à travers ces pluies tièdes qui s'infiltrent dans la terre amollie et fécondée; les grands arbres des Tuileries développaient aux feux du soleil leurs larges feuilles, où scintillaient des diamans de rosée. Le calme d'un beau jour contrastait avec l'agitation des

promeneurs; la population bouillonnait sourdement sur les boulevarts et dans les rues de Paris,
car la nouvelle de la défaite des Napolitains et du
renversement ignomineux de leur constitution
circulait. Une sombre indignation parlait sur
tous les visages; on se repentait d'avoir eu confiance en leur énergie d'apparat; on répétait
avec une douloureuse amertume la prévision
si tôt démentie d'un éloquent orateur, et la
rougeur de la honte montait au front.

Un tilbury entra vivement dans la cour d'un
riche hôtel du faubourg St-Germain; lord Donald
en descendit, chez le jeune duc Salvador d'Alvida. — Les lâches! s'écria-t-il en entrant, les
lâches! fuir aux premiers coups de fusil!.......
Où sont leurs Thermopyles des Abruzzes? et
leurs sermens si dramatiques de vaincre ou de
mourir? Quel misérable dénouement! Naples,
si vaine de son patriotisme, est aujourd'hui
rampante aux pieds des Autrichiens qu'elle in-
sultait. Lord Byron en est furieux. « Les Napo-
«litains, m'écrit-il, ont menti à eux-mêmes et

« au monde entier; ceux qui auraient donné
« leur sang pour l'Italie ne peuvent plus lui
« donner que leurs larmes. »

—Pourquoi tant vous récrier, Donald? lui
répondit froidement le duc sans se lever de
l'ottomane où il était à demi couché; pourquoi
tant vous étonner? Je m'y attendais, moi; et
les journaux ne m'apprennent rien.

—Comment! vous n'êtes point indigné?...

—Quand je le serais, ferais-je que ce qui
est ne soit pas? Naples a été vaincue, et s'est
rendue à discrétion; les lazzaroni ont jeté
leurs fusils et dorment étendus sur les quais,
au Môle, sous les portiques. Eh bien! après?...
qu'ils aient leur pitance de macaroni et un peu
d'ombre pour la sieste, des danses, de faciles
amours; que leur faut-il de plus? Ils se sont
amusés quelque temps autour de la Liberté,
pour se délasser de Polichinelle; ils retournent
à Polichinelle. On exile quelques hommes cou-
rageux; les faibles se taisent, ils boivent des
sorbets et des citronnades dans les cafés. On a

6*

renversé la pierre de la Constitution, et le peuple assiste aux revues des Autrichiens, dont il admire les manœuvres. Cela vous surprend! Les nuits y sont-elles moins belles? la fraîcheur des soirées moins douce? les eaux moins attrayantes? Que lord Byron, dans une imprécation sublime, excite le Vésuve à vomir des laves dévorantes sur la cité esclave; je le conçois, il est poète! Mais vous, pourquoi êtes-vous pâle, agité, balbutiant et tremblant de fureur?..... Est-ce que vous ne déjeunez pas avec moi ce matin?

Le jeune duc promena sa main à travers les touffes de ses cheveux noirs, et découvrit, en souriant, le large front de sa tête expressive, puissante.

Sa figure, légèrement basanée par le soleil du Brésil, était remarquable par la virilité à la fois élégante et prononcée des traits; c'était une nature forte, mais qui n'excluait pas la grâce. A la fixité de son regard, on sentait en lui une ferme volonté, des idées nettes, précises, arrêtées ; et cet œil noir avait pourtant de la douceur, je ne sais quel velouté qui charmait. Parlait-il à des femmes, sa voix s'amollissait, mais sans fadeur ; devant les hommes, sa dignité n'était jamais impolie. Partout, et sans paraître le chercher, il exerçait un ascendant d'autant plus dangereux, qu'il en écartait avec soin l'apparence ; en vous imposant ses volontés, il semblait vouloir vos désirs.

La variété de ses connaissances, dont il fallait lui arracher le secret, sa feinte indifférence pour l'opinion, ses rares approbations, le tour original qu'il leur donnait, mettaient son suffrage à haut prix, et son silence même agissait sur les conversations.

Cette puissance était réelle ; mais on craignait de se l'avouer, on se la cachait en y obéissant. Il observait ses progrès, les hâtait, s'emparait de l'âme subjuguée, et punissait toute révolte à son autorité par des sarcasmes habiles qu'on tremblait toujours de provoquer. Lord Donald, incertain de ses opinions, cédait à toutes les

sensations offertes, et, par une invincible pa-
resse, endormait en lui de riches facultés qu'é-
nervaient ses molles habitudes de plaisir. Il se
tenait dans cet oubli de lui-même, afin qu'on
ne vînt pas lui reprocher son inactivité. Si le
désir de plaire l'animait, il sortait de son âme
des étincelles, de belles pensées; mais il s'en
raillait lui-même l'instant d'après. Se rendre
utile à la société par d'importans travaux, devenir l'idole d'une épouse par une illustration
méritée, être sa vie, son âme.... Il en plaisan-
tait avec une finesse si moqueuse et tellement
devenue systématique, qu'on désespérait de lui
voir entreprendre quelque chose de grand, de
posé, de concluant. Il ne voyait dans l'existence
qu'une faculté croissante et décroissante de
jouir. Cette inertie morale semblait le livrer
à Salvador; mais non, il repoussait toujours
l'ascendant d'un étranger avec une fierté raide
et tout anglaise. Salvador dominait encore les
sensations; Donald en était déjà dominé. L'un
méprisait trop les hommes pour tenter autre

chose que de veiller à ses propres intérêts ;
l'autre s'effrayait trop des fatigues du travail
pour essayer rien au monde qui gênât son besoin d'impressions. Comme tous les hommes,
ils recherchaient le bonheur, mais avec cette
avidité que de plus exquises facultés font naître.

En ce moment on annonça le docteur Jernier ;
il entra, fit un léger salut, donna ses gants et
son chapeau au domestique, se posa commodément dans un fauteuil et présenta sa tabatière
ouverte au duc. Il avait guéri Salvador d'une
fièvre dangereuse ; et le jeune Brésilien, ayant
su apprécier cet homme singulier, remarquable, s'était attaché à lui.

— Eh bien, docteur ! lui dit Donald, les Napolitains viennent de se déshonorer en face de
l'Europe ; ils ont trahi la cause italienne par
leur lâcheté.... Nation de femmes déguisées en
hommes !.... N'êtes-vous pas, comme moi, indigné, furieux ?...

— Les émotions, milord, ne valent rien
avant et immédiatement après les repas ; elles

préparent mal la digestion, ou la troublent.
Vous êtes bien agité ! Croyez-moi ; prenez,
avant de vous mettre à table, un verre d'eau sucrée où vous laisserez tomber quelques gouttes
de fleur d'oranger ; c'est un antispasmodique
dont je vous recommande l'usage.

— Voulez-vous suivre l'ordonnance, mon
cher Donald ? se prit à dire Salvador souriant
et avançant la main vers le cordon d'une sonnette.

— Non, je vous remercie, répondit-il.... Oh !
que vous êtes froids, messieurs ! Être insen-
sibles à cette catastrophe, qui recule l'avenir de
liberté promis à une contrée belle et asservie !

Le docteur répondit : — Vous savez bien que
je n'ai pas d'opinion. — Il savoura lentement
une prise de tabac ; et, s'adressant à Salvador :
— Monsieur le duc, vous avez raison ; le tabac
que vous m'avez envoyé est meilleur que le
mien : le tabac blond d'Espagne est trop subtil,
trop pénétrant ; il agit trop sur les membranes,
dont il émousse la délicatesse et la perception.

Salvador observait en silence l'impassibilité du docteur Jernier. Donald en devint plus animé. — Mais le sort de l'Italie, s'écria-t-il, compromet celui de la France : Naples vaincue, la Sainte-Alliance va lâcher un armée française sur l'Espagne; et si l'Espagne est rendue à l'absolutisme, l'absolutisme tentera de ressaisir votre pays. Docteur, la cause de la liberté est solidaire entre les peuples.

— La civilisation est le seul fait réel, milord; la liberté et l'bsolutisme sont de vains mots; donner le plus de jouissances possible au plus grand nombre possible : voilà ! Toutes vos définitions à la Montesquieu sont des niaiseries. J'y suis tout-à-fait indifférent; les hommes sont de grands fous de se tourmenter, de se proscrire, de se tuer pour des abstractions métaphysiques sur lesquelles personne ne s'entend...... Mais elles font vivre quelques habiles aux dépens des dupes : voilà !

—Quoi ! ce ne sont pas des consciences qui s'émeuvent si éloquemment à la tribune française.

— Bah !

— Leur ardeur passionnée et courageuse à réclamer vos libertés nationales, est-ce un mensonge ?

— C'est une fièvre honorable.

— Et quand ils mourront au pied de la tribune, dira-t-on que c'est un mensonge ?

— Je vous le répète, je n'ai pas d'opinion.

— Sur rien ?

— Je ne sais ; j'ai quarante-cinq ans, et j'en ai vécu soixante. Mes conseils ne sont pas inutiles ; je ne les prodigue pas. Tant mieux pour ceux qui m'écoutent : voilà. Je vous le dis encore : « Prenez, avant de vous mettre à table, un « verre d'eau sucrée édulcorée de fleur d'oranger.

Donald froissa de dépit un journal entre ses doigts. Le duc l'écoutait avec attention. — Mon cher docteur, dit-il, j'apprécie votre expérience ; heureux l'homme avec qui elle est amicale et causeuse. Vous ne l'ignorez pas, je suis libéral par conviction ; mais vos observations me donnent toujours à penser. — Le docteur s'inclina. — M. de Chanuzac, ajouta Salvador, ne marie-t-il pas sa fille et sa pupille ?

—Oui, au jeune Charles de Nelvoisy et au baron de Livrange; les deux mariages seront célébrés le même jour.

—La famille d'Estanceley n'est-elle pas liée à la famille de Chanuzac ?

—Intimement; elle assistera à la cérémonie nuptiale.

— Voici une occasion de me présenter, n'est-ce pas ? Je réparerai ainsi mon impolitesse.

Jernier balança quelque temps une de ses jambes qu'il tenait croisée sur l'autre, et dit avec un sourire qui vint contraster avec sa gravité assez habituelle : — Oui, monsieur le duc, la famille d'Estanceley vous sait mauvais gré de ne pas vous être présenté vous-même. Je serai très flatté d'être votre introducteur auprès d'elle; quand on est un d'Alvida on n'en a pas besoin chez un d'Estanceley. Mademoiselle d'Estanceley vous charmera, j'en suis

sûr; elle est vraiment d'une beauté.... qu'on
ne définit jamais. Ne vous attendez pas à voir
une de ces têtes comme on en trouve tant par
le monde : du rose, du blanc, un peu d'expression gaie ou langoureuse, selon la couleur des
cheveux.... Ici, c'est une nature vraie; cette
jeune fille est un être à part.... Si vous ne vous
êtes pas présenté plus tôt, votre maladie est
une excuse.

—Je croyais que MM. d'Estanceley auraient
pu prendre sur eux le soin de la première démarche.

—Voilà comme vous êtes tous! Je conviens
que votre père a rendu de grands services au
duc d'Estanceley, mort au Brésil, où il avait
émigré : mais le vieux comte est goutteux, per-
clus de ses membres, pour avoir trop hanté les
soupers fins et les petites maisons, sous l'an-
cienne cour; et monsieur son neveu est bien le
plus vaniteux de tous les bipèdes qui se disent
nobles.... Pardon, vous avez un esprit trop supérieur pour vous formaliser de ces observations...

beaucoup le comte d'Estan-

été le commencement et la ... de leur amitié.... M. d'Estanceley est mort si misérablement!.... Mais je n'ai gardé de cette terrible catastrophe qu'un souvenir bien vague.... J'étais si jeune enfant alors!... Pourtant cet incendie flamboie encore dans mon imagination ; je sens encore les baisers d'un vieillard qui tomba auprès de moi, le sein traversé d'une longue flèche empoisonnée.... Le lendemain, je me trouvai avec mon père et trois nègres sur une montagne, d'où je voyais au loin dans la plaine brûler nos habitations.... Ma présence réveillera de bien tristes pensées dans cette famille.

—Bah!—murmura le docteur en se levant.

Il se fit un de ces silences où les interlocuteurs cherchent mutuellement à deviner leurs secrètes pensées; Jernier n'en laissa rien échapper ; sa physionomie fut immobile.

—Mais mademoiselle d'Estanceley! dit lord

Donald..... Une belle âme doit habiter dans beau corps.

—Qu'est-ce que l'âme, milord?

—Je le renierais s'il osait dire qu'il en sait quelque chose; il en est encore au *peut-être* de Pascal, le plus tourmenté et le plus éloquent des sceptiques.

—J'en conviens, messieurs, je doute comme vous: mais n'est-il donc pas au-dedans de nous une puissance de sentir, de haïr, d'aimer, de s'identifier avec une idée, d'en souffrir ou d'en être heureux!

—Si c'est là votre âme, mon cher Donald, elle n'est alors que l'éveil de l'imagination, et la mise en jeu de l'organisme nerveux.

—Je vous tolère cette âme-là, milord.

—Elle n'est que la sensibilité, continua le duc.

— Eh bien, reprit Jernier en croisant les mains derrière le dos, et en marchant lentement vers la fenêtre, si l'âme de mademoiselle d'Estanceley était encore à naître!

—Une âme encore à naître, quand le corps existe !

—Si, continue gravement le docteur, si elle était assez pure, assez candide, assez ignorante d'elle-même pour n'avoir pas encore une âme !

Un nouveau silence régna dans l'appartement; le duc leva la tête et passa la main dans ses cheveux; Jernier étudia avec joie l'effet de ses paroles sur lui; et Donald, qui était resté un instant dans une attitude méditative, se prit soudain à rire, et dit : —Heureux alors, cent fois heureux, l'homme qui lui en donnera une.

—D'après vos idées, milord, c'est bien plutôt malheureux qu'il faudrait appeler cet homme-là! — Donald tressaillit.

—Bien répondu, — s'écria le duc en prenant familièrement le bras de Jernier.

—Ah! vous faites allusion à mes antipathies matrimoniales; elles sont en effet aussi invincibles que le mariage est ennuyeux et stupide.

—Êtes-vous bien sûr d'avoir cette opinion-là? — dit le duc.

Donald le regarda avec une fierté froide, et ne répondit pas. Salvador vit qu'il avait frappé juste, et, retournant l'épigramme dans l'amour-propre blessé, il continua : — Vous croyez avoir des idées faites et posées, mais c'est peut-être encore une illusion de votre esprit; et vous serez bientôt sans doute le mari le plus... mari de toute la Grande-Bretagne. — Une rougeur passa sur le front du jeune Anglais, puis il devint sondainement pâle.

— Je croyais, monsieur le duc, que mes paroles avaient plus d'autorité que vous ne semblez leur en accorder; je croyais que mes assertions ne soulevaient aucun doute. Aussi je me contenterai de vous le répéter, le mariage me semble la ressource des imaginations vul-gaires, qui, par bonheur, sont en immense ma-jorité. Mais l'homme dont l'âme est inquiète, ombrageuse, tourmentée par la soif du bon-heur; l'homme qui frémit au plus léger soup-çon d'une atteinte portée à son bonheur, peut-il hasarder son repos et sa vie au jeu si hasardeux du mariage?

— Vous avez trompé tant de maris, milord, dit le duc avec finesse, que vous ne croyez plus aux femmes; vous avez tant de fois menti d'amour, que vous n'avez plus foi aux paroles d'amour. Vous craignez pour vous un seul des mille scandales que vous avez causés.

— Je ne démêle guère, répondit-il en réprimant un sourire, les motifs de ma répugnance; mais je sais qu'elle est profondément assise en mon esprit. Les larmes de lord Byron ont coulé sur mon sein; oui, il en a pleuré, lui, si fier, si grand! Pleurer pour une femme !..... Mettre tout son bonheur, son avenir dans une femme, être si fragile! folie, absurde folie!

— Vous le voyez, docteur; milord Donald est le célibat incarné et fait homme.

— Bah! s'écria Jernier.

IV.

Trois jeunes Filles devant deux corbeilles.

Les voilà posées à ravir sur un divan de soie
bleue à longues franges, les voilà belles comme
trois illusions à dix-huit ans (dix-huit ans, c'est
à peu près leur âge à chacune; la plus jeune
en compte dix-sept), les voilà ravissantes de
candeur et d'ignorance du monde! Regardez-

les, car deux corbeilles de satin blanc sont
ouvertes devant elles; deux de ces jeunes filles
vont se marier demain, mais elles aiment et
n'ont point de soucis. Aussi, comme elles admirent avec une joie presque enfantine leurs
riches corbeilles! Comme tout est neuf et ra-
jeunissant dans leur plaisir! Leurs femmes de
chambre ont été éloignées; la porte est fermée
à clef. Elles veulent du mystère dans le bonheur
qu'elles ont à contempler ces étoffes, ces bouquets de fleurs d'oranger, ces diamans, ces
longues plumes qui retombent en ondulant;
ces pluches qu'un souffle léger soulève, et qui
donnent l'idée d'un caprice de femme mieux
que tout autre image; ces châles tissus dans
l'Inde; ces couleurs tranchées de la Chine fixées
sur le crêpe; la légèreté des tulles, où l'art des
brodeuses a laissé ses merveilles; le lissé d'argent du satin; les pelleteries du Nord, ces fan-
tastiques bijoux que l'industrie crée, inépuisable en ses variétés; ces aigrettes à mettre au
front des sultanes, et ce long voile blanc qui ne

7*

saurait couvrir plus de pudeur et de confiance en la destinée.

La plus jeune est un peu soucieuse, non par envie, elle l'ignore; elle ne se marie pas, et n'a pas encore désir du mariage. Et puis cette ombre de tristesse est si douce sur ce front candide, que c'est un charme qui peut-être manque aux deux autres. Mais non, on les aime diverses; chacune, avec ses attraits et leurs défauts, concourt à la grâce virginale du tableau.

La première est svelte, petite, mignonne; elle est toute joie pétulante. Sa présence n'éveille qu'idées charmantes et gaies; son œil bleu pétille de malice, et par moment il y règne une langueur qui se perd en de soudaines folâtreries, en un badinage espiègle et toujours mutiné; elle sautille en marchant, se précipite vers ce qu'elle désire, puis, quand on la gronde de sa ravissante brusquerie, elle s'arrête et rougit : son repos semble encore du mouvement. Son cou est un peu long peut-être, mais les ondulations en sont gracieuses! Ses bouderies, ses

caprices, sont de vraies coquetteries d'instinct;
elle ôte son gant pour montrer sa main; elle
avance parfois son pied, on devine aisément
pourquoi. Elle rit souvent, car alors la nacre
de ses dents éclate derrière ses lèvres fraîches
et vermeilles. Ce désir de plaire, elle le croit
naturel, elle le porte comme une parure; il doit
l'embellir aux yeux de l'amant qui demain sera
son mari. Quand elle secoue, en courant au
soleil, les boucles de ses longs cheveux, on
croirait que des étincelles en jaillissent. Quand
on l'a vue, quand on a entendu sa voix perlée,
on comprend mieux la Titania de Shakespeare;
elle rit à la vie, car la vie lui sourit. Qu'a-t-elle à
craindre? elle est charmante, elle est jeune,
elle est riche, elle est pure, elle est aimée, elle
aime.

C'est mademoiselle Constance de Chanuzac.
Sa cousine Eudonie est assise à côté d'elle.

Eudonie est régulièrement belle, et d'une
régularité expressive; il y a de l'animation sur
son visage, dont les lignes se dessinent avec

pureté. Peut-être, à dix-huit ans, sa taille est-
elle déjà trop développée, peut-être s'en plaint-
elle en secret, et voudrait-elle effacer le coloris
trop vif de ses joues. Elle étincelle de santé, et
les contours harmonieux de sa taille fatiguent le
corset qu'elle néglige souvent de vêtir sans qu'on
en soupçonne l'absence. Elle est grande, impo-
sante; son attitude calme naît d'un peu de dissi-
mulation; elle cache ce qu'elle éprouve, parce
qu'elle s'inquiète naïvement aussi de ce qu'elle
éprouve. Ses grands yeux noirs s'humectent de
larmes involontaires, elle tressaille, et son embarras est plein de charmes. Son âme a besoin
d'être occupée, mais il suffira de l'affection
d'un époux pour la défendre des séductions du
monde, qui sont si loin de sa pensée. Cette
tendresse qu'elle attend, elle y croit; elle sera
adorée, elle aime si vivement! Enfin, on dirait
qu'elle a peur de son amour, car elle en dissi-
mule autant qu'elle peut les émotions.

La troisième.... oh! la troisième.... c'est Marie
d'Estanceley!

Elle s'est mollement jetée sur un des coussins du divan, et elle dit à ses amies d'une voix un peu lente.

— Vous êtes donc bien contentes de vous marier!

— Tiens! quelle réflexion!... Eh mais! regarde donc cet écrin; comme il est beau! comme il est riche!... En me le donnant, Charles était si heureux de me voir heureuse! Il m'a tant promis de m'aimer, d'être toujours assidu à mes volontés! Si tu l'avais vu, hier, à mes pieds; il me jurait de me chérir toute la vie; je ne le jurais pas, moi, mais je le pensais. Si tu l'avais vu, il baisait ma main, les plis de ma robe; j'ai cru qu'il allait m'embrasser, alors j'ai eu peur et je me suis sauvée.

— Pauvre Résignée, dit Eudonie, que tu es froide! Tu ne comprends donc pas le bonheur d'être adorée d'un mari! Tu n'as jamais senti le bras d'un amant trembler près du tien! Tu n'as jamais craint que ta main ne vînt à trembler aussi! Quelle charmante vie je me promets avec

Livrange! Comme il me la peint séduisante! La considération qui l'entoure va m'entourer aussi; il ambitionne les suffrages de son pays, afin que je sois fière d'être sa femme. La gloire viendra si elle peut; je n'ai besoin, moi, que de son amour. Il a eu les premiers battemens de mon cœur, il en aura les derniers.

— As-tu jamais vu un oiseau de paradis plus brillant que celui-ci? dit Constance. C'est un présent de Charles.... Me sied-il bien ? — Et elle le posa coquettement sur sa tête, en ajoutant : — Enfin, je préfère mes romances aux cantiques éternels du *Sacré-Cœur.* — Elle fredonna malicieusement :

> Réveille-toi, tu dors encore;
> Ah! si ton cœur pouvait changer!

— Livrange, dit Eudonie en interrompant la romance, Livrange a des manières si distinguées!... J'aime à le savoir ambitieux à cause de moi. Puis, il me dit si souvent que je suis belle! et j'éprouve tant de plaisir à le lui entendre

répéter !... Seulement ses regards m'embarras-
sent, et vraiment j'en suis quelquefois toute
honteuse.

— Nous donnerons des bals.

— Nous irons à la cour.

— J'aurai une loge aux Bouffes et à l'Opéra.

— Il sera nommé officier de la Légion-d'Honneur à la première promotion.

— Il va changer sa livrée, et j'aurai un chasseur.

— Il sera peut-être ministre un jour.

— Mes bonnes amies, dit Résignée, je ne
sais guère pourquoi, mais votre bonheur m'effraie.

— Comment cela, folle que tu es ! Voyons,
parle.

— Oui, laissons-la parler, Eudonie ; nous
l'écouterons en serrant nos corbeilles.

— Mes bonnes amies, j'ai une tout autre
idée du mariage, dit-elle timidement ; je suis un
peu embarrassée pour vous dire ce que je
pense, mais je vais essayer. Le mariage est une

union grave et sainte; et vous , qui avez été élevées au *Sacré - Cœur de Jésus*, vous ne pensez
pas à Dieu la veille de cette solennité....

— J'espère bien que Charles ira à la messe
avec moi.

— Livrange m'aime trop pour ne pas m'ac-
compagner assidûment aux offices.

— A la bonne heure! Je suis protestante, et
j'aime à vous entendre parler avec respect de
votre religion, à vous la voir pratiquer; elle est
un adoucissement aux chagrins de la vie. Je n'ai
jamais connu mon père, et ma mère ne m'aimait pas; elle n'avait d'affection que pour mes
deux frères; l'aîné est mort au Brésil. Elle me
repoussait quand je voulais l'embrasser.... Alors
j'ai compris qu'il y avait des peines dans la
vie....

— Sans doute! sans doute!

— Prends garde, Eudonie; tu vas renverser
mon écrin.

— Alors, j'ai eu défiance; alors j'ai senti qu'une
femme qui n'a pas de protecteur dans la société

doit y être exposée à bien des malheurs, et personne ne venait dire à ma mère : « Elle est votre
fille; aimez-la donc!» Je me suis promise de ne
me marier qu'avec un jeune homme qui m'aimera de tout son cœur, à cause de moi et à
cause de Dieu, afin qu'étant deux nous soyons
plus forts contre la vie, et que le chagrin, par-
tagé à deux, nous soit plus léger. Si notre mutuelle affection est telle que je la conçois dans
mon cœur, malgré mon ignorance, s'il m'aime
comme je l'aimerai, oh! alors le bonheur
sera.... (mon Dieu! je ne trouve pas le mot)....
une sorte d'enivrement calme, et au sein d'une
aussi intime union, la douleur nous deviendra
une mélancolie douce, un plaisir avec larmes.

— Cela va sans dire, ma chère.

— Je pense comme toi..... Oh! la jolie cor-
beille!.... j'en suis folle!

— La mort de ma mère, qui parut s'attendrir
sur moi en expirant, me fortifia dans cette résolution. Je la pleurai comme si elle m'avait
aimée. Mon oncle est mon tuteur; mais il est

vieux et toujours malade. Mon frère a un excellent cœur; mais il est si étourdi! Tout mon
avenir est dans le choix d'un mari; je dépen-
drai de lui, mon bonheur et mon malheur re-
poseront en lui. Mon existence ne sera que ce
qu'il voudra bien la faire : ainsi toute cette existence dépend de ce choix; et quand nous di-
sons : « Oui » devant le ministre de Dieu, nous
ignorons presque toujours ce que nous faisons.

— Ton oncle est un vilain goutteux qui désire te garder le plus long-temps possible auprès
de lui, dans son vieux château d'Estanceley.

— Je ne m'y ennuie pas.

— Il te flatte, il t'effraie, il te domine, pauvre petite! il te nomme sa belle Résignée, et ce
surnom, qu'on te donne dans l'intimité, peint
à merveille ton caractère.

— Vous croyez, mes bonnes amies; vous
croyez !... Parfois les apparences trompent.

— Comment peux-tu te plaire pendant neuf
mois de l'année dans ce château à donjons,
à grandes salles humides ?

— Je lis les journaux à mon oncle, je me promène, je veille aux soins domestiques, je dicte les comptes à Baptiérel, le secrétaire de l'homme d'affaires; je joue du piano, je chante, et si ma musique le fatigue, je me tais.

— Oh! que tu es bien résignée !

— Oui; mais non pas au malheur d'un mauvais mariage. Résignée! c'est un surnom que je me laisse donner : mais je ne suis pas toujours volontairement résignée aux chagrins ; seulement j'ai peur que la résignation ne soit le devoir de toute femme qui souffre d'une fausse position dans le monde, ou de chagrins cachés, et je crois qu'il y en a beaucoup.... Mais, dites-moi, ajouta-t-elle avec son ingénuité de dix-sept ans, vos fiancés ont-ils de la religion ?

— Il faudra bien que Charles en ait, puisqu'il m'aime.

— Il m'a bien promis d'écouter mes conseils, et d'aller à l'église; mais, Résignée, ton sermon est bien inutile : nous en savons plus que toi sur la religion, nous avions des conférences *au*

Sacré-Cœur, et nous traitions dans nos compositions des sujets édifians.

— Je n'ai lu que l'Évangile, moi, dit simplement Résignée; je n'ai point voulu vous faire de sermon, j'ai parlé comme mon cœur me disait.

En ce moment entra madame Ganeville, sœur de M. de Chanuzac, et mariée depuis plusieurs mois à un banquier. Elle était laide et déjà vieille. Ainsi le jeune banquier avait spéculé sur la passion ridicule de cette riche douairière; et c'est en vain que M. de Chanuzac avait combattu ce mariage de toute la vigueur de ses poumons ministériels. Sa voix, si exercée à demander la clôture et à lutter par le bruit contre les raisonnemens de l'opposition, s'était brisée contre l'amour obstiné d'une vieille dévote.

En entendant le bruit de ses pas et de sa toux sèche, les fiancées posèrent vivement les corbeilles sur des meubles, ouvrirent la porte, baissèrent les yeux, et prirent un air recueilli. Elle entra, jeta autour d'elle un regard observateur, et dit : — Mesdemoiselles, la voiture est prête, allons à l'église. Mademoiselle d'Estanceley voudra bien nous excuser. Notre saint directeur nous attend; vous allez recevoir l'absolution afin de communier demain matin, avant la célébration de vos mariages.

V.

Une Soirée après Mariage.

Huit jours après, Constance de Nelvoisy et
la baronne de Livrange se trouvaient dans le
même appartement avec Résignée; une soirée
allait clorre les solennités du mariage. Le duc
d'Alvida et lord Donald y étaient invités. Résignée devait partir le lendemain pour Estance-

ley, où son oncle l'attendait avec l'impatience
d'un malade égoïste et vieux.

Y avait-il déjà quelque déception entrée dans
l'imagination et le cœur des jeunes mariées ?
Leurs maris avaient-ils déjà tourné en ridicule
toutes leurs pudeurs si précieuses ? Avaient-ils,
pour se montrer hommes du monde, permis
qu'on plaisantât devant elles du mystère des
premières nuits ? La chaste fraîcheur de leur
affection était-elle déjà flétrie ? Sont-elles si tôt
sorties de ce monde idéal, que se créaient leurs
rêves de jeunes filles, pour entrer dans le monde
réel, si froidement ironique, si dédaigneux de
tout ce qui part de l'âme et revêt la forme senti-
mentale.... Comme si l'affectation et l'abus du
sentiment pouvaient nuire au sentiment lui-
même ; comme si le fanatisme et l'hypocrisie
pouvaient nuire à Dieu ! Il régnait un peu
d'étonnement peut-être dans leurs âmes, mais
au milieu du bruit de leurs noces, elles ne s'en
rendaient pas compte, elles ne se comprenaient
pas bien encore, n'avaient ni le temps ni le pou-

voir de réfléchir. Hélas! c'est aussi une faculté
bien triste que celle d'analyser toujours ses impressions ; il est dangereux de descendre trop
avant dans le cœur humain. Mais tous les événemens de la vie nous ramènent à ces études de
nous- mêmes et des autres.

Les deux mariées avaient d'abord détourné la
tête en rougissant de quelques plaisanteries ;
puis elles les avaient écoutées avec une émotion
plus civilisée ; leur pudeur s'était mieux tenue
dans les convenances. M. de Nelvoisy, homme
à la mode, en faisait déjà compliment à sa
femme, et lui donnait l'exemple d'une sémil-
lante frivolité.

Les corbeilles reposaient encore là, blanches
et parfumées, et les jeunes mariées se prépa-
raient à l'œuvre importante de leur toilette.
Leurs parures éblouissantes avaient été dé-
ployées ; leurs maris venaient de les quitter.
Tout brillait d'un air de fête, de joie et de luxe
autour d'elles ; nulle part, si ce n'est à l'église,
où se prononcent avec une onction étudiée des

discours d'habitude, nulle part des enseigne-
mens sur leurs nouveaux devoirs. Elles semblaient un peu étourdies de l'empressement qui
se faisait autour d'elles ; mais elles espéraient
que leurs jours s'écouleraient plus doux encore, car ils seraient moins bruyans, moins fé-
licités, plus recueillis. Les souvenirs de la cérémonie nuptiale étaient si près d'elles ! Et l'on
est si prompt à se fier à un bonheur consacré
par la religion ! Il semble que l'immortalité,
essence de tout culte, doive se communiquer à
l'union qu'il bénit et sanctifie.

Elles aimaient à parler de leur bonheur à
Résignée, qui leur avait témoigné quelques
défiances : elles s'attachaient à la convaincre
d'erreur.

— Oh ! tant mieux, disait Résignée ; tant
mieux, mes bonnes amies ; ce que vous me
dites là me comble de joie et me rassure pour
moi-même, car enfin je me marierai un jour.
J'ai déjà refusé plus d'un parti.... Je n'y veux
pas songer avant dix-huit ans. Mais par qui

8*

serai-je guidée dans mon choix? Je n'ai pas de
mère!.... Je n'ai jamais connu mon père; mon
frère donne plus d'attention à son beau cheval
andaloux qu'à moi; mon oncle est toujours malade. Je ne vois guère que le docteur qui me
puisse aider de ses conseils. Puissiez-vous être
toujours heureuses, et que j'en sois témoin!....
Rien n'est plus consolant que de rencontrer un
bonheur vrai!

Et elle unissait à la simplicité des paroles
un jeu de physionomie toujours en rapport
avec elles. Il faut le dire, il s'y joignait aussi cet
instinct de coquetterie qui semble inné en toute
femme; elle se savait ravissante, et, par momens, elle était heureuse d'être admirée de
ceux qui l'entouraient. Cet empire de sa beauté
lui promettait un amour à venir. S'asseyait-elle,
c'était avec des mouvemens jetés avec une grâce
parfaite. S'arrêtait-elle, sa pose était naturelle
et à souhait pour charmer l'œil. Un sourire
bienveillant, dont elle ne connaissait pas elle-
même toute la portée, jouait sur sa bouche,

d'une élégance qui échappe à toute description.
Ses manières avaient quelquefois une légère
brusquerie, et ses paroles une étourderie piquante, si l'on peut appeler ainsi ce qui résulte
d'une timidité mal cachée, un peu défiante
même. Être faible, elle craignait le monde, et se
plaisait dans la solitude, où ses pensées, ses rêveries sans but n'étaient pas gênées; dans un
cercle elle ne dissimulait pas toujours le malaise qu'elle éprouvait. Ceux qui ne voient de
l'esprit que dans l'art d'aiguiser une idée et de
la faire scintiller, n'aimaient pas sa conversation naturelle et sans traits. Des observateurs
superficiels l'accusaient de froideur; ils n'entraient pas dans le secret de cette âme si tendre;
la vraie sensibilité n'éclate pas en paroles, elle
se craint elle-même, elle ne réserve la chaleur
de ses expansions que pour les instans qu'embellit l'être aimé. Mais c'est là qu'elle est éloquente sans chercher à le devenir. Moins elle
s'est faite aux galanteries de salon, plus elle
trouve un langage à elle. Là elle déploie tous

les trésors qu'elle amassait en silence, et ce parler de l'âme, presque toujours inépuisable, est d'autant plus séduisant qu'il n'est ni étudié, ni contrôlé, et que son charme même est dans ses négligences et son abandon.

On appelle d'ordinaire expression une véhémence oratoire, élégante, fleurie, cadencée, qui recherche et crée des alliances de mots; mais la véritable expression est décousue, pleine de fougue et d'inspiration, belle de laisser-aller, éloquente par des larmes et des tressaillemens, entrecoupée de ces cris sublimes qu'on ne cherche pas, qu'on trouve. Cette éloquence est quelquefois silencieuse, parce qu'elle se dépite contre les mots qui la refroidissent; cette éloquence, c'est un dévouement toujours prêt, c'est une étreinte; et alors une grande puissance d'aimer, libre et confiante, appelle toujours une grande puissance d'exprimer.

Le cœur de Résignée recelait les germes de ce pouvoir encore assoupi, enseveli en elle; car elle était incomplète, inachevée et comme

passive dans la vie. De cette nonchalance morale
elle tombait dans une nonchalance réelle d'actions; elle restait souvent, pendant de longues
journées, oisive sur un divan, s'occupant par
intervalles à ces ouvrages futiles qui remplissent
les journées des femmes. Elle ne vivait pas encore; elle attendait la vie.

Sa taille souple se dessinait pure et ravissante
dans ses proportions; on l'eût emprisonnée
sans peine dans le double contour d'un gant
d'homme. On eût trouvé, sans doute, des in-
corrections à son visage, peu conforme à ce
type que la médiocrité des peintres et des écrivains vulgaires reproduit incessamment; mais
l'ensemble, l'harmonie des traits, la beauté des
formes, sa physionomie mobile, charmante, et
qui se revêtait parfois d'une animation indicible; sa voix suave, hésitant sur l'intonation,
comme il arrive aux personnes qui craignent
de trop sentir, de trop exprimer, je ne sais quoi
de fatal et de plissé sur le front, en faisaient un
être à part, naïf, doux à voir, enivrant à aimer,

mélodieux, primitif. C'était la femme, jeune,
se sentant exposée au monde et presque sans
défense contre lui.

Abandonnée à elle-même par son oncle et
son frère, ayant reçu une éducation un peu
négligée, elle était devenue une anomalie dans
une société dont les usages sont uniformes, si
effacés, si ennemis de l'originalité; où il faut,
pour ainsi dire, quitter son âme à la porte pour
prendre les airs froids et composés qui annoncent
l'homme du monde.

Le soleil s'inclinait à l'horizon, et lançait
obliquement ses rayons dans l'appartement en
traversant le feuillage des grands arbres du
jardin de l'hôtel. Les mariées avaient sonné
leurs femmes de chambre, s'occupaient de
leur toilette. Résignée, suivant ses habitudes
d'élégante simplicité, s'était habillée d'une robe
blanche et d'une écharpe rose. La journée s'é-
teignait belle et chaude; un air attiédi frémissait
dans la verdure. Debout devant les larges vitres
d'une fenêtre, elle s'ennuyait des mouvemens

empréssés des femmes de chambre et de tout
le babil monotone d'une toilette.

—Que la soirée est belle, que le ciel est se-
rein! s'écria-t-elle. Vos fleurs n'ont pas le brillant coloris des miennes à Estanceley; vos fleurs
manquent d'air ou respirent les exhalaisons de
la rue voisine : elles se fanent vite dans les
jardins étroits de la ville; mais n'importe, ce
sont des fleurs.

—Et tu serais bien aise de les aller voir de
près, de les respirer en passant? Tu t'ennuies,
ma petite sauvage.

—Eh bien!... oui, et je descends au jardin.

Elle s'échappa rapidement, se promena dans
les allées sablées, aspirant ces parfums de lilas
si pénétrans le soir; et, doucement enivrée de
leurs émanations suaves, elle se plaça sous un
berceau fleuri, dans un de ces fauteuils rus-
tiques dont le dossier s'incline comme pour
inviter au repos. Là, elle s'enfonça entre deux
rosiers, de sorte que sa tête disparut presque
entre les lilas et les roses. Elle se laissa aller au

vague de ses idées, et bientôt ce léger assoupissement, état délicieux qui n'est ni la veille ni le
sommeil, s'empara d'elle; par degrés elle perdit
le souvenir des lieux, elle se croyait dans un
tourbillon embaumé; et, mollement inclinés
par le vent, les boutons de rose à demi épanouis
venaient errer sur ses lèvres.

Une demi-heure s'écoula, et le crépuscule
commençait à régner. En passant devant le
berceau, un jeune homme voit onduler les plis
d'une robe blanche; il s'approche, et reste immobile d'admiration.... Il ose, après quelques
hésitations, écarter les roses et les branches de
lilas qui pendaient sur cette tête ravissante....
Elle se réveille alors, et, se levant toute confuse,
elle porte la main sur un des rosiers; une épine
lui déchire le doigt, elle pousse un cri, et des
gouttes de sang coulent sur son gant blanc....
L'étranger, par un mouvement rapide, l'enlève
de la main blessée; Résignée est surprise.... mais
elle le repousse bientôt, s'enveloppe la main de
son mouchoir, s'élance dans une des allées, et

monte les degrés qui conduisent à l'appartement
de ses amies. En la voyant entrer aussi agitée ,
elles vont à elle. — Qu'as-tu , qu'as-tu donc? lui
disent-elles.

—Rien, rien!.... je me suis blessée au doigt...
et j'ai perdu mon gant.—Pourquoi n'avait-elle
pas dit toute la vérité? Pourquoi ce commencement de mensonge ? Peut-être elle craignit de
s'expliquer devant les femmes de chambre.

Quel était cet étranger? comment s'était-il
introduit dans le jardin? Les apparences de
l'amitié régnaient entre lord Donald et Salvador;
mais ils ne se convenaient ni l'un ni l'autre ;
et cette découverte , faite simultanément , les
jetait dans un étonnement pénible. Ils avaient
d'abord trouvé tant de charme à leur liaison
qu'ils s'effrayaient de la rompre; ils aimaient
mieux s'en tenir à des semblans , qui toutefois
ne les trompaient pas; du moins ils espéraient
un retour; et si l'on ne fait jamais impunément une halte dans l'amour, on en peut faire
quelquefois en amitié. La discussion sur le ma-

riage s'était prolongée pendant le déjeuner;
le docteur avait écouté; le duc avait provoqué,
par des railleries fines, les sorties de Donald
contre ces liens éternels entre des êtres mobiles
par leur nature. La conversation dégénéra en
imputations aigres, et Donald reprocha enfin
à son ami de parler sans conviction; dès-lors
ils se virent plus rarement et avec froideur.
Ce jour-là, Donald embarrassé des loisirs d'une
longue journée, monta à cheval, se rendit au
bois, choisissant les allées solitaires, car il se
sentait affaissé par une de ces pesantes mélancolies qui naissent de l'insuffisance ou de la
satiété de nos plaisirs terrestres. Après son
dîner, il s'habilla et demanda sa voiture. Récemment arrivé à Paris, il y connaissait fort
peu de monde. Et qui n'a pas souffert de se
trouver isolé dans une ville immense, où toute
une population court et s'agite, curieuse des
moindres accidens des carrefours et des quais,
et indifférente aux souffrances empreintes sur
vos traits! Il erra de rue en rue, de promenade en

promenade, de monument en monument : quand
nous sommes tristes, il nous semble qu'un ciel
éclatant de lumière soit une ironie à nos peines.
Enfin, soit ennui, soit distraction, au tomber de
la nuit il avait donné ordre à son cocher de le
conduire à l'hôtel de Chanuzac. Le salon était
encore désert; les domestiques allumaient les
candelabres.... Un peu confus de cet oubli des
convenances, il se promena dans le jardin pendant qu'on informait M. de Chanuzac de son
arrivée.

Maintenant il était debout à la place où il
avait contemplé Résignée avec une admiration
émue; il tenait encore ce gant petit et taché
de sang, il le porta à ses lèvres et le couvrit
de baisers. Il demeura quelque temps comme
suspendu dans un ravissement recueilli; il erra
dans les allées, revint au berceau, s'assit dans
le fauteuil où elle s'était assise; puis, s'aperce-
vant que le salon se peuplait, s'animait, il cacha
dans son sein le gant qu'il venait de conquérir,
et rentra sous le vestibule.

On annonça lord Donald; en le voyant entrer, Résignée rougit et détourna la tête. Salvador était à quelques pas d'elle avec Jernier et le jeune Firmin d'Estanceley; celui-ci, prenant le duc par la main, le présenta à sa sœur encore rouge de l'émotion que lui donnait la présence de Donald. Le duc s'attribua le trouble de la jeune fille, et parut frappé de sa beauté originale et douce.

— Le souvenir de notre père vient de se réveiller en elle à votre nom, monsieur le duc, dit Firmin; vous concevez et vous excusez son agitation.

— Elle honore mademoiselle d'Estanceley, monsieur, — dit le duc après un salut plein de courtoisie.

Elle baissa la tête, pensant qu'elle ne méritait pas les éloges qui lui étaient adressés; elle s'en voulut de n'avoir pas songé à son père dans ce moment-là. Les consciences pures sont ingénieuses à se créer des tourmens.

Depuis quelques instans, lord Donald se

trouvait isolé dans le salon; il cherchait de l'œil M. de Chanuzac, qui venait d'être appelé dans une autre pièce. La forme caractéristique de ses traits, son front soucieux, la dignité et la circonspection de ses manières, tout annonçait en lui un Anglais de distinction; ses regards s'allèrent poser sur Résignée. — C'est mademoiselle d'Estanceley, — pense-t-il; et un frisson le saisit quand il voit Salvador s'en approcher.

Ils s'abordèrent avec plus de cérémonie que d'habitude. Le duc s'avouait en lui-même coupable de quelques railleries peu convenables; et Donald nourrissait une si haute idée de la dignité de l'homme, il souffrait si cruellement des atteintes portées à cette dignité, que, dès qu'il la sentait lésée, il s'enveloppait de manières froides et se réfugiait dans la vie négative. Mais son imagination brûlante se vengeait de la gêne qu'il s'imposait; il se retrouvait avec toute sa vivacité auprès des femmes qu'il aimait, qu'il trompait, sans jamais lasser l'in-

quiète mobilité de ses affections. Salvador, plus
patient, arrangeait ses plaisirs comme une partie d'échecs; et cependant le calcul n'excluait
pas chez lui l'ivresse et l'emportement de la passion. Son sang allumé par les feux du Brésil
bouillonnait : mais rien ne s'en trahissait au-
dehors que lorsqu'il y consentait. Il tendit la
main à Donald comme pour l'encourager à plus
d'expansion, et les deux amis échangèrent quelques politesses moins contraintes.

Jernier les étudiait : Salvador le charmait
par la souplesse de son élocution exempte d'accent étranger, et surtout par ses approbations.
Salvador possédait l'art de chercher, de saisir,
de flatter le faible de chaque homme, ce que
Sterne appelle *son dada*. Celui du docteur consistait à donner des conseils, à embrouiller les
fils d'une affaire afin d'avoir à les démêler, à
s'établir dans une maison, à s'insinuer dans les
confiances, à y élire domicile, à y régner : ce
commérage l'occupait; il y dépensait sa vie.
Ainsi, toute docilité à ses avis était bien venue.

La famille d'Estanceley lui appartenait en quelque sorte ; chacune de ses paroles y était une décision presque sans appel ; il avait su conserver les riches domaines de cette famille pendant la révolution, et la reconnaissance avait commencé un ascendant que son habileté rendait absolu.

— Qu'êtes-vous donc devenu aujourd'hui, Donald ? lui dit le duc.

— Je me suis ennuyé.

— Bah! s'écria Jernier, on ne s'ennuie que parce qu'on le veut bien, et que c'est une maladie à la mode qui semble annoncer l'homme supérieur. Mais, voyez-vous, on en guérit dès qu'on a l'intention d'en guérir. Laissez-moi entreprendre cette cure, car je répare les désordres de la pensée, comme un horloger remet en harmonie le jeu intérieur d'une pendule.

Donald ne répondit que par une légère inclinaison de tête ; Jernier en fut piqué ; mais, trop adroit pour trahir son dépit, il adressa à Salvador une observation qui en fut bien accueillie, ce qui le consola.

Les deux nobles étrangers devinrent bientôt les objets de ces politesses délicates à l'aide desquelles la société française fait si bien les honneurs de chez elle. A vrai dire, les parens des familles qui venaient de s'allier par cette double union s'adressaient des complimens qui ne semblaient pas toujours l'expression de la vérité : mais ces mensonges étaient si élégans qu'on ne s'attachait qu'à la forme. Ces complimens ressemblent aux robes de bal ; l'éclat et la fraîcheur en font tout le prix ; le lendemain, ce ne sont que des chiffons.

Les danses se formèrent ; et ce fut bientôt un mélange animé de têtes brunes ou blondes, frêles ou prononcées, tendres ou vives, mélancoliques ou gaies ; les robes, les fleurs, les visages brillaient, riaient, s'élançaient, et tout ce luxe mouvant d'un bal se développa dans son harmonie poétique. Donald s'inclinait déjà vers Résignée, quand il se vit avec déplaisir devancé

par Salvador. Alors il sollicita la contredanse
qui suivait et fut agréé.

Nos convenances glaciales sont venues, pour
ainsi parler, refroidir la danse et lui ôter cette
animation qui en était le charme. On disait :
« Le style, c'est l'homme. » On pouvait presque
ajouter : « La danse, c'est la femme. » Tout le
caractère s'y révélait involontairement. Aujour-
d'hui elle est si décolorée, si terre-à-terre, elle
se met si à l'aise qu'elle en devient disgracieuse.
Les jolies femmes ont seules le droit de se faire
pardonner cette danse en négligé ; elles savent
parfois la rendre moelleuse, séduisante. Là encore la société a retranché l'âme pour y mettre
son matérialisme convenu. Les caractères naïfs
et primesautiers, comme dirait Montaigne, se
donnent quelquefois le ridicule de danser avec
expression, c'est-à-dire de traduire, excités par
le rhythme musical, les sensations qu'ils éprou-
vent, les pensées qui leur naissent. Ainsi la
tendre pétulance de madame de Nelvoisy éclatait quelquefois en pas vifs, rapides croisés ; en

9*

balancemens de corps variés, prompts, animés sans efforts, ravissans ; sa danse pétillait comme son joli visage. Les pas de la jeune baronne de Livrange se déployaient, moelleux, nobles, imposans, empreints d'une volupté pudique et grave; on l'admirait. Résignée glissait timidement sur le parquet, parfois les yeux baissés, inquiète presque du plaisir qu'elle prenait, confuse d'être ainsi regardée, et craignant de manquer d'usage et d'élégance, tandis que chacune de ses attitudes était pleine de grâce, et qu'un cercle de jeunes gens se pressait autour d'elle.

Quand vint le tour de lord Donald de lui offrir la main, elle parut un peu embarrassée. Sans un avis jeté en passant par madame de Nelvoisy, elle eût troublé la symétrie des figures; et pour cacher le petit mouvement de honte qu'elle en eut, elle dansa avec plus de légèreté, d'abandon. Elle se rassura, s'enhardit, et osa lui dire tout bas : — Monsieur, je crois que vous avez un gant.... que j'ai perdu.

— Il est vrai, reprit Donald; mais il me semble que je l'ai gagné en vous offrant des soins que vous n'avez pas daigné accepter comme je l'aurais désiré.

Elle allait répondre : c'était à son tour de danser, elle s'avança vers son vis-à-vis ; et quand elle revint à sa place, elle dit d'une voix à peine entendue :

— Mais ce gant, je ne vous l'ai pas donné, monsieur, et je vous supplie de vouloir bien me le rendre.

— Si vous me l'enviez, si vous m'imposez cette restitution; je vous obéirai. — Elle n'osa plus lui en parler encore, peut-être cette obstination ne lui déplaisait-elle pas. La contredanse finit; il la prit par la main, et, la reconduisant à sa banquette, il dit à la faveur du mouvement général : — Jamais, mademoiselle, jamais je ne m'en séparerai. Il est là sur mon cœur; jamais !

Quand Donald se retourna, il vit derrière lui Salvador sombre, et presque menaçant : mais,

dans son agitation, il remarqua peu ce jeu
de physionomie; un instant après, le jeune
duc lui parlait avec plus d'effusion que d'habitude.

VI.

Le Lendemain.

« Jamais, je ne m'en séparerai jamais ! » Ces paroles n'avaient pas été perdues pour elle; elle en gardait comme l'impression électrique; elle y rêva plus d'une fois. « Je ne m'en séparerai jamais. » C'était presque déjà un article de foi pour elle.

Le lendemain, Donald se réveilla avec le

souvenir de Résignée et le petit gant devant lui; ce petit gant lui rappelait toute cette jeune fille, ses hésitations, sa voix, les ondulations de sa robe et ses troubles si délicieusement maladroits. Mais la mobilité des impressions de lord Donald ne le disposait guère à un amour sérieux; il s'en effrayait dès l'abord; il aimait trop le plaisir pour s'embarrasser d'un bonheur continu, monotone. Il ne comptait pas encore vingt-cinq ans, et n'envisageait le mariage qu'au fond d'un avenir très éloigné, quand il serait vieux, quand il aurait effeuillé les fraîches années de sa vie, et qu'il ne lui resterait plus que les années arides, desséchées.

Il possédait une fortune immense, qui allait se grossir de deux ou trois morts qu'il avait en espérances devant lui, espérances que tant d'héritiers font escompter par anticipation; mais ses folles prodigalités absorbaient à peine ses revenus.

Il se réveille avec des idées gracieuses, regarde le petit gant, puis il se lève lentement,

bâille, s'habille, s'enveloppe dans sa robe-de-
chambre, et va à son secrétaire; il en tire une
riche cassette d'un travail exquis, fait jouer les
secrets de sa serrure, ouvre les compartimens
divers, y visite des portraits, des rubans, des
cheveux noirs, châtains, blonds, en tresses, en
boucles, en spirales; des bouquets flétris, des
billets de toutes couleurs dorés sur tranche,
parfumés : le gant mignon gisait près de là
oublié sur le secrétaire. Il sourit à chacun de
ces souvenirs effacés, et qui l'embarrassaient
quelquefois; il se lance, il se perd dans le dé-
dale de cette longue histoire de sermens pro-
fanés, de rendez-vous, de piéges devinés et
acceptés, de mutuelles perfidies, de craintes
assaisonnées par le plaisir : ces catacombes
d'amour ne s'ouvraient que pour ensevelir des
lettres de choix et des affections mortes.

Il a bien quelques scrupules d'y enfouir ce
gant tacheté de sang qui avait été surpris, et
qui ne lui rappelle que des émotions vagues
et pures.

Il y rêve un peu, en l'élevant au-dessus de
cette tombe élégante; puis il ouvre ses doigts
par distraction, et le couvercle retombe sur ce
vieux souvenir de la veille.

VII.

Un an après.

QUELQUES jours après la sépulture de ce
pauvre petit gant, d'autant plus oublié que
mademoiselle d'Estanceley était partie pour la
campagne, les deux amis se rapprochèrent par
désœuvrement, par ennui. C'était la belle saison;
tout le monde désertait Paris, et lord Donald

ayant reçu la nouvelle d'une de ces morts qu'on appelle espérances, et qui l'enrichissaient périodiquement, lui, dédaigneux dissipateur, ils partirent tous les deux pour l'Écosse. Les plaisirs de Londres les captivèrent ensuite; ils y passèrent un hiver destiné à Paris : mais Salvador entretenait avec Jernier une correspondance secrète.

Avec le printemps, ils reviennent en Touraine, la délicieuse, la féconde, la bien fleurie, la belle, où les larges eaux de la Loire coulent sous un ciel amant, toujours empressé à se mettre en harmonie avec la fraîche beauté des coteaux sur lesquels il plane comme un dais azuré.

Puis le mois de juin les retrouve à Paris, où ils cherchent à varier l'emploi de leurs journées. Madame de Nelvoisy n'était point allée à la campagne; sa santé languissait, un accident lui enlevait les espérances bien chères d'une grossesse; et demandez à une mère combien ces déceptions-là sont cruelles. D'ailleurs, ses

illusions s'en allaient déjà en fumée; M. de
Nelvoisy, homme du monde, prodigue, s'était
marié sans amour, après avoir abusé sa jeune
femme par des semblans de passion. Il cachait
de son mieux la pauvreté de son intelligence
et de son savoir sous quelques banalités spiri-
tuelles et ces cliquetis de mots qu'il faisait jouer
assez adroitement. Avantageux, fat comme
presque toutes les nullités, il rechercha lord
Donald, dont les manières distinguées lui semblaient aller de pair avec les siennes : il aimait
à trancher du protecteur, et à le présenter dans
les salons les plus courus.

Douée d'un esprit fin, vif, délicat, mali-
cieux et tendre pourtant, Constance comparait
involontairement les connaissances variées, les
études élégantes, l'imagination maladive, mais
fascinatrice de l'ami de lord Byron, avec la
lourdeur insipide et le parlage prétentieux de
son mari. L'éducation des jeunes personnes les
tient d'ordinaire éloignées d'un monde où elles
doivent paraître; elles vivent au sein de fic-

tions morales et religieuses qui se trouvent soudain démenties par les réalités, et alors elles
foulent sans défense les brillans tapis des salons
presque partout semés de piéges. Elle aimait
son mari encore, mais elle se désabusait sur
l'éclat si peu solide de son esprit; elle s'affli-
geait de ne rencontrer en lui que des idées communes, une sécheresse d'âme désespérante, un
égoïsme étroit, et une mobilité qui s'ennuyait
déjà de ses caresses tendres mais chastes. Gâté
par quelques aventures, il cherchait à continuer, dans le mariage, son rôle et ses succès.
Dès les premiers mois de leur union, des créan-
ciers s'étaient présentés, et ils avaient dû pui-
ser dans la dot récente.

Il n'est rien que les jeunes femmes oublient
plus vite que les pertes d'argent; elles sup-
portent même les privations qui en résultent
plus patiemment que les hommes; mais il faut
alors qu'elles soient aimées, et M. de Nelvoisy
n'aimait pas. Les visites de lord Donald devenaient plus fréquentes. L'amour-propre des

maris est leur plus déplorable conseiller; il les
précipite en de funestes aveuglemens. Madame
de Nelvoisy se dépitait contre cette suffisance ;
elle s'indignait de ce qu'il ne s'aperçût pas des
attentions du jeune étranger. M. de Nelvoisy
nourrissait une trop haute idée de lui-même
pour les soupçonner.

Un soir qu'il devait conduire son nouvel ami
dans une maison, à une fête, il ne vint pas à
l'heure indiquée. Dix heures sonnent. Madame
de Nelvoisy attend; elle s'agite sur son divan,
au risque de froisser les plis si frais de sa robe
de bal; elle tourmente entre ses doigts les pages
d'un journal qu'elle ne lit pas, au risque de
ternir la blancheur de ses gants, qui dessinent
si bien la forme de sa main; elle écoute, elle
soupire, elle rêve : seule presque toute la journée! seule à dîner! seule après sa toilette !......
Enfin elle pleure; elle a oublié, perdue en ses
réflexions, qu'on apercevra la trace de ses larmes, et que des yeux humides et gonflés tra-
hiront sa douleur; elle pleure..... Le bruit d'une

voiture se fait entendre dans la cour. — Ah !
c'est lui, dit-elle; c'est lui !.... — Elle se lève,
s'élance vers la porte..... On annonce lord
Donald.

Elle reste immobile, s'efforçant de sourire,
honteuse des pleurs qu'elle a vainement es-
suyés; elle craint qu'il ne les devine, elle s'efforce de cacher son agitation sous un sourire,
et dit avec un enjouement factice :

—Excusez, milord; je me suis élancée un
peu vivement vers la porte.... J'ai cru que M. de
Nelvoisy rentrait.

Les traces de ses larmes n'échappèrent point
à l'œil du jeune Anglais. Et qu'elle était séduisante dans son trouble! Ces premiers chagrins d'amour déçu sont si vrais! ces premières
émotions si mal dissimulées! Des pleurs avec
un sourire, des gouttes de pluie par un soleil
qui les rend perles sur les feuilles; rien de plus
attrayant que ces contrastes!... Donald en
éprouvait tout le charme. Elle se tenait debout
devant lui près de la porte; il lui présenta la

main avec des manières graves, la reconduisit sur le divan, et s'avança un fauteuil vis-à-vis d'elle.

Au lieu d'entamer le chapitre des politesses que commandait la situation, il garda quelque temps le silence, et lui dit d'un ton habilement pénétré : — Vous avez des chagrins, madame !

— Moi ! s'écria-t-elle avec surprise ; je n'en ai aucun, je vous assure. — Elle ajouta ensuite : — Mais permettez-moi de vous dire, milord, que votre question est un peu étrange.

— Oh ! mille pardons, madame, s'écria-t-il ; j'ai cru saisir quelques larmes dans vos yeux : en entrant, votre visage était altéré, il me semblait parler des chagrins de votre âme ; si ce n'est qu'une apparence dont j'ai été abusé, tant mieux, oh ! oui, tant mieux ! Excusez alors une indiscrétion qui a sa cause dans un intérêt plein de respect ; je me repens d'y avoir cédé puisqu'il vous a déplu ; mais il est des mouvemens qui entraînent la parole avant la réflexion :

on murmure contre soi, on se gronde, et je ne sais pourquoi l'on aime à se repentir.

La jeune femme s'éveillait doucement à l'inattendu de ce langage si poliment incisif, si flatteusement agresseur; et la voix de Donald, sa physionomie animée, disaient bien plus encore. Elle se tenait immobile, incertaine si elle devait sourire ou se fâcher; elle était si soudainement attaquée, et avec des expressions si élégantes, si pénétrantes, qu'elle restait comme éblouie, et ne voyait pas bien si elle avait plaisir ou colère à les entendre. Pauvre jeune femme, elle apparaissait sans défense devant les séductions et les ruses d'un parler exquis, ému, qui déjà affectait des mystères : elle trouva toutefois la force de dire qu'elle croyait toute justification inutile et sans but.

—Inutile, oui, madame ; vous avez raison, répondit-il; car la justification irait peut-être plus loin que la faute.—Et il se leva rapidement comme s'il eût craint d'en trop dire.

Pendant les heures solitaires de la journée,

madame de Nelvoisy, rappelant à son imagination inquiète et les froideurs de son mari et
les soins de lord Donald, frémissait de le voir
se créer chez elle une sorte d'intimité patiente
et consolatrice ; elle songeait à l'amertume de
ses désenchantemens successifs et aux nouvelles images d'affection qui commençaient à
poindre, à se dessiner autour d'elle. De son
côté, Donald observait qu'elle s'attristait, que
ses gaîtés s'en allaient et tombaient une à une
comme les perles d'un collier dont l'attache est
brisée : elle avait des impatiences nerveuses,
des palpitations, et ses joues rosées pâlissaient
aujourd'hui ; elle entrait dans les mystères pénibles de l'âme ; mais elle ne se sentait pas,
la pauvre jeune femme, préparée à un sentiment exalté par la trahison d'un premier
amour, condamné à n'être plus qu'une sorte
d'essai de son cœur. Malheur à la jeune épouse
ainsi froissée dès les commencemens de son
mariage!..... M. de Nelvoisy contractait des
habitudes hors de la maison ; il rentrait tard,

et ne rendait plus compte à sa femme de l'emploi de ses soirées. Revenu à ses goûts de jeune homme, il ne rougissait pas de s'initier quelquefois à des intrigues de coulisses , et les danseuses de l'Opéra provoquaient ses triviales admirations. Les sots n'admirent jamais comme les hommes distingués. Ces derniers indiquent ou analysent leur impression, et ne se lancent jamais en des phrases inopportunes : d'ailleurs ces admirations-là sont corrigées souvent par une causticité devenue inévitable, à voir la tourbe des imbécilles qui pullule, parée de croix, de cordons et de prétentions ; mais aussi une critique continuelle et sans discernement ne déguise pas la nullité dédaigneuse d'un fat qui s'imagine qu'on peut revêtir l'ironie byronienne comme un habit à la mode.

S'admirant lui-même dans ses platitudes habituelles, M. de Nelvoisy aimait à les orner d'un néologisme prétentieux ; il ne comprenait ni les étrangetés piquantes de sa femme, ni sa sensibilité parfois folle de gaîté, parfois triste et

détendue, cette organisation frêle et ravissante
le trouvait froid; il ne se plaisait plus guère que
dans les turbulences d'une ivresse pleine d'art.
Quelques paroles vagues recueillies dans le
monde commençaient à éclairer Constance sur
les torts et les infidélités de son mari : elle avait
vu donner l'or à pleines mains sans se plaindre;
mais elle gémissait et reculait devant cette
effroyable réalité qui lui prouvait, chaque jour,
que l'homme qu'elle nommait son mari la prenait pour dupe, et n'avait voulu qu'une dot à
dévorer, une âme à tromper, une vie à flétrir.

L'illusion devenait impossible; et personne
pour là consoler! Personne, excepté un jeune
homme qu'elle devait craindre et fuir! Résignée
vivait à Estanceley, Eudonie au Château de
Livrange. C'est au milieu de ces premiers vertiges de la douleur, qu'elle se frappait des
attentions assidues de lord Donald, de sa réserve
affectueuse, et toujours occupée. Elle avait
cru plusieurs fois sentir les légers tressaillemens
de son bras, lorsque, descendant l'escalier de

l'hôtel, il l'accompagnait à sa voiture. Enfin il osait, aujourd'hui, révéler le commencement de sa passion. L'adresse avec laquelle il renonçait à se justifier devenait un acte de soumission habile, et la brusquerie de son mouvement, quand il se leva, une sorte de déclaration. Il s'appuya sur l'espagnolette de la fenêtre ; et Constance allait sortir peut-être, quand une voiture entra dans l'hôtel.

— Un million d'excuses, milord, s'écria M. de Nelvoisy ; je suis en retard ; on m'a retenu à l'Opéra ; le ballet était prestigieux ; un million d'excuses ! Les décors sont d'un luxe de couleurs ravissant. C'est plus beau que la vérité, sur ma parole..... seulement les chœurs ont chanté faux pour ne pas en perdre l'habitude..... Allons ! je vais changer d'habit, et je suis à vos ordres.

Il alla baiser négligemment la main de sa femme, en lui disant d'un air qui voulait être galant : — Ta toilette est délicieuse, ma chère amie. — La main de madame de Nelvoisy se glaça ; mais son mari s'éloigna en pirouettant,

sans remarquer ni ce trouble, ni ce serrement
de cœur, ni le froid mortel de cette main qu'il
avait baisée comme par distraction. Elle semblait
pétrifiée sur ce divan, et Donald, à quelques
pas d'elle, ne s'exprimait que par la douleur de
son attitude et de son regard. Pas une parole
ne fut prononcée! Silence embarrassant! silence
plein d'éloquence et de profondeur! silence qui
commençait tout un drame de vengeance et
d'amour !

M. de Nelvoisy rentra en achevant d'ajuster
son habit, et poursuivi par son valet de chambre
qui lui apportait ses gants oubliés sur la toilette.
Donald offrit la main à Constance; mais elle se
refugia vivement sur le bras de son mari; puis,
quand elle monta en voiture, elle vit tant de
chagrin sur les traits de Donald, qu'elle fut
fâchée de lui avoir causé ce déplaisir. M. de
Nelvoisy s'efforçait de réparer, en faisant asseoir
son ami près de sa femme, la préférence presque
impolie qu'elle venait de lui donner, mais il
s'en félicitait. — Comme elle m'aime! — pensait-

il, lorsque Donald s'applaudissait de ce mouvement d'effroi, si tôt suivi d'un repentir qu'il avait deviné.

Il ne dansa qu'une fois avec madame de Nelvoisy, qui, distraite, mécontente d'elle-même, affectait de la gaîté et se composait des sourires. Il ne lui adressait la parole qu'avec une circonspection dont elle lui savait gré. Les femmes penchaient leurs têtes ornées de fleurs pour regarder furtivement Donald. — Il est fort bien, disait l'une. — Sa tête est irrégulière mais expressive. — Il a l'air souffrant, malade. — Sa toilette est d'une élégante sévérité; il est..... — bien dangereux, — ajouta une vieille dame. Le groupe se prit à sourire; madame de Nelvoisy, silencieuse, riait aussi; mais elle était pâle en riant.

A onze heures et demie, au moment le plus animé du bal, son mari s'approche d'elle, et lui dit qu'il est obligé d'aller à la soirée du ministre, qu'il n'y ferait qu'un acte de comparution, dont son Excellence serait charmée; et toutes ces paroles qu'on jette vite et au hasard pour excuser une démarche qui n'en devient que plus saillante, plus impardonnable. Donald haussa les épaules en le regardant sortir ; Constance s'en aperçut ; elle n'osait interpréter ce mouvement dédaigneux..... et comme elle désirait qu'il lui fût expliqué! mais Donald ne vint pas à elle, il ne l'invita pas à danser ; il resta là comme un homme étranger à ce qui se passe autour de lui, et vivant par une seule idée, qui ne lui laisse pas le loisir de s'arrêter à ce qui n'est pas elle.

Il s'approcha enfin, et lui dit tout bas : — Pourquoi vous obstinez-vous à me le cacher, madame; vous souffrez? pourquoi vous défiez-vous?... mais votre respiration est pénible; l'air de la pièce voisine est moins épais, venez..... — Oui, milord, je suis un peu souffrante, la chaleur me fait mal : on étouffe ici, sortons un instant. — Les danses étaient vives, mêlées, la musique s'animait, la joie éclatait; les boucles de cheveux se détendaient; on circulait avec peine, on ne les observait pas. Elle s'appuya sur son bras; ils marchaient serrés l'un contre l'autre, car les groupes leur ouvraient difficilement passage. Donald semblait l'envelopper de sa protection attentive ; c'étaient les prévoyances inquiètes d'un père, d'un mari, d'un amant : il resserrait avec soin les plis du châle qui retombait autour du *disinvoltura* de sa taille; il redoublait les contours du boa qui serpentait autour de son cou et sur son sein agité. Elle n'avait plus son regard espiègle et malin, sa mutinerie fine et boudeuse; sur cette physionomie qui ne pouvait s'effacer entièrement, se montraient la douleur et des émotions nouvelles qui l'étonnaient. Donald observait tout, et jouissait de tout. Que d'attentions! que de craintes affectueuses! Elle voulut s'avancer vers une fenêtre ouverte, et dont l'air s'échappait frais, caressant: — Non, non, le froid vous saisirait; venez de ce côté, — lui disait-il; et elle le suivait docile à ces avis, heureuse de l'être, légère, libre dans un appartement moins envahi, où l'on jouait, l'œil sur l'or et sur les cartes. Il ne regardait que

cette enfant ravissante, fluette, aérienne, délicieuse, que son regard brillant et doux fascinait
déjà. Enfin elle s'inquiéta du charme qui s'emparait d'elle, et elle lui dit : — Rentrons, milord; je vous remercie ; rentrons , je me sens
mieux.

M. de Nelvoisy ne revint qu'à une heure
du matin, et partit presque aussitôt avec sa
femme, qui le supplia de retourner à l'hôtel.
Constance congédia sa femme de chambre dès
qu'elle put; elle craignait de lui montrer son
agitation : elle brisait les fleurs qui avaient paré
sa tête, en les froissant sur sa toilette; elle
déchirait sa robe par ses mouvemens convul-
sifs , et dispersait autour de sa psyché les débris
de sa parure si fraîche quelques heures au-
paravant. — Vous rangerez tout demain ,
mademoiselle, disait-elle; allez, il se fait tard.
— Délacez-moi seulement; voilà qui est bien ,
allez. — M. de Nelvoisy bâillait, enfoncé dans
un fauteuil, étendait les bras, et regardait devant lui d'un œil plombé, à demi fermé; puis,

pâle, lourd, accablé de fatigue, balbutiant, il
se coucha et s'endormit. Sa jeune femme veillait, la tête appuyée sur une de ses mains
mignonnes, à demi échevelée, dans un désordre
de toilette et de douleur séduisant; elle tressail-
lait sur sa couche brûlante, et rêvait.... aux
souvenirs du bal.

———

VIII.

Ces deux Amours.

Le plus grand malheur de la vie c'est de
perdre les illusions qui la composent, c'est de
mourir en détail par le cœur, c'est de ne pouvoir plus aimer comme on aimait, c'est de ne
pouvoir plus admirer comme on admirait, c'est
de croire que la nature se flétrit quand elle

———

resplendit. Le mal est dans l'imagination, et il agit sur les organes. Oh! rester froid en présence des levers, des couchers de soleil, et des pompes de l'harmonie universelle ; ne plus être ému par le pittoresque de ces tableaux, parce qu'un être adoré n'est plus là pour en apprécier les beautés ; ne trouver que déceptions et mensonges dans la société, ne plus ajouter foi aux paroles, ne plus s'arrêter qu'aux dehors ; n'oser regarder dans un cœur dans la crainte d'avoir à s'en défier; renoncer à cette bonne foi crédule qu'on gardait dans son âme comme un trésor; arriver jusqu'au mépris, et ne pouvoir pas monter jusqu'à la haine, oh! que cela est amer ! que ce désenchantement jette d'ombre et de découragement dans l'existence! mais on est long-temps avant d'y venir; l'espérance, attrait providentiel qui nous attache à l'inconnu, l'espérance leurre bien des fois avant qu'on en soit à lui dire adieu à elle-même.

Cette jeune femme n'en était pas arrivée là ; elle avait trop de jeunesse et de fraîcheur dans

l'imagination, trop d'activité dans sa puissance
d'aimer, trop de naïveté, trop de virginité
morale pour désespérer si tôt de la vie. Elle ne
pouvait plus revenir sur le compte de son mari,
elle le méprisait; l'affection qu'elle avait eue
pour lui n'était guère qu'un prélude de l'amour
qui naissait, elle en avait effroi dans la fièvre
de son insomnie; mais par momens elle se
rassurait à se persuader qu'on pouvait aimer
avec innocence. Elle se plaisait à voir en Donald
un protecteur adoré qui serait obéi sur un
geste, parce qu'il ne voudrait rien que de pur
et de beau; et parfois elle frissonnait en son-
geant à tout ce que cachait de dangers une
admiration déjà si vive, si illimitée.

Le lendemain, enveloppée au hasard dans
une robe du matin, elle s'était jetée sur une
causeuse auprès d'une fenêtre ouverte; l'éclat
azuré du ciel, par une belle matinée de septembre, semblait une ironie à sa douleur; elle
était comme stupide, et ne se sentait le courage ni de se lever, ni de sonner sa femme de

chambre, ni de s'habiller elle-même; le mouvement donnait plus d'activité à son mal secret, l'immobilité le reposait. Son mari, pendant le déjeuner, l'avait un peu grondée de ce
qu'elle ne mangeait pas; puis il écrivit quelques billets, et passa dans sa chambre, où elle
demeurait accoudée, près de la fenêtre, regar_
dant et souffrant. — Ma chère amie, lui dit-il
avec une affectation et des cajoleries qui l'indi-
gnaient, ma chère amie, le temps est charmant,
le soleil est chaud, c'est du luxe en automne;
on dirait une matinée de juin; le bois sera très
animé aujourd'hui, j'ai fait atteler le tilbury....
Est-ce que tu ne viendras pas avec moi?

— Pourquoi m'adresses-tu cette demande
dont tu prévois la réponse?

— Moi, prévoir!... Ah! par exemple....

— Ne vois-tu donc pas que je suis en robe
du matin?

— Pas fait attention, ma parole....

Il insista niaisement; elle refusa, prétextant
une indisposition... Alors il plaisanta sur la na-

ture de ces souffrances, il s'y créait un nouvel espoir; elle sourit d'abord, puis elle détourna la tête.

Dès qu'il fut parti, elle se trouva plus calme, plus libre; elle respirait, l'air pénétrait mieux dans sa poitrine; elle n'était plus harcelée à chaque instant par les phrases monotones, vides, nulles, somnolentes de son mari. Elle se fit habiller, prit plaisir à se voir jolie malgré les traces des chagrins de la nuit, essaya de lire après quelques arpèges sur sa harpe; mais ni la musique, ni la lecture ne l'occupaient assez. On lui apporta deux lettres; elle fut heureuse d'avoir deux lettres à lire. La première lui venait d'Eudonie.

Livrange, 3 septembre 1822.

« Que cette lettre te trouve en joie, ma chère
« Constance!.... Moi, mon bonheur me tourne
« la tête. Mon mari m'aime tant, qu'il néglige
« même sa politique. La carrière lui est fermée
« aujourd'hui; mais il s'y distinguera un jour.

I.   11

« L'automne est délicieux, et nous nous plai-
« sons tant dans le parc de Livrange, que nous y
« attachons partout des souvenirs; ici c'est une
« lecture, là une promenade en bateau; sous ce
« bosquet une rêverie, dans ces plates-bandes
« des fleurs ; ces . jasmins , ces clématites, ces
« rosiers, nous enivrent de leurs odeurs; les
« fleurs, les rêveries, les parfums, appellent des
« baisers.

« Je vais te dire tout mon bonheur, en un
« mot : je suis à la veille d'être mère.... Ah! par-
« donne, ma chère; tu auras encore sans doute,
« les espérances d'une grossesse plus heureuse
« que la première. Plus on approche du terme,
« vois-tu, plus le bonheur s'accroît.... De quelle
« joie un cœur de femme est inondé, quand il se
« sent affadir aux premiers symptômes, aux
« premières douleurs ! Je ne sais, mais j'ai plus
« soin de moi, mon existence m'est plus pré-
« cieuse, j'aime plus mon mari à cause de mon
« enfant. Que te dirai-je? je me respecte. De si
« tendres prévenances m'entourent ! Oh ! viens,

« viens jouir de mon ivresse afin que je jouisse
« de la tienne, et que nos bonheurs en soient
« doublés ! Nous vous attendons dans quatre
« jours, toi et ton mari ; il est question d'une
« partie de chasse ; nous y assisterons en calèche,
« tandis que ces messieurs abattront le gi-
« bier.

« M. le duc d'Alvida est venu nous visiter à
« son retour d'Angleterre ; c'est un homme su-
« périeur, d'une riche imagination, d'une forte
« intelligence. Mon mari partage ses façons de
« voir ; ils m'ont presque effrayée hier. Après
« avoir examiné la situation politique de la
« France, ils ont conclu tous deux à l'imminence
« d'une révolution. J'ai eu grand'peur quand ils
« m'ont avoué qu'ils sont carbonari. Ton mari
« est absolutiste, ou plutôt il ne sait pas trop lui-
« même si ses opinions sont noires ou blanches....
« Ma chère amie, lord Donald est aussi carbo-
« naro, et son ardeur est exaltée, irréfléchie ; il
« s'est engagé dans une conspiration....»

La lettre trembla dans les mains de madame

de Nelvoisy : mais son inquiétude cherchait à lire encore ; elle continua : — « Il faudra bien le « gronder de ses imprudences, qui alarment ses « amis. Au reste, on parlera fort peu des affaires « du temps pendant cette partie de chasse , car « M. Firmin d'Estanceley y sera , et ses affections « inclinent toutes vers la cour. Ce jeune homme « a les airs d'un baron féodal; il s'est trompé de « siècle en naissant dans celui-ci. Résignée « viendra avec lui.

« La conversation de M. le duc d'Alvida est « singulièrement attachante; il est d'une har- « diesse de pensées qui étonne, et je suis fière « de ce que mon mari pense comme lui. Ils ont « traité devant moi des questions religieuses. « En vérité, ma chère amie, j'étais triste le soir « de cet entretien; ils ont plaisanté si amère- « ment, si éloquemment sur les mystères du ca- « tholicisme, que j'en étais pâle..... Il m'a fallu « bien des baisers de mon mari pour oublier « cette impression-là!... O mon Dieu! quels im- « pies que ces hommes!... Mais quelle vivacité

« dans la tête de ce jeune duc d'Alvida! comme
« il anime la science! comme il charme! comme
« il désespère! Qu'il est impitoyable dans sa
« logique! Que je souffrais, moi, pauvre igno-
« rante, qui ne sais que mon catéchisme! que
« je souffrais de n'avoir rien de prompt et de
« puissant à lui répondre! Si je hasardais quel-
« que objection, la réfutation sortait de ses lè-
« vres, rapide, chaleureuse, implacable; son
« élocution est abondante, poétique, semée de
« traits hardis et résumés; il captive, il éblouit,
« il étourdit, il maîtrise, il fait peur. Le tableau
« qu'il traçait des malheurs qui résultent de ce
« qu'il nomme nos superstitions et de l'hypo-
« crisie du clergé européen, était si énergique,
« que, me sentant près de défaillir, je l'ai sup-
« plié de finir... Mon mari lançait, à son exem-
« ple, des épigrammes et des raisonnemens
« contre ma foi; enfin il a eu pitié de moi, et
« s'est tu après avoir dit que les consciences
« étaient libres.... Je te l'avoue, le lendemain
« j'étais bien distraite à la messe.

« Mon mari n'y vient plus avec moi; depuis
« long-temps il m'a suppliée de lui épargner des
« actes d'hypocrisie qui lui donneraient bientôt
« la réputation d'un jésuite. Il est entré d'abord
« assez timidement dans la discussion ; mais le
« duc versait tant de dédain sur les croyances ,
« qu'il s'est animé ; il est allé ensuite plus loin
« que le duc lui-même.... Enfin , M. d'Alvida est
« parti; mon mari me dit qu'il me trouve tou-
« jours plus belle (la vanité qui naît de l'amour
« est excusable); il était à mes genoux tout à
« l'heure, me répétant que je suis sa religion ,
« sa divinité , toutes sortes d'impiétés flatteuses
« et passionnées; et je tâche de chasser les mau-
« vaises idées d'hier. »

Elle fut émue de cette lettre; et, comme si
elle eût craint un retour affligeant sur sa position, elle se hâta de briser le cachet de celle
de Résignée.

Au château d'Estanceley, 3 sept. 1822.

« Tu ne m'écris pas, ma chère Constance , et
« je comprends que c'est à moi de prendre l'ini-
« tiative encore une fois ; car ton bonheur t'oc-
« cupe, et moi, rien ne m'occupe beaucoup ici.
« Une lettre en trois mois, c'est bien négliger
« une bonne amie! Aurais-tu déjà des ennuis ?
« Oh! non, n'est-ce pas ? M. de Nelvoisy se cau-
« serait à lui-même des chagrins en te causant
« des peines. Il faudrait être bien méchant pour
« te chagriner, toi qui es si aimable, si gaie!
« Mon oncle est un peu mieux ; ses accès de
« goutte le mettent en colère contre tout le
« monde au château , il me gronde moi-même;
« mais dès que je boude, il m'appelle, il m'em-
« brasse, et nous faisons la paix. Il souffre , ce
« pauvre oncle, il faut bien lui pardonner ses
« brusqueries.

« Mon plus grand bonheur est d'aller toute
« seule dans le parc : je lis en ce moment le
« *Traité sur l'Existence de Dieu*, par Fénélon ,

« et *les Études de la Nature*, par Bernardin-de-
« Saint-Pierre; j'ai devant moi, pour ainsi dire,
« les pièces de conviction; la nature, qu'ils dé-
« peignent si bien, avec des couleurs si vraies,
« est vivante sous mes yeux, et Dieu m'y parle
« le langage qu'il met à la portée de ma faible
« intelligence; c'est ce retour continuel des bien-
« faits qu'il répand autour de nous, fragiles
« créatures. J'aime à rêver le soir; la rêverie est
« plus douce le soir que dans la matinée; la
« lumière s'éteint, et vous laisse dans un demi-
« jour qui plaît.... J'élève alors mes regards au
« ciel, je ne trouve pas de mots qui expriment
« la prière qui est dans mon cœur; mais, dans
« ces momens-là, vois-tu, mes yeux se mouillent,
« mon âme cherche à s'élancer hors de moi,
« et mon cœur bat à briser ma poitrine. Oh!
« comme j'aime Dieu !

  « Mes jours s'écoulent dans une paisible mo-
« notonie, et je ne m'en plains pas.... Je suis si
« jeune encore ! Le calme des lieux fait le calme
« de l'âme. Mes journées, toujours les mêmes, sont

« comme les mouvemens du berceau qui endort
« l'enfant. Point de secousses inégales ; et rien
« ne fait du bruit dans ma vie, sinon le vent
« dans les arbres, la pluie sur les feuilles, le
« chant des oiseaux à travers la verdure et les
« fleurs.

« Tu vis dans le monde, toi, et je ne t'en
« félicite pas ; tu dois avoir peu de temps à don-
« ner à ton affection pour ton mari. Eudonie
« a mieux agi, elle a cherché la solitude ; il me
« semble que la solitude et l'amour doivent se
« trouver bien ensemble. Mon bonheur, à moi,
« doit te paraître bien ennuyeux. Que veux-tu,
« ma chère amie, on est heureux comme l'on
« peut.... Pourtant il faut convenir que je songe
« quelquefois aux fêtes de ton mariage, l'année
« dernière ; et je t'avoue que j'y ai trouvé plus de
« plaisir que je n'imaginais.... M. le duc d'Alvida
« est venu nous voir ; il ne peut nous retracer
« que de bien vagues souvenirs de mon père....
« Il sera, je crois, au château de Livrange, où
« j'espère t'embrasser bientôt et te gronder de

« ton silence.... Lord Donald n'est pas encore
« venu nous faire visite depuis son retour. »

Elle achevait la lecture de ces lettres,
quand lord Donald fut introduit. Après avoir
aperçu, au bois, M. de Nelvoisy, qui, penché
sur son cheval, cherchait de l'œil un équipage
connu, il avait soudain dirigé son rapide tilbury
vers l'hôtel Chanuzac. Constance, en le rece-
vant, affecta des formes cérémonieuses, froides
même; mais il y a dans les conversations des
personnes qu'on aime, un magnétisme moral,
une électricité de cœur à cœur qu'on subit par
degrés : l'œil devient fixe, et se voile légèrement
sans perdre de son éclat; les rapports de pensée
s'échangent avec une vivacité qui fait circuler
le sang plus vite; on respire dans une atmosphère
qui s'enflamme avec les paroles; je ne sais quel
doux vertige vous enchante; l'existence en est,
pour ainsi dire, volatilisée, et tout l'être intérieur tressaille de joie. Constance n'échappait
point à cet attrait, dont elle combattait vainement l'influence; enfin elle vint à parler à

Donald des imprudences où son ardent patriotisme l'entraînait. — Oui, milord, disait-
elle avec une gaîté qui s'affaissait peu à peu;
oui, je le sais, vous êtes un franc carbonaro,
un exalté; vous avez juré guerre à mort à ce
pauvre faubourg Saint-Germain. Eh! que vous
a-t-il fait? Pourquoi nous en voulez-vous autant?.... Vous vous trouvez peut-être, ajouta-t-
elle tristement, déjà compromis dans quelque
conspiration. La politique serre le cœur.... O mon
Dieu! pouvez-vous bien jouer ainsi votre vie?
tenez-vous si peu compte du repos de vos amis?

— Oh! l'intérêt que vous daignez me témoi-
gner, s'écria-t-il avec enthousiasme, me dédom-
magerait de tous les périls que je puis courir!...
Vous me demandez pourquoi j'en veux au
faubourg Saint-Germain? Ses salons me sont
ouverts, et les personnes que j'y vois obtien-
dront toujours de moi une bienveillance méritée; mais le système politique de la cour, liguée
avec la Sainte-Alliance, m'est odieux, parce
qu'il couve des orages, des révolutions.....

Laissons là les intérêts généraux. On a bien assez de soi-même sans épouser tant de préoccupations !.... Et dites-moi, sait-on aimer dans ces salons si brillans ? quand on y possède un trésor de beauté, un ange, n'est-il pas de bon ton d'y être aussi froid qu'à une femme vulgaire? Ne le néglige-t-on pas quelquefois pour des affections qu'on n'ose pas avouer? et cette jeune femme, faible et douce, a besoin d'un amour protecteur; dans son délaissement, elle souffre et fait souffrir..... Elle résisterait à un amour vrai, brûlant, pour demeurer fidèle à l'ingratitude et à la déception qui la tuent!

Il possédait cette éloquence du tête-à-tête qui n'est souvent aujourd'hui que le produit de l'ébranlement des facultés et d'une élocution exercée. C'était un acteur habile, et qui dirigeait son émotion où il voulait, mais un acteur convaincu et de bonne foi dans l'instant où il parlait, surtout quand il rencontrait tant de charmes, tant de jeunesse de cœur dans la femme qui lui inspirait ces paroles animées. Il aimait les dangers partout, même en amour ; il était le type ennobli des jeunes gens de notre époque, qui raisonnent les affections, calculent la chaleur, mettent un égoïsme élégant et phraseur à la place du sentiment vrai, qu'ils bafouent avec une spirituelle fatuité. Ils s'agitent beaucoup, mais rien d'intime ne palpite dans leurs discours. Constance n'osait interrompre Donald ; car elle craignait de paraître s'attribuer les paroles qu'il prononçait ; elle craignait aussi de les encourager par son silence, elle hésitait ; enfin elle n'avait aucune force contre cette exaltation croissante.

— On marie les jeunes filles plus pour les convenances que pour l'avenir de leur cœur ; on choisit pour elles. Élevées hors du monde, elles se laissent abuser par les dehors ; et quand les masques tombent, l'erreur leur devient bien poignante ! La société épie leurs soupirs, compte leurs douleurs, tient chronique de leurs plaintes distraites, de leurs démarches les plus insigni- fiantes, et leur fait de l'hypocrisie une néces-

sité. Et la jeune femme dont je parlais, lâchement
trompée, doit étouffer ses sanglots et ses douces
affections; sa brillante gaîté doit s'exercer et
scintiller toujours, sinon l'on médira de ce
changement d'humeur. Si cette femme osait
écouter de tendres conseils, si elle osait, pour
se défendre des malveillances du monde, accepter secrètement tout la félicité qu'elle peut
recevoir et donner, si elle consentait à être
adorée, sans être jamais compromise, à remplir
à elle seule l'existence d'un homme qui n'a commencé de vivre que le jour où il l'a connue;
si le bal d'hier lui a révélé cet homme, cet
ami, heureux du plus léger espoir, à genoux
devant le plus faible indice.....

Madame de Nelvoisy ne pouvait plus douter,
Donald la désignait, il se désignait lui-même;
il fallait l'arrêter... Elle lui dit avec une dignité
qui s'efforçait de paraître froide : — Milord,
je ne puis, ni ne veux vous comprendre; et je
vous prie de ne plus continuer cette énigme, qui
me fatigue.

— Eh bien! poursuivit-il avec entraînement,
dussé-je me perdre, je vous donnerai le mot
de cette énigme, puisque c'en est encore une
pour vous ; et si je n'ai point d'autres vertus à
vos yeux, j'aurai du moins celle de la franchise...
Cette jeune femme....

Effrayée, elle voulut sortir, mais il la saisit
avec passion par la main en s'écriant : — Oh!
vous resterez, madame ; vous m'écouterez ; c'est
en connaissance de cause que vous me chasserez
de chez vous. — Et, presque défaillante, elle
retomba sur le divan.

— De grâce, écoutez-moi!..... Si *je vous
aime* veut dire : Je ne vis que par toi, je n'ai
de bonheur qu'avec toi ; hors de ta présence
tout est inanimé ; je délire quand tu es là, je
brûle d'attacher mes lèvres aux tiennes et de
mourir dans un baiser ; alors je vous aime,
madame, je vous aime ! Si ces mots tant pro-
fanés veulent dire : Je te voue mon existence,
elle ne sera que ce que tu ordonneras qu'elle
soit ; je te la donne, je ne m'appartiens plus,

pourvu que je m'enivre à contempler la douceur
pénétrante de tes regards, à respirer le filtre
de ton haleine, à te voir émue de mon amour;
je vous aime, madame, je vous aime.

A ces mots elle se lève agitée, en disant : — Ne
me revoyez jamais, milord; ne me revoyez
jamais seule. — Puis elle se précipite vers un
appartement contigu, dont elle referme vivement la porte sur elle. Lord Donald remit alors
ses gants avec soin, prit son chapeau, sortit et
remonta dans son tilbury, qui reprit au grand
trot le chemin du bois de Boulogne; l'heure de
la promenade n'était pas encore écoulée.

Le soir il se présenta à l'hôtel; une femme
de chambre lui dit que madame de Nelvoisy
était souffrante, et ne recevait pas. — Eh bien,
lui répondit lord Donald, présentez-lui mes
hommages, et remettez-lui cette lettre.

Aussitôt après le départ de son mari pour le
spectacle, Constance s'était couchée; mais elle
enfonçait en vain sa jolie tête dans l'édredon,
elle ne trouvait pas un instant de repos. Une

lampe posée sur sa table de nuit répandait une lumière adoucie à travers un globe de cristal dépoli; elle jeta, sans l'ouvrir, la lettre sur le marbre du meuble, et attendit quelques instans pour en briser le cachet.

« Madame,

« Je vous ai déplu; vous me chassez d'une
« intimité qui commençait et devenait ma vie,
« vous me punissez.... Je vous aurai du moins
« contrainte à estimer ma franchise ; mon amour
« ne mentira pas en prenant le masque d'une
« froide amitié. Cette hypocrisie de convention
« peut s'adresser à des femmes vulgaires qui
« cherchent un leurre, un voile; mais à vous,
« âme pure et candide, il faut une âme pleine de
« droiture, de tendresse, d'exaltation, qui préfère
« le malheur de vous perdre au bonheur cou-
« pable de vous tromper.

« Pourquoi ne vous ai-je connue que mariée ?
« Pourquoi le jour où je vous vis pour la pre-
« mière fois fut-il celui où l'on célébrait la fête de

« votre mariage ? apparences perfides, et qui de-
« vaient s'évanouir si tôt! Vous méritiez mieux...
« le sort est bien injuste envers nous.... Vous
« me permettrez peut-être de confondre mon
« malheur dans le vôtre, et de ne point séparer
« nos larmes ainsi que vous avez séparé nos
« cœurs. Constance, vous vous êtes souvent
« aperçue de cette mélancolie corrosive qui mine
« ma santé; je l'ai traînée dans mes voyages;
« plus rien ne me réveillait à la gaîté, au bien-
« être, à la douceur de jouir du ciel et de l'exis-
« tence : j'y renaissais près de vous; eh bien !
« pour n'être pas un fourbe, j'ai joué, contre
« un aveu, le charme de votre présence, si puis-
« sante à me guérir du chagrin lent dont je
« meurs. . . . . . Que je me repens d'avoir été
« vrai! peut-être aurais-je dû me tromper moi-
« même afin de vous tromper. J'aurais dû
« n'être auprès de vous qu'un mensonge atten-
« tif à se contenter des illusions que vous eus-
« siez permises; je me serais fait joie de tout,
« d'une visite, d'une main serrée, d'une larme

« essuyée.... mais non, non, ce sont mes lèvres
« qui auraient bu cette larme, et malgré moi
« l'imposture de mon amitié eût été reconnue.

« Mes conseils auraient éloigné de vous les
« cauteleuses hostilités du monde. Votre can-
« deur, qui ne sait rien cacher, vous livre à lui ;
« les apparences lui suffisent, il ne va guère plus
« loin. Si, quelque jour, devinant ce que je
« souffre en silence, une émotion de pitié vous
« saisit, le monde y verra une émotion d'amour,
« la calomnie vous suivra partout ; elle tiendra
« compte de vos pâleurs, de vos troubles.... Moi,
« je vous aurais, au besoin, protégée contre
« vous-même ; j'aurais mis entre la calomnie et
« vous un voile impénétrable, et nous nous se-
« rions réfugiés dans la vertu délirante de notre
« amour.

« Mais vous m'avez repoussé ! Qui sait même
« si vous ne me reprochez pas la chaleur de
« cette lettre ?... Eh ! puis-je ne plus m'occuper
« de toi, Constance ? Crois-tu que mon obéis-
« sance à tes volontés ne se révolte pas contre

12*

«elle-même? Tu m'as défendu de t'aimer en ta
« présence, eh bien! je t'aime au fond de ma
« pensée et de mon cœur; mon imagination t'a
« retenue malgré toi, elle arrache les voiles,
« elle est ivre.... Penses-tu que tu échapperas
« ainsi aux rapports intimes qui se sont mani-
« festés entre nous? Notre nature est la même;
« nos causeries me l'ont appris; tu as besoin
« de moi comme j'ai besoin de toi; il te faut
« mon amour comme il me faut le tien. Quand
« tu es là, mon existence est pleine, complète,
« enivrée, heureuse : il en doit être autant de la
« tienne, n'est-ce pas, Constance?.... Si je m'a-
« buse, aye pitié de moi; ne me le dis pas,
« laisse-moi mon erreur, car je veux vivre
« encore.

« DONALD. »

Après avoir mouillé cette lettre de larmes,
qui séchaient vite sur ses joues enflammées,
elle voulut la brûler; mais en l'approchant du
sommet de la lampe, où la flamme montait atti-

rée par un aliment à dévorer, elle frémit.... sa main s'abaissa ; enfin, elle se leva, ouvrit son secrétaire, et cacha l'écrit passionné au milieu d'une correspondance d'Eudonie. Quand son mari rentra, elle feignit de dormir, pour se dérober à l'ennui de lui parler, et de paraître écouter ses récits insipides des magnificences de l'Opéra à la mode.

Le surlendemain, lord Donald reçut un billet de madame de Nelvoisy, laconique, froid, presque dédaigneux, mais où un amour tourmenté se trahissait à chaque ligne : « Lord « Donald a été invité par M. de Nelvoisy à venir « déjeuner à l'hôtel demain, et à partir avec lui « pour le château de Livrange. Lord Donald est « homme d'honneur, sans doute ; il comprendra « qu'il ne peut ni ne doit accepter cette invita- « tion. Il écrira à M. de Nelvoisy, et prétextera « une affaire qui l'oblige à quitter Paris dans la « journée : on croit à sa délicatesse, il serait « pénible de ne plus y croire.

« C. »

—Elle m'aime! s'écria Donald transporté,
elle m'aime!...—Il obéit à l'ordre qui lui était
donné, et partit quelques instants après; il erra
tout le jour dans les environs de Paris, à la
grande surprise de ses gens, qui ne concevaient
rien à cette promenade singulière. Pourtant il
se rapprocha le soir du château de Livrange ;
le lendemain matin il y arriva avant le déjeuner.

Sa calèche entra sourdement en roulant dans
une cour sablée; il en vit une autre qu'on dé-
telait : il descendit de la sienne, et fut conduit
dans le salon par un domestique, qui le pria
d'attendre ses maîtres, qui étaient en promenade
au fond du parc. En regardant devant lui, lord
Donald aperçoit une jeune femme qui, penchée
sur la balustrade du balcon, examinait le site ;
il se développait et dessinait au loin, et le parc,
les clôtures déguisées par des arbres et des
massifs de verdure, semblaient s'y perdre : la vue
était immense, le jour radieux. La jeune femme
était vêtue d'une robe blanche à garniture fes-

tonnée; une écharpe rose volait au souffle ca-
pricieux du vent et les rubans de son chapeau
rose, simple, frais, retombaient sur ses épaules,
dont une colerette de gaze brodée ne voilait ni
l'éclatante blancheur ni la forme suave. Un de
ses bras s'appuyait sur la rampe, l'autre pendait
le long de sa robe; sa main tenait par l'extré-
mité un petit gant blanc; elle rêvait, et n'entendit point les pas de lord Donald. Il n'apercevait pas encore son visage.

Cette robe blanche, ce simple chapeau, cette
écharpe, ce gant, et cette taille si fine, si difficile à oublier quand on l'a vue une fois.... Il
songe au berceau de lilas, à cette tête dormeuse
encadrée dans les fleurs, à ce gant taché de
sang qu'il a enseveli le lendemain de son ser-
ment de le porter toujours; les souvenirs lui
renaissent. Elle se détourne enfin.... c'est bien
elle!

Elle salue; mais sa surprise n'est pas aussi
confuse que l'eût désiré l'amour-propre de Donald; elle va s'asseoir modestement sur un siège

près de la fenêtre donnant de plain-pied sur
le balcon; elle lui dit qu'elle attend M. et
madame de Livrange , et que son frère est allé
à leur rencontre. Debout devant elle, il est peu
à peu saisi par la sérénité de cette physionomie.
Résignée, toute timide qu'elle soit, n'ayant rien
qui l'inquiète, rien qui altère la pureré de sa
vie , rien qui lui soit reproche intérieur, sourit,
ôte son chapeau , le pose elle-même sur un
meuble , plus prompte que Donald, qui avançait
la main. La coquette, elle sait que le nu-tête
lui sied , et elle vient de se découvrir; les cheveux chatoyans , relevés simplement au sommet
de la tête, s'y inclinent un peu sur le côté, et
retombent en boucles. Elle y passe ses doigts
en abaissant des regards vers le parc. Les aspects
s'y prolongent sur des plans variés coupés par
la Seine, des villages, des châteaux, des mai-
sonnettes, des fourrés de bois d'où s'échappe
l'aiguille d'un clocher qui annonce des habitations cachées derrière ces rideaux de verdure.
Là-bas est Brunoy, que Talma embellit sans

cesse, et qui semble obéir à tous les caprices de
cette imagination ardente; ici le château d'Athis,
qui a gardé des souvenirs de mademoiselle de
Charolais et de Louis XV, et dont les lambris,
peints avec mignardise, racontent les galanteries
musquées de cette époque; son clocher, d'antique
architecture, domine la contrée; de l'autre côté,
le château où la marquise de Pompadour, trans-
portant les habitudes licencieuses de Versailles,
se créait une nature de bonne compagnie,
sablée, alignée, fardée; là les jardins d'un habile horticulteur verdoient; ici s'élèvent des
peupliers, et aux limites de l'immense horizon
se dessinent les arbres de la route du royal
Fontainebleau. L'air joue à travers les lignes
accidentées de ces plans, et notre soleil d'automne leur a donné pour parure une lumière
adoucie.

— O mon Dieu! que cela est beau, milord!
s'écria Résignée en joignant ses mains comme
pour la prière; que cela est beau! — Il y avait
dans cette exclamation une expression vraiment

sentie, qui valait cent fois mieux qu'une phrase
bien descriptive.

— Oui, mademoiselle.... Cela est beau, — répondit-il. Pour la première fois, peut-être, il
oubliait son esprit, il éprouvait de l'embarras
auprès d'une femme. Résignée se leva avec une
étourderie attrayante, et s'appuya sur le balcon en répétant : — O mon Dieu! que cela est
beau! — Donald vint s'accouder à la balustrade, son bras touchait presque la robe de la
jeune fille. Elle ajouta, sans détacher les yeux
du paysage : — On est heureux rien que de
voir cela.

— Sans doute, on est heureux..... — Et il
froissait légèrement les plis de la robe blanche;
elle ne s'éloignait pas ; cette confiance si pure,
cette vérité de paroles et de manières, char-
maient le jeune Anglais : pour tout au monde,
il n'eût voulu gâter cet instant par un de ces
effets calculés qui ne lui étaient que trop fami-
liers; il n'y songeait même pas.

— Ne trouvez-vous pas, milord, que ces peupliers sont bien jetés dans cette plaine, sur le bord de l'eau?

— Je le pense comme vous.... Vous n'avez donc pas une aussi belle vue à Estanceley?

— Non; l'horizon n'est ni aussi vaste, ni aussi varié, la campagne y est plus simple, plus humble; mais elle me plaît, parce que j'y suis habituée....

— L'habitude est-elle à vos yeux le bonheur?...

— J'aime assez le retour des mêmes occupations; la sécurité du lendemain est chose douce.

— J'en conviendrais, dit-il en réfléchissant, si je ne craignais cette monotonie....

— Il n'y a plus de monotonie quand on affectionne ses devoirs; le plaisir qu'on éprouve à les remplir y met de la variété; tandis que le mouvement, dans une situation qui déplaît, ne la rend que plus pénible.... Je tiens à Estanceley à cause des souvenirs.... Ma mère y repose....

— Votre mère ; mais je crois avoir entendu
dire qu'elle vous tourmentait, et....

— Silence ! milord... Elle fut ma mère, et
elle est dans l'éternité.

Ils restaient appuyés sur la rampe du balcon, causant, lui, sans arrière-pensée, elle,
devenue moins timide et ignorant pourquoi ;
tous les deux, enfin, heureux du bien-être, du
calme de cette journée, heureux d'être à côté
l'un de l'autre, de regarder, de sentir. Ils ne
songeaient même pas à la singularité de leur
première entrevue ; le présent leur suffisait, et
il régnait entre eux un abandon pur, spontané,
une sorte d'intimité préexistante, faite par
l'âme.

— L'éternité, l'éternité, disait Donald en se-
couant la tête.

— En doutez-vous ?....

— Oh ! non, répondit-il ; non....

— Eh bien, tant mieux, dit-elle un peu distraite ; il me semblait, milord, que vous deviez
y croire.

Le bras de Donald, glissant sur la balustrade, tressaillit près du bras de Résignée, qui alla se rasseoir. Il la suivit dans l'appartement, et se plaça dans un fauteuil à quelques pas d'elle; sa présence d'esprit l'avait abandonné; il contemplait, il écoutait; ses facultés étaient absorbées par une seule pensée. Après les agitations de sa jeunesse il trouvait étrange, mais douce, cette quiétude qui descendait en lui; il ressentait les prémices d'un amour exempt de projets de séduction. Il se sentait à l'entrée d'un nouveau monde d'idées. Résignée commençait à se troubler de ce silence prolongé; elle en sourit d'abord, puis elle eut honte; mais elle resta, car elle vit l'attention de Donald descendre et se plonger peu à peu dans une vague méditation; il oubliait sa présence; elle se rassura, et regarda cette physionomie souffrante où les passions avaient laissé leurs traces; elle éprouva pour ce jeune homme, doux, et qui semblait malheureux, une sorte de compassion tendre; elle eût voulu pouvoir devi-

ner sa douleur : cette douleur n'était pas hypocrite, ne cherchait pas à être observée..... Elle
s'attendrissait à le regarder, elle attachait les
yeux sur lui, elle se croyait en sûreté dans
cet examen, et pensait que, fasciné par la
rêverie, il ne la voyait pas ; elle subit elle-même
cette fascination.... Soudain, honteux de son
silence, il lève la tête, il voit des larmes rouler
sous les paupières et les longs cils de Résignée;
— Oh ! mademoiselle, — s'écrie-t-il.... Mais il
s'arrête, et se compose une attitude, au bruit des
pas qu'il entend sous le vestibule.

On entra, Résignée alla se jeter au cou de
son amie, le baron s'excusa de son absence, et
M. d'Estanceley échangea avec Donald des saluts
cérémonieux. Salvador avait paru le premier
dans l'appartement; il accompagnait Eudonie;
avec son regard d'aigle, il avait eu le temps de
tout voir et comprendre. Un mouvement vif
régna dans le salon, et le jeune duc vint en
souriant serrer la main de son ami.

Le cabriolet de Jernier entra bientôt après

dans la cour ; le docteur fut reçu par Résignée
avec des prévenances empressées. Donald en
éprouvait du déplaisir ; on se mit à table. Salvador vivifiait la conversation ; Jernier y lançait
ses singularités sceptiques, et ne répondait souvent aux objections que par un bah !.... dont
l'aplomb déconcertait. Le déjeuner fut rapide ;
on avait hâte de battre les bois.

— Je croyais, milord, dit Salvador, que vous
viendriez avec M. et madame de Nelvoisy.

— Ils devraient être arrivés, — dit la baronne.
Donald fait au hasard une réponse évasive, car
ces mots le réveillent et le rendent à lui-même.
Il cherche à s'étourdir pour ne pas entendre
les reproches qui s'élèvent de son cœur. On
cause, on rit, on se lève, on revêt les costumes
de chasse, la meute aboie ; on assigne les rendez-
vous, les piqueurs prennent leurs directions,
les domestiques chargent les fusils. Résignée,
pendant tout ce mouvement, s'est mise au
balcon, et Donald, entraîné malgré lui, se pose
doucement auprès d'elle.

— Bonjour, Résignée, — dit une voix de femme.

Ils se retournent ; c'est madame de Nelvoisy ! Le bruit qui les entoure les a empêchés de remarquer son arrivée.... Mais les chevaux sont harnachés, ils piaffent, la calèche s'avance au pied du perron ; on s'empresse, on descend, on part.

Les descriptions de chasse sont tombées dans le domaine du lieu commun, vrai fléau qui envahit tout, et qu'il faut fuir de loin. Des sons de cor dans les bois, des coups de fusil, des chevreuils abattus, des perdrix atteintes au vol et tombant, les ailes étendues ; des lapins foudroyés au passage ; des haltes à l'ombre ; un dîner sur l'herbe ; une intimité de bon ton provoquée par la campagne, des plaisanteries, un peu de fatigue, voilà les élémens de ces tableaux qu'on devine : mais il faut, en les colorant par l'imagination, songer à la position du jeune anglais et ne pas s'étonner, si, ce jour là, il fut

bien moins adroit que d'habitude deux cœurs de
femme lui en surent gré peut-être.

Il était tourmenté, il désapprouvait sa propre
conduite. Tromper cette jeune fille !.. Il s'indignait contre lui même à cette idée. Il prit donc
la résolution d'effacer, d'oublier une impression
qui se perdrait bien vite dans le délire de la
séduction qu'il méditait. On rentrait; les dames,
lasses d'aller en calèche, avaient mis pied à terre;
Jernier prit le bras de Résignée ; Salvador celui
de la baronne, et Donald soutenait madame de
Nelvoisy, qui se plaignait d'une migraine, afin
qu'on excusât l'altération de ses traits. La nuit
commençait à s'obscurcir; son ombre était
faiblement traversée par des reflets rougeâtres
partis d'une ceinture de nuages à l'occident; or,
les maris se tenaient un peu à l'écart, comme des
maris qui ont du savoir-vivre. Il est encore de
mauvais ton de montrer qu'on aime sa femme; et,
pour rester fidèles à l'usage du beau monde, les
maris font les honneurs de leurs femmes à
d'autres.

— Mademoiselle d'Estanceley part demain,
dit madame de Nelvoisy; son oncle ne lui a
donné qu'un jour de congé. C'est dommage,
n'est-ce pas ?

— Il est vrai, madame, dit-il, habile à profiter de ce mouvement de jalousie, il est vrai que
je la trouve charmante : mais je ne vois pas à
quel sujet vous m'adressez cette observation.
Ai-je franchi les bornes de la politesse en lui
parlant ?

— Non, milord, je ne le pense pas.... mais
elle est si belle!

— Et quand elle serait encore plus belle,
ne sais-tu pas, Constance ?... Pardon, madame,
j'oublie que vous m'avez interdit des paroles
que je m'interdis à moi-même; elles pourraient
affaiblir mes résolutions.

— Vous avez été bien maladroit, milord, lui
cria M. de Nelvoisy; la dernière perdrix que
vous avez manquée était en plein vol et à vingt-
cinq pas.

— J'en conviens, monsieur, j'en conviens....
Constance, ajoutait-il tout bas, je venais d'observer votre tristesse; ma main tremblait.

— De quelles résolutions parliez-vous tout
à l'heure, milord ? murmura-t-elle.

— Ne dois-je pas vous obéir, cesser de vous
voir, partir pour l'Angleterre ?

— Je n'ai pas dit..... mais vous avez raison;
oui, partez, partez. — Un soupir étouffé s'échappa de son sein.

— Soit, dit-il en jouant l'exaltation, je partirai dans peu de jours.... j'ai besoin de partir.
Ici l'enivrement me gagne, et je suis seul à
l'éprouver.... Je crois enfin trouver un cœur,
non, c'est une raison froide qui répond séchement à mes cris d'amour... Dans mon désespoir,
je ne sais où reposer mes idées; je comprends
à peine ce que je veux.... Tenez, vous me chassez, et vous faites bien, car je hais votre mari;
quand je le vois à vos côtés, quand je suis
témoin de ses tendresses hypocrites, le frisson

me prend des pieds à la tête, et je me sens prêt
à le frapper.... Voyez l'agitatiou où je suis; vois,
Constance, mes mains tremblent.

—Taisez-vous !... vous me faites peur.... Haïr
mon mari! et pourquoi ?... cela est odieux.

—Oui, je le hais; mais je ne vous effraierai
pas long-temps, madame; je partirai.

—Vous n'avez pas le fusil et les balles en-
chantées de Robin-Hood, milord, dit M. de Nelvoisy en s'approchant; peut-être quelque mauvais génie soufflait-il sur votre plomb... pourtant
je vous ai vu tirer le pistolet avec une adresse
miraculeuse...... A propos d'adresse miraculeuse, savez-vous que la nouvelle débutaute de
l'Opéra a dansé, l'autre jour, son pas d'une
manière prestigieuse ? c'est un être vaporeux,
que cette petite femme-là; rien de plus aérien,
de plus idéal!.... La danse me magnétise, ma
parole d'honneur.... Je ne vais jamais à la Co-
médie-Française; j'ai l'alexaudrin en horreur,
et je donnerais toutes les tragédies du monde

pour un ballet..... Le romantisme est un peu
drôle; ça amuse au moins..... Ces messieurs
refont votre Shakspeare, qui est noir en diable...
La littérature est nulle; je ne reconnais que
celle de la pirouette et du gosier.... Est-ce que
vous ne bâillez pas à nos chefs-d'œuvre? Et
puis, qu'est-ce qu'un chef-d'œuvre?... Les arts
doivent donner du plaisir, voilà tout.

A ces banalités prétentieuses que M. de Nelvoisy débitait en employant tous les mots à la
mode avec sa fatuité coutumière, Donald sentait
la main de Constance se crisper sur son bras,
et ne répondait que par monosyllabes dédaigneux. Son émotion, factice d'abord, devenait
réelle.

— J'aime un peu le mélodrame; mais j'éprouve
des nausées au premier hémistiche d'un vers
tragique ou comique : la prose m'ennuie moins....
Vrai, *le Conservateur* a de bons articles; *la
Quotidienne* et *la Gasette* ne m'endorment
qu'après un quart d'heure de lecture, ce qui

fait juste un quart d'heure de plus que les journaux du jacobinisme.

Donald frémissait comme à une insulte ; Constance lui saisit vivement la main ; il se tut.

—Ah! pardonnez-moi, milord, s'écria M. de Nelvoisy ; c'est prodigieux comme je suis distrait ce soir ; le soleil et la poudre m'ont fasciné : vrai, j'oubliais que vous êtes libéral. Mais je sais distinguer entre les libéraux et les jacobins, entre l'opposition et ces damnés de carbonari.

Elle pressa la main de Donald sur son cœur, et leva vers lui ses yeux supplians, pleins de larmes ; une impression électrique fit vibrer le bras du jeune Anglais et les agita tous deux , il se tut encore !

—N'est-ce pas, monsieur le duc, continua-t-il, qu'il faut distinguer entre les libéraux et les carbonari ?... — et il se tourna vers Salvador, qui causait avec M. de Livrange.

—Constance, disait tout bas Donald, nos

cœurs s'entendent ; je t'aime, je ne puis te
quitter. Ne sais-tu pas que cela est impossible?...
Cet être nul que tu nommes ton mari, qui t'insulte par un autre amour que sa vanité stupide
cache si mal, cet homme ne t'aime pas.... Va, je
t'aimerai bien, moi.... Mais occupe-moi tout
entier, empare-toi de moi, afin que mon imagination ne puisse plus se tourmenter elle-
même...... Oui, plus d'autre pensée que toi,
femme chérie! toi, toi seule!

—Oh, silence, Donald! murmurait-elle.

—Eh bien! décide mon sort; partirai-je avec
mes pensées de désespoir?

—Si vous étiez vraiment mon ami....

—Partirai-je?

—Eh bien!.... ne partez pas sans me dire
adieu.

Ils ne purent se parler jusqu'au château,
car Constance hâta le pas : ils rejoignirent les
groupes. En arrivant, elle se plaignit de vives
douleurs à la tête, et monta dans sa chambre
avec Eudonie et Résignée.

—C'est le soleil, c'est la chaleur, disait M. de Nelvoisy; ce ne sera rien, ma chère amie; le sommeil est un réparateur....

Salvador continuait une discussion qu'il avait engagée avec M. d'Estanceley; il combattait ses opinions absolutistes, mais sa supériorité se montrait si délicate, si caressante, que le jeune homme, tout raide et opiniâtre qu'il était dans ses gothiques préjugés, inclinait légèrement la tête quand le duc achevait de parler. Cependant il ajoutait toujours : — Vous colorez fort bien vos raisons, monsieur le duc; néanmoins, je persiste à le croire, le libéralisme perdra le trône, c'est dire la France.

— Le trône est si peu la France, disait M. de Livrange, que si le trône des Bourbons croulait, la France n'en existerait pas moins. Les nations ne sont pas représentées par leurs princes, mais par leurs mandataires immédiats; et plus vous étendez le droit d'élection, plus vous sortez de la fiction, plus vous entrez dans la vérité.

—Dites dans l'anarchie.

— Bah! dit le docteur; on ne peut rien affirmer : la vérité d'aujourd'hui est erreur demain.

— Je disais tout à l'heure, s'écria M. de Nelvoisy, à lord Donald, qu'il faut bien distinguer entre les libéraux et les jacobins, entre l'opposition et ces enragés de carbonari. Il faut la liberté, et non pas la licence.

— Voilà une idée forte et neuve, dit Salvador avec un sang-froid ironique.

— Et renouvelée, continua le docteur, de toutes nos tragédies classiques de l'Empire.

— Dès que vous parlez de liberté, messieurs vous admettez toute discussion; alors rien n'est stable....

— Tout le mal naît des carbonari, qu'il faut distinguer.....

Donald, impatienté, passa vite au balcon, où il resta adossé.

Résignée, qui venait de descendre, s'écria : — Oh, le beau clair de lune! — Elle s'avança

vers la fenêtre, et recula soudain en voyant
Donald.

— Comment est madame de Nelvoisy? lui
dit-il.

— Un peu mieux; son agitation se calme;
le sommeil la guérira.

— Et vous partez demain, mademoiselle?

— Oui, milord.

— A qu'elle heure ?

— Le matin, afin d'éviter la chaleur et la
poussière: il y a huit lieues de Livrange à Estanceley.... Mais pardon, je vais me retirer dans
mon appartement.... Adieu, milord.

— Adieu, mademoiselle.

En s'éloignant, elle n'osa pas lever les yeux
sur lui; elle s'en repentit peut-être dans les degrés.... Qu'était-elle venue faire? elle l'ignorait
peut-être elle-même. La discussion était fort
animée; elle n'avait parlé qu'à Donald, et il ne
put s'empêcher de le remarquer. Il savait que
la chambre de Résignée donnait sur le perron;

il en voyait les hautes fenêtres ouvertes : la lumière y brilla bientôt. Une femme de chambre
vint fermer les volets; Résignée parut à côté
d'elle. Il avança quelques pas, et se tourna vers
la jeune fille, qui disparut derrière les rideaux
vacillans.

IX.

Salvador.

Salvador, sauveur! ce nom est beau! Le
Christ l'a revêtu de sainteté et d'une tendresse
miraculeuse, ineffable; je regrette qu'une piété
mal entendue profane ce nom, qui n'appartient
pas à des hommes. Pour être sauveur, il faut
venir au nom de Dieu, il faut semer des paroles

qui embaument les cœurs et les purifient pour
l'apostolat; pour être sauveur, il faut changer
la face de la terre, y asseoir une révolution qui
survive à toutes les révolutions, dicter un livre
sacré, toujours jeune quand tout vieillit, meurt,
et tombe en poudre autour de lui; un code
divin, messager de paix, toujours prêt à in-
tervenir au milieu des sanglantes folies des
hommes et de leurs périssables institutions.
Pour être sauveur, il faut sourire aux invec-
tives, aux coups de fouet qui dispersent sur le
pavé les lambeaux de votre chair, aux épines
dont on vous enfonce une couronne au front,
à la croix où l'on vous attache, aux clous qui
brisent, sous les marteaux, les os de vos pieds
et de vos mains; il faut porter un sceptre de
roseau qui puisse briser des sceptres d'or, il
faut boire le fiel et le vinaigre dans une longue
agonie, et, du haut de cette ignominie sublime,
prier pour ses bourreaux.

Et jeune homme si profondément incrédule,
quel droit a-t-il de porter ce nom sanctifié par

de célestes vertus ? Un père pieux le lui a donné
sur les fonts baptismaux ; il a cru , ce bon père,
que l'eau régénératrice, la ferveur de ses prières,
une éducation toute catholique, et la magnifi-
cence de la nature qui chante un hymne sans
fin au Créateur, rendraient son fils humble
devant l'autel, croyant comme lui.

A seize ans, Salvador, ardent, bouillant d'au-
dace et de force, domptait les chevaux sauvages
libres au sein de ces forêts et de ces plaines du
Brésil où la civilisation s'est timidement assise ;
il sautait d'un rocher à l'autre, plongeait dans
le fleuve, fendait les rapides courans, et excitait
l'admiration des Nègres , accourus pour être
témoins de ces jeux hardis. A la chasse, ses
balles allaient au but comme par enchantement ;
monté à nu sur une cavale bondissante, à
longs crins, il ne craignait pas quelquefois d'attaquer le tigre et le jaguar. A l'église, sa piété
édifiait la colonie que son père avait fondée.
Son imagination ne savait où s'épancher ; et les
sites majestueux, cette végétation exubérante,

ces palmiers, ces bananiers, ces tiges gigan-
tesques où les lianes pendaient en festons; ces
fleurs de teintes si variées, ces immenses pâtu-
rages, ces montagnes, cette fécondité inépuisable, l'occupaient, l'entretenaient du Dieu père
de leurs merveilles. Il sentait se dilater, dans son
sein embrasé, un excès de vie qui le tourmentait: à la voix de son confesseur, il s'agenouillait,
et, pour se calmer, priait; mais il avait plus
d'une fois suivi les pas d'une jeune négresse de
quinze ans, précoce et développée comme tous
les fruits de ces climats brûlans; il surprit un
jour cette enfant, bien faite, souple, déjà
lascive sous ses baisers. On les épia, et le
vieux duc envoya son fils achever ses études
à Rio-Janeiro, sous la surveillance plus assidue
de son confesseur. Quand il passait, le soir,
dans les rues, les brunes Portugaises soulevaient
doucement leurs jalousies pour admirer son
port hardi, sa juvénile et vigoureuse beauté.
Admis dans une société dévote, il y connut
une comtesse espagnole qui le séduisit, et un

Français spirituel qui lui enseigna sa langue en se moquant des superstitions. Salvador lut secrètement les écrits des philosophes du dix-huitième siècle, et ses croyances s'en allèrent l'une après l'autre.

A quelques années de là, son père, que des chagrins inconnus fixaient dans ces solitudes, le fit passer sur le continent. Le jeune Salvador fut reçu à Lisbonne avec la distinction que méritaient son nom, ses avantages extérieurs et son esprit. Il réussit dans la diplomatie, mais il refusa d'être l'instrument de la Sainte-Alliance, et se démit de ses fonctions. Un homme tel que lui ne pouvait descendre à un tel avilissement. Il avait ensuite parcouru l'Europe; c'est pendant un séjour à Rome qu'il connut lord Donald. Personne ne savait mieux se renfermer dans les convenances, et aujourd'hui que les conve-nances tiennent lieu de vertus dans une société sans croyance, il représentait, pour ainsi dire, tous nos égoïsmes élégamment parés. Son culte était celui de l'argent ; avoir des millions sous la main, afin d'acheter des jouissances et de la considération, tel était son but ; toutes ses démarches y tendaient. La fortune de son père, quoique honorable, ne lui suffisait pas; quand une fois la pensée de l'or est entrée dans un cœur, elle en chasse toutes les grandes pensées.

La famille d'Estanceley possédait des revenus immenses; Résignée, recherchée par les brillans partis de la cour, passait pour une des plus riches héritières de l'aristocratie nobiliaire; son oncle lui avait fait donation de ses biens, et Firmin ne la traitait si froidement que parce qu'il avait connaissance de cet acte. Elle lui avait pourtant dit plus d'une fois en secret qu'elle voulait tout partager avec lui, mais la fierté du jeune homme répugnait à tenir d'une concession ce qu'il regardait comme à lui, le dernier rejeton mâle de la maison d'Estanceley.

La discussion épuisée, Salvador monta dans la chambre à coucher, s'y promena quelques

instans ; cette gravité naturelle et souple qu'il
déployait dans les salons avait été dépouillée et
jetée comme un habit qu'on porte bien , mais
qui finit par gêner : il ne se dissimulait pas l'impression que lord Donald produisait sur Résignée..... Il marchait vite ; des inquiétudes plis-
saient son front.

Tous ses projets gravitaient autour d'une
jeune fille indifférente à des avances dont se
serait enorgueillie plus d'une femme ; son amour-
propre et son intérêt se flattaient de réussir
où tant d'autres avaient échoué..... Résignée
entrait dans sa dix-huitième année ; sa famille
désirait qu'elle se choisît un époux parmi les
prétendans à sa main ; il le savait ; et trop
habile pour tenter une démarche avant d'être
sûr du succès, il attendait, il observait, avec
un serrement de cœur jaloux, les symptômes
du penchant de mademoiselle d'Estanceley pour
son ami.

Les femmes, en démasquant avec un tact
ingénieux et malin toute ridicule affectation de

chagrin, s'apitoyent sur les maladies de l'âme....
Hélas! la vie est une maladie morale pour tous
les êtres qui sentent et pensent trop vivement :
mais il en est que le malheur poursuit, tourmente dans ce désir légitime, inquiet, qui
veut sa part de bonheur ; elles en ont alors
soudain compassion, car cette nature d'homme
se rapproche de la leur ; la crainte même qu'un
tel caractère inspire est un attrait aussi : je
ne sais quelle curiosité les entraîne, il leur
semble qu'elles auront tant d'amour à lui donner, qu'il en sera soulagé, et leur tendresse,
si elle est profonde, se fait une joie du dévouement.

Salvador le savait : il songeait à combattre,
dès l'origine, un amour qui contrariait ses vues ;
il se fiait en la puissance de sa volonté : sa
force d'action sur les autres intelligences le
rassurait. Cette force consistait à penser et
à vouloir sans restriction ce que les autres
hommes ne pensent et ne veulent que par
fraction.

14*

C'était une nature de la trempe de celle des hommes extraordinaires.

Il demeura quelques minutes dans une attitude méditative.

Puis, relevant la tête, il dit d'une voix sourde et lente :

—Mademoiselle d'Estanceley sera ma femme.

X.

Qu'est-ce que j'ai donc?

ELLE était retournée à Estanceley; et dès que
la voiture entra dans l'avenue, les domestiques
du château, qui l'adoraient, accoururent à la
grille pour la voir; elle leur dit quelques mots
affectueux, puis ils se formèrent respectueuse-
ment en haie pour saluer le *jeune seigneur*.

Elle passa vite dans la salle où un vieillard l'attendait, entouré de montres et de pendules.

— Te voilà, ma belle enfant, ma chère petite, ma mignonne, ma Résignée! s'écria-t-il en lui tendant les bras; te voilà, mon ange gardien! Tu es exacte, c'est bien; approche; quand je te vois, je me sens mieux; viens, viens que je t'embrasse.— Il la baise au front; elle s'empresse autour de lui, relève les coussins affaissés, pose mieux sur le tabouret sa jambe endolorie, range ses livres et ses journaux, et s'assied à ses côtés. Elle lui racontre ensuite la chasse, les coups de fusil, l'adresse de son frère, qui entre, s'incline gravement devant le comte, et sort après quelques mots assez froids. Le vieillard s'informe du duc d'Alvida, elle en parle avec aisance et sans comprendre le rire jovial qui accueille sa réponse; puis elle hasarde quelques paroles sur lord Donald; mais son oncle ne le connaît pas; elle se tait.... Elle regarde vaguement dans le jardin, pendant qu'une de ses mains, qui tient un journal, retombe par degrés le long du fauteuil....

— Un Anglais! un insulaire!... une île, — murmure le vieillard. Son front jaune se rida, et une expression de sévérité menaçante y régna : mais la belle et rêveuse jeune fille n'entendit pas; tant mieux pour elle, car si elle eût entendu et compris, elle se fût sentie attachée par des liens et des devoirs de fer auprès de ce malade, qui n'avait qu'un seul objet d'affection, lui-même, et qu'une seule pensée; vivre le plus long-temps possible:

— Eh bien, lis donc! s'écria-t-il d'une voix aigre; lis donc!

— Oui, mon oncle, — reprit-elle en revenant à elle-même : mais malgré son désir d'être attentive, elle se troubla parfois dans sa lecture.

— Qu'est-ce qu'elle a donc, cette petite folle ? disait le goutteux entre ses dents.

Après le dîner, son frère partit pour Paris, où se tenait son régiment; son oncle se livrait à sa

sieste accoutumée : elle se trouvait libre. Elle
entre au jardin pour y faire sa promenade habituelle, et passe devant ses plates-bandes favorites sans en arroser les fleurs : son léger arro-
soir reste là rempli d'eau ; les jardiniers la
regardent s'éloigner avec surprise. Elle tient un
livre à la main, sans l'ouvrir, et c'est un de ses
livres chéris, les *Études de la Nature*. Elle va au
hasard, lentement, de bosquets en bosquets,
nonchalante, et comme inquiète d'une personne absente..... qu'elle n'attend pourtant pas.
Elle songe au gant qu'*il* lui a pris il y a un an,
et qu'elle n'a plus redemandé ; elle songe à la
contredanse où il a dit avec tant d'expression
que ce gant ne le quitterait jamais ; elle songe
à la journée d'hier, à la causerie sur le balcon,
à ce bras qui est venu tressaillir près du sien,
à cette rêverie, à ce cri : Ah ! mademoiselle....
Elle songe à *sa* maladresse pendant la chasse....
Pauvre enfant ! elle s'étonne de ce charme
qu'elle cherche à vaincre, et qui la res-
saisit malgré elle ; elle s'en étonne, et s'assied,

fatiguée, en murmurant : — Qu'est-ce que j'ai donc!

Elle se rappelle les paroles de ses amies dans la calèche; Constance lui a dit que lord Donald ne croyait ni à la religion ni à Dieu. Mais pourquoi lui a-t-il affirmé le contraire? — S'il est incrédule, ce pauvre jeune homme, pense-t-elle, il doit être bien malheureux! Il a l'air souffrant, tourmenté! et cependant il y a de la douceur sur ses traits! S'il était bien aimé, peut-être!... — Elle ouvre au hasard son livre, lit sans comprendre, recommence la même page, et parvient enfin à y captiver son attention : « Avec le sentiment de « la Divinité, tout est grand, noble, invincible « dans la vie la plus étroite; sans lui, tout est « faible, déplaisant et amer au sein même des « grandeurs. Ce fut lui qui donna l'empire à « Sparte et à Rome, en montrant à leurs ha- « bitans vertueux et pauvres les dieux pour « protecteurs et pour concitoyens; ce fut sa des- « truction qui les livra riches et vicieux à l'es- « clavage, lorsqu'ils ne virent plus d'autres dieux

« dans l'univers que l'or et les voluptés. L'homme
« a beau s'environner des biens de la fortune,
« dès que ce sentiment disparaît de son cœur,
« l'ennui s'en empare; si son absence se pro-
« longe, il tombe dans la tristesse, ensuite dans
« une noire mélancolie, et enfin dans le déses-
« poir. Si cet état d'anxiété est constant, il se
« donne la mort. L'homme est le seul être sen-
« sible qui se détruise lui-même dans un état de
« liberté; la vie humaine, avec ses pompes et
« ses délices, cesse de lui paraître une vie,
« quand elle cesse de lui paraître immortelle
« et divine....»

Le livre tombe de sa main : — Ah, s'il se
tuait! — pense-t-elle. Elle pâlit; son cœur bat,
elle y pose la main comme pour en affaiblir les
pulsations désordonnées, et s'écrie : — O mon
Dieu, qu'est-ce que j'ai donc!....

Elle rentre, et le soir, à genoux au chevet de
son lit, elle prie; mais sa prière distraite est
interrompue par des rêveries qu'elle repousse,
et qui reviennent toujours. Elle se livre avec

inertie aux soins de sa femme de chambre, qui
respecte son silence ; le sommeil ne vient pas
clorre sa paupière ; un assoupissement mêlé de
rêves confus lui apporte enfin un peu de calme,
quelques heures de repos. Le matin, elle se réveille, et sa première pensée n'est plus pour
Dieu! Un malaise préoccupé, qui n'est pas sans
charme, semble amollir ses membres; elle s'assied dans un fauteuil; ses petits pieds nus , d'une
forme et d'une blancheur admirables, éclatent
sur le velours écarlate d'un tabouret; ses épaules, qui reposent sur le dossier éblouissant
du fauteuil, y brillent d'une teinte de lait
pur : quelques nuances rosées, quelques veines
bleues, indiquent la vie intérieure. Elle est
immobile; ses beaux cheveux, d'un châtain
singulier et chatoyant, flottent autour de son
visage embelli par une langueur candide; ses
bas de coton fin sont tombés de ses mains,
qu'elle joint. Elle contemple le réveil de la nature, humide et mélodieuse ; elle prie, et lais-
sant là sa prière accoutumée, qui ne suffit plus

aux élans de son âme, elle en improvise une empreinte de tendresse : elle prie pour ses parens, pour son père, pour sa mère; elle demande à Dieu la grâce d'accomplir tous ses devoirs, et d'avoir la force de souffrir dans la vie, si elle doit y souffrir long-temps. — Faible femme que je suis, je ne sais guère que par mon cœur ce qui m'est utile ou nuisible, ô mon Dieu! car je suis délaissée, et les hommes n'ont rien dans leurs lois qui puisse suppléer une mère...... Quels conseils dois-je écouter? Ne suis-je pas à la merci de tout ce qui m'entoure?... O mon Dieu! sois ma force et ma vie, sois mon protecteur et mon refuge, sois mon conseiller et mon espérance immortelle; prends-moi en pitié..... J'étais calme, heureuse, et je ne le suis plus.... Depuis que je l'ai vu, je suis troublée et triste au fond de mon âme.... et il ne croit pas en toi; aveugle qu'il est, il ne marche pas à ta sainte lumière.... Je le sens, ma foi et ma ferveur en redoublent; il me semble que maintenant il faut que j'en aye pour deux.... O mon Dieu! qu'il soit heureux, du moins, qu'il soit heureux !.... — Mais des larmes l'interrompent; elle s'écrie : — Qu'est-ce que j'ai donc! — Puis elle baisse la tête, et se dit à voix basse : — Oh! je l'aime.

XI.

Pouvoir d'un nom.

Quand le vertige de la passion s'empare d'une femme, et qu'elle ne peut lui opposer ni les devoirs d'une mère, ni les fortes croyances d'une chrétienne, tout ce qui n'est point cette passion est sans vie; tout ce qui ne s'y rattache pas n'est plus l'existence, c'est un

obstacle à l'existence, un supplice ; son intelligence ne s'exerce qu'à cette pensée, elle la
creuse incessamment, elle s'y fatigue ; elle médite un mot, un regard, leur prête un sens que
souvent ils n'ont point, et y pressent un avenir de repentir, d'ivresse, de larmes amères ; et
notre morale est de si bon accommodement,
dès que les convenances sont, comme on dit,
religieusement observées !..... En effet, les convenances, voilà la religion de la haute société.

Il y a encore au sein de cette société, surtout
dans la vieille aristocratie nobiliaire, des familles
vouées à ce catholicisme qui se disjoint, se brise,
et va tomber en pièces : mais que cette minorité
est impuissante ! Combien le protestantisme,
tout insuffisant qu'il soit, est plus fécond en
vertus ! Et quelle indifférence presque universelle pour tout ce qui est culte, exaltation ver-
tueuse, sentiment, mouvement de l'âme ! A ne
point parler ici des conversations du monde, ni
de ce que donnent à penser leurs réticences,
que résulte-t-il de l'ensemble des actions du plus

grand nombre? quelle en est la conclusion
évidente? Est-il beaucoup de jeunes femmes
qui, résistant à leur influence, conservent long-
temps, au milieu des parfums de cette contagion
déguisée, leur ferveur première, et sachent se
défendre d'un attiédissement? Une fois qu'il est
commencé, il faut qu'une autre émotion rem-
plisse cette lacune dans l'âme. Et qu'il y a d'enivremens mêlés d'étrangetés et de craintes en
cet amour qui vient combattre et souvent chasser
la foi affaiblie!..... Le rituel en subsiste encore,
mais la puissance en est morte. On va bien à
l'église : mais y pense-t-on à Dieu? Quel rapport
y a-t-il entre ce qui se passe sous les voûtes du
temple et sous les lambris des salons? quel rapport entre la morale de nos livres usuels et celle
de l'Évangile? quel rapport entre l'austérité
menaçante de la chaire et la tolérance facile
du monde, qui pardonne tout, si le décorum
est habilement sauvé? quel rapport entre ces
écrits qui systématisent le vice, et le mariage
chrétien qui fait de la fidélité et de la confiance

les bases du bonheur domestique? Et ne faut-il pas, dans un cercle, donner son opinion sur ces romans où les faiblesses des passions sont prônées en un langage étrange ? Ah! quand une pauvre femme, entourée de piéges, de déceptions, d'impostures élégantes; frappée dans son bien-être; tourmentée dans ce qui est encore sa conscience; seule avec une passion dont elle ne peut plus se démêler, qui a pris adhérence, qui est devenue une partie d'elle-même, se trouve oisive devant de longues journées, n'est-elle pas bien à plaindre? et faut-il toujours la blâmer si elle appelle à son aide, pour combler le vide qui l'entoure, ces productions modernes dont la phraséologie passionnée, corruptrice, se déroule comme une variation improvisée.

Pauvre jeune femme! pauvre Constance! le monde l'importune, son mari la néglige ; elle est seule assez souvent; quelques visites se succèdent et la laissent plus seule encore; elle s'occupe d'une tapisserie depuis long-temps

inachevée, parcourt le clavier de son piano,
s'ennuie, essuie une larme et lit; elle aspire
les sophismes séducteurs des ouvrages de nos
jours. Au théâtre, les danses parlent de volupté,
la musique amollit, la poésie ou la prose énerve;
ses appartemens, par les soins de son mari,
sont décorés de suaves peintures; les romances
qu'elle chante sont des soupirs mélodieux;
l'infortunée, elle aspire de l'amour par tous les
sens!

Et son organisation est débile, un mot l'émeut;
un parfum trop pénétrant lui donne la migraine; une tendre pression de main ébranle
ses nerfs; un baiser la laisserait à demi morte
d'amour. Et Donald, qui a suivi pas à pas ses
redoutables progrès, monte les degrès; il monte
avec une résolution fatale. Elle a entendu le
bruissement léger de son pas dans l'antichambre;
il est là; il faut bien qu'elle redoute sa présence,
puisqu'elle n'en est pas heureuse! Il entre, elle
se compose une attitude réservée et presque
froide. Soutiendra-t-elle long-temps ce mensonge

qui lui est si pénible? La passion se fait à elle-
même des semblans qui ne servent qu'à donner
plus de chances au danger.

A les entendre converser avec contrainte,
on dirait presque deux ennemis qui se haïssent.
Mais bientôt leurs paroles s'émeuvent, leurs
yeux brillent, l'atmosphère devient magnétique
autour d'eux; madame de Nelvoisy, dominée,
semble osciller, vibrer, sous le pouvoir des
discours de son amant. Elle s'écrie enfin avec
désespoir : — Quoi ! un homme ne saurait donc
être l'ami d'une pauvre femme, sans lui prendre
à la fois son honneur et son repos! O Résignée,
que j'envie ta solitude et le calme de ton âme!

Ce nom est bien puissant sur Donald, car il
a posé une main sur ses yeux ; il se recueille et
prend un ton plus grave, tandis que Constance
se félicite d'une victoire qui ne lui appartient
pas.

— Eh bien, Constance, dit-il, je serai docile
à vos volontés; je n'agirai que par vos inspirations, je respecterai tous vos scrupules.

15*

—O mon ami! que vous me rendez heureuse! s'écrie-t-elle avec une joie confiante; vous m'aimerez, et votre affection ne me coûtera aucun regret.

—Oui, ma chère Constance, je serai votre ami, seulement votre ami.

—Ainsi vous viendrez me voir, et je n'aurai pas à vous craindre; je ne serai pas condamnée à feindre à votre aspect une froideur si mal jouée. Tenez, il y a des momens où vous me réduisez à l'insensibilité d'une morte; je n'ai plus ni sang, ni cœur pour sentir, ni mémoire, ni esprit pour repousser vos paroles. Est-ce là du bonheur? Le bonheur, c'est le repos et non le délire.

—C'est tout ce qui vous plaira, Constance.

—O mon ami! je ne saurais vous dire tout ce que je sens déjà de bonheur en moi.

—Vous êtes en correspondance avec mademoiselle d'Estanceley? dit-il avec négligence.

—Oui, reprit-elle; j'ai reçu une de ses lettres aujourd'hui.... Tenez, il y est question de vous.... Voulez-vous la voir ?

— Volontiers; je serai bien aise de juger son style; voyons.

— Il est simple et touchant; son caractère s'y montre avec sa nonchalance si attrayante: mais je ne puis vous lire que des fragmens de sa lettre.

Elle se méprenait à l'aisance affectée de Donald; et comment aurait-elle soupçonné la réalité, quand elle était encore tout émue d'une lutte où elle se croyait victorieuse ? Elle lut.

Estanceley, 10 septembre.

. . . .

. . . . , ...

« Je crois que mon frère est bien fâché d'être « protestant; il est ambitieux, et notre religion « ne s'accommode nullement de ses opinions « absolutistes. Je t'avoue que je trouve notre « culte un peu froid; il n'agit pas assez sur l'ima- « gination, et quand l'imagination est malade, « elle a besoin que le mystérieux vienne à son « aide. La raison, tout attendrie qu'elle soit

« est toujours la raison; d'un autre côté, le
« catholicisme exige une trop grande abnégation
« de l'intelligence, il vous réduit trop à une
« passiveté inerte; il est devenu menaçant dans
« la bouche de vos prêtres, vos prédicateurs
« m'ont plus effrayée qu'émue, et je n'ai pas
« reconnu l'esprit de l'Évangile dans les saintes
« fureurs où ils entraient en parlant. Je m'en
« tiens donc à l'Évangile, que je lis en toute
« humilité.

« Sais-tu, ma bonne amie, qu'Eudonie est
« devenue impie depuis son mariage; elle est
« heureuse, et son bonheur lui tourne la tête.
« Son mari l'aime beaucoup; il est presque tou-
« jours en adoration devant sa beauté, et elle
« le chérit tant qu'elle épouse toutes ses opi-
« nions. Elle ne va plus à la messe que pour
« observer les convenances. C'est bien mal,
« n'est-ce pas? Il n'en est pas de même de toi....»

Ici madame de Nelvoisy s'arrêta, soupira, et
Donald se prit à rire. Elle continua : « Je crois
« m'en apercevoir, l'éducation des jeunes per-

« sonnes est si incomplète, que leurs maris font

« leurs opinions jusqu'à ce qu'elles puissent les

« rectifier elles-mêmes. Dis-moi si cela est vrai,

« tu es en position de le savoir ; et moi, je vis

« dans la solitude, je me suis faite à cet ennui...

« Pourquoi le changer contre un autre? Puissé-

« je n'avoir jamais à regretter la monotonie de

« mon existence! Elle est au moins douce et re-

« posante.

« Mon oncle va mieux ; il fait toujours grand

« accueil à M. d'Alvida lorsqu'il vient nous voir.

« Le duc paraît être fort attaché à lord Donald,

« qui est lié avec ton mari, et te rend visite quel-

« quefois. Quand tu m'écriras, dis-moi si lord

« Donald est toujours triste comme à Livrange.

« Il paraissait malade.

« Comment! tu ne viendras pas me donner

« quelques heures à Estanceley! Voici les der-

« niers beaux jours, les feuilles commencent à

« jaunir, il faudra bientôt dire adieu aux fleurs.

« Et qu'est-ce que la campagne sans verdure et

« sans fleurs? Je pense que nous serons à Paris

« à la fin d'octobre. Nous y passerons l'hiver.

« Je me surprends à en être tout heureuse. »

En écoutant cette lettre, Donald devina que mademoiselle d'Estanceley avait plus d'une fois songé à lui en l'écrivant ; et ce soir-là il ne s'écarta plus du ton d'amitié tendre, mais sans exigence, que madame de Nelvoisy s'efforçait de lui prescrire.

XII.

Le pauvre Baptiéret et la première Visite.

L'*intérét bien entendu* est le système dominant de l'époque; on le sent dans presque toutes les actions, il fait le fond de la vie actuelle; il régente jusqu'aux affections, jusqu'à *ces amitiés qui s'en vont avec les années et les intéréts* (1). Et quel compte doit-on tenir de cette amitié qui, après avoir tout matérialisé, se matérialise

(2) Bossuet.

elle-même? Qu'est-ce qu'une amitié qui ne croit pas à l'âme, son moteur, son essence? Ne se nie-t-elle pas elle-même en niant sa cause originelle? L'amitié matérialiste a volontiers des expansions et des larmes ; elle s'apitoie par un retour sur elle-même ; elle s'empresse et rend des services, mais tant que son intérêt n'en est point compromis : c'est là sa limite. Et qu'elle est étroite, qu'elle est mobile! L'intérêt d'aujourd'hui n'est pas toujours celui de demain ; ainsi, un homme se couche mon ami qui peut se réveiller mon ennemi. Plus il le sera, moins il le laissera voir ; il redoublera même de prévenances ; et si je me trouve lui barrer le chemin que s'est tracé son ambition, si j'obtiens une légère distinction d'une femme qui a rejeté ses hommages, si je porte un pied étourdi dans le cercle où son amour-propre s'est habitué à des succès, si j'y veux une part de l'attention qu'il exploite par droit de premier occupant, il me nuira tant que faire se pourra, sans toutefois porter atteinte à la bonne opinion qu'il désire qu'on ait de lui. La forme, voilà ce qu'il faut toujours conserver aujourd'hui : paraître est tout, être n'est rien. Le vice adroit est choyé, la vertu maladroite est bernée. Et qu'est-ce donc quand elle persiste, malgré de continuelles injustices , dans l'honorable bêtise de formuler sans cesse sa conscience dans ses écrits ou dans ses paroles?

Où est-elle, cette amitié qui épouse les destinées d'une autre amitié? où est-elle, cette amitié, cette fraternité volontaire, où deux cœurs viennent, pour ainsi dire, se souder si fortement, qu'on ne peut briser l'un sans briser l'autre?... Savez-vous ce que vous faites en ôtant de la société le principe fécond et sacré de l'animisme? Savez-vous ce que vous faites en proclamant que l'intérêt est la règle et la mesure des actions humaines? Imprudens, savez-vous ce que vous faites? Alors l'enjeu social est à celui qui entend le mieux son intérêt et sait l'accommoder à celui des autres. Mais qui empêchera les intérêts de réagir? qui vous donnera foi aux actions qui se

passent devant vous? Serez-vous sûrs que les intérêts de ce qui vous entoure n'ont point changé?
L'habileté ne consiste-t-elle pas à feindre un personnage? et l'amitié n'est-elle pas un rôle tout
comme un autre?

Il jouait bien savamment à cette comédie
sociale, ce jeune Salvador, qui jugeait tout du
haut de son mépris pour les hommes. Du fond
de sa pénétration calme, réfléchie, il tenait
tous les fils des amours-propres et des intérêts,
qu'il faisait mouvoir à son gré en les caressant
à propos; et, au besoin, il était disposé à s'en
servir comme d'instrumens. Il avait sur tous les
matérialistes ambigus et honteux l'avantage de
ne jamais reculer devant aucune des conséquences de son système; il riait en lui-même
des scrupules dont s'embarrassaient des gens
qui pensaient, comme lui, que le néant est
l'abîme où vont se perdre les générations, qui y
tombent pêle-mêle, ainsi que les eaux d'un
torrent dans un gouffre sans fond. Quand un
système domine une société, l'homme roi de

cette société est celui dont l'intelligence descend le plus avant dans ce système, et dont le vouloir est aussi fort que l'activité.

Conséquent avec son opinion sur cette amitié dont les phases sont alors marquées par les intérêts, il s'était rapproché de Donald, qui, en des instans de tristesse et d'oubli, l'avait laissé fouiller en son âme; sans provoquer des confidences directes, il y avait surpris tantôt un désir passionné de séduire madame de Nelvoisy, tantôt un amour naissant pour mademoiselle d'Estanceley, quelquefois les deux idées à la fois; enfin, toutes les perplexités d'une imagination malade qui se replie, roule, tourbillonne incessamment sur elle-même, impuissante à s'arrêter sur une idée stable.

Les deux amis, qui s'étaient rapprochés par des motifs différens, l'un par ennui, l'autre par intérêt, montèrent à cheval dans l'intention d'assister à une revue du Champ-de-Mars; le régiment de M. d'Estanceley s'y trouvait. Le peuple accourait à ces revues comme à tous les

spectacles : mais les souvenirs de Napoléon pla-
naient sur le Champ-de-Mars, et la grandeur
colossale de l'Empire écrasait les nains imitateurs, ces princes parodistes que la restauration
avait mis à loyer dans les Tuileries. Les épigrammes, les quolibets populaires accueillaient
ces simulacres guerriers ; le peuple riait surtout
de ces *voltigeurs* de Coblentz, de ces vieux
officiers poudrés à frimas, qui avaient pris
leurs grades dans l'oisiveté de l'émigration, et
ne voyait pas sans colère ces jeunes gens se
pavaner sous des uniformes dont on avait dépouillé les braves qui avaient si glorieusement
promené leurs bivouacs dans toute l'Europe.
A vingt-trois ans, le jeune d'Estanceley portait
déjà les épaulettes de lieutenant-colonel ; il
dressait fièrement la tête, et faisait caracoler
avec une grâce quelque peu écolière, un bel
étalon de race. Non loin de lui un homme d'une
figure maigre, altérée, prématurément ridée,
regardait, haussait de temps en temps les
épaules ; des moustaches grises retombaient sur

ses lèvres, et des sourcils épais ombrageaient ses yeux caves, verdâtres, d'une fixité pénible à voir. Son costume propre, mais usé, annonçait un officier en retraite. Calme, les bras croisés sur la poitrine, il gardait une attitude raide.... Soudain, le cheval de M. d'Estanceley se cabre, les spectateurs s'écartent; seul, l'officier reste à sa place, et se contente de dire : « Prenez garde, je vous en prie, monsieur le lieutenant colonel. » D'Estanceley abaisse dédaigneusement les yeux sur lui, et répond : « Prenez garde vous-même ; retirez-vous. » Puis il pique son cheval, et s'avance sur le front du régiment. L'officier demeure impassible : un observateur attentif eût cependant remarqué que les pommettes saillantes de ses joues se coloraient.

Après la revue, l'élégant lieutenant-colonel, fier et joyeux des complimens que lui avait adressés le prince royal, abordant Salvador et Donald, les invite à venir chasser avec lui au château d'Estanceley. Un rendez-vous est assigné. En se retournant, Salvador retrouve derrière le cheval du lieutenant-colonel, la sombre physionomie de l'officier en retraite.

Quatre heures sonnaient à la pendule de la grande salle où se tenait le vieux comte d'Estanceley; enveloppé dans une robe de chambre ouatée, il se souleva lentement, consulta ses deux montres, fronça le sourcil, et dit avec humeur : — Eh bien ! Résignée, à quoi rêves-tu là?

— A rien, mon oncle.

— A rien.... Hum!... Tu n'as pas entendu sonner quatre heures? n'est-ce pas?

— Non.... Je crois.... Il n'est que....

— Bien des pardons, mademoiselle, elles viennent de sonner,— dit timidement un jeune homme dont la tête était penchée sur des liasses de papier; il les étiquetait et mettait en ordre.

— Ah!... elles sont sonnées!

— Oui, mademoiselle, oui; et vous ne songez pas à me donner la potion que m'a prescrite le docteur!... Hum! Nonchalante !

Elle se lève, prend une fiole posée sur un

guéridon, vide avec précaution la liqueur, en comptant les gouttes qu'elle laisse tomber dans un verre.

— Le docteur a dit cinq gouttes, et non pas six.

— Je n'en ai versé que cinq, mon cher oncle.

— Six, six; j'ai bien compté.

— Faites-moi excuse, monsieur le comte, dit le jeune homme; je n'en ai vu tomber que cinq.

— De quoi te mêles-tu, Baptiéret? Range tes paperasses... Paresseux, qui ne sais pas l'anglais.

— Si j'avais des livres, je l'étudierais.

Le jeune homme qui parlait ainsi portait un costume de villageois, simple et propre; ses souliers gros et ferrés, son large pantalon, sa veste ronde, n'avaient rien de disgracieux; ses longs cheveux noirs se déroulaient en boucles naturelles sur son front et sur ses épaules. Sa physionomie était sérieuse. Résignée s'avança vers son oncle, qui but la potion avec une lenteur re-

cueillie. Elle remarqua que le soleil commençait
à darder ses rayons sur la tête du vieux malade,
et elle abaissa à demi un rideau, ayant soin
d'entr'ouvrir une fenêtre, afin que l'air pût circuler dans l'appartement.

— Êtes-vous bien ainsi, mon bon oncle? N'ê-
tes-vous pas fatigué d'être assis? Voulez-vous
vous promener un peu?

Sa voix était si insinuante que le vieillard
la regarda tendrement, et lui dit en hochant la
tête : — Oui, ma petite Résignée; oui, ma chère
mignonne; oui, ma belle et gracieuse fille ;
oui.... Allons, ton bras!...

— Appuyez-vous bien!...

— Là, là.... Ah! me voici debout!... Trois
tours de la salle, entends-tu?... Demain, s'il fait
beau, une promenade au jardin!... — La jeune
fille veillait sur tous les pas du goutteux, qui lui
disait : — Où sont mes jambes de vingt ans qui
figuraient si bien au petit Trianon, lieu de délices, époque de fêtes, de jolis vers et de soupers?
Où sont-elles mes pauvres jambes?... Ma Résignée

chérie, je te gronde ; mais je t'aime de tout mon
cœur..... Pourquoi es-tu donc si négligente depuis huit jours ? Hier tu m'as donné mon lait
trop chaud, ce matin tu as renversé ma coupe
de vermeil, ce soir tu n'as pas entendu sonner
quatre heures...

— Il faut me pardonner, mon oncle ; je serai
plus attentive... Vous êtes bien grondeur aussi ;
mais ce n'est pas de votre faute, vous souffrez !

— Ange des anges, dit le vieillard ému,
écoute, tu sais.... mais non, Dieu seul a des
récompenses dignes de toi....

—Oh! de grâce, ne mêlons rien d'intéressé à
notre affection.

Ils cheminaient en tournant le dos à Baptiéret, placé devant un secrétaire près du divan ;
le bouquet de Résignée y était ; il le saisit, le
porta à ses lèvres, et y prit une fleur qu'il cacha
dans son sein. Le vieillard revint à son fauteuil,
et Résignée, entendant des pas de chevaux, se
pencha à la fenêtre, et se retira en s'écriant : —
Ah ! c'est lui !

16*

— Qui donc?

— Lui!... mon frère.... M. le duc d'Alvida....
lord Donald.

— Ils viennent dîner, n'est-ce pas?... Hum !
Ennuyeux! ennuyeux!

— Vous me permettez d'aller donner des
ordres ?

Elle sort sans attendre la réponse, monte à sa
chambre, et, tout essoufflée, se jette sur un
siége. L'arrivée de Donald est un événement
pour elle.... Elle ne se demande plus pourquoi
elle est émue; elle le sait, elle sait qu'elle l'aime.
Et cet amour, qui éclate dans ce cœur de dix-huit
ans, l'envahit et l'inonde de sensations vierges,
ineffables. Un premier sentiment est une lumière douce qui colore et embellit la vie; mais
dès qu'il s'éteint, tout redevient obscurité.

Elle sonne sa femme de chambre, mande le
maître d'hôtel, lui donne des ordres, et se met
à sa toilette. Elle s'habille comme .d'habitude,
tout simplement, mais avec un goût long-temps
étudié devant sa glace; sa beauté, dont elle est,

pour ainsi dire, témoin elle-même, ne la rassure pas; elle craint de n'être pas encore assez belle pour lui; sa coquetterie a des impatiences contre une boucle de cheveux qui tombe mal; elle se dépite contre les plis de sa robe, tout gracieux qu'ils soient. Ces vivacités inaccoutumées étonnent sa femme de chambre, qui rappelle toute son habileté pour la satisfaire; et, presque honteuse de ses brusqueries, Résignée ouvre un tiroir, y prend un châle, et lui dit : — Tenez, mademoiselle, il est à vous. — Quand on est heureux et qu'on porte une âme tendre, on éprouve le besoin de donner un peu de son bonheur à d'autres.

Pendant qu'elle s'habillait, Baptiéret était sorti. Fils du maître d'école d'Estanceley, il a obtenu de la pitié de Résignée des secours pour son vieux père indigent, dont il partage les pénibles travaux. Le comte s'est aussi intéressé à lui. Il n'a que seize ans : mais ses facultés se sont bien vite ouvertes; il a trouvé parmi les bouquins poudreux qui composent la bibliothéque de son père, des volumes dépareillés de la *Nouvelle Héloïse* et de *Grandisson*, et le *Werther* de Goëthe, achetés sur les quais de Paris. Il s'est empreint de ce style, de ces pensées d'amour. Sa tête s'est enflammée, et mademoiselle d'Estanceley, qui est si belle, qui est si bonne, réalise pour lui ces fictions ravissantes : Julie, Clémentine, miss Byron, Charlotte; il les voit toutes en elle seule. Il aime comme on aime dans la solitude, à seize ans, avec un cœur qui exagère tout. La sorte de domesticité dont il est revêtu au château, aide à sa folle passion. Il mange à l'office : mais il la voit presque tous les jours, elle lui parle, elle lui dicte parfois des comptes; il transcrit des mémoires, et l'homme d'affaires n'est pas entouré de plus de confiance que lui. Mademoiselle d'Estanceley a dit quelquefois : — Baptiéret est un honnête garçon.

Il est tout en émoi, si par hasard il frôle, en passant, les plis de sa robe. Il se tourmente à de funestes illusions. Nourrir ces illusions, s'en fatiguer, c'est boire toujours dans un verre toujours vide. N'importe; il va seul par les champs; il rêve des heures entières au bord des fontaines murmurantes, dont les eaux se perdent sous des saules; il s'étend à l'ombre des meules de foin, ou le long des blés quand la caille chante, quand les perdrix lui passent par volées au-dessus de la tête; il regarde les nuages empourprés par le soleil couchant; il jouit de la sérénité des soirs, il aime sentir le vent froid sur son front, il aime le ciel parsemé d'étoiles, et la lucciole qui grimpe avec sa lumière scintillante sur la tige des hautes herbes; il respire les prairies en fleur, et médite des vers incorrects mais brûlans : sa poésie est comme son amour, un secret entre Dieu et lui.

Il oublie quelquefois dans ses promenades jusqu'à l'heure où son père, vieilli dans son humble école, l'attend au milieu de sa classe; il doit bientôt lui succéder. Les enfans du village disent que Baptiéret est fier, parce que Baptiéret est plus savant qu'eux, qu'il va au

château, et ne porte point des sabots, mais
de beaux souliers que mademoiselle d'Estanceley lui fait acheter à Paris. Il est brun, hâlé
par le soleil, d'une figure plus expressive que
belle; ses traits sont communs, mais animés,
et ses yeux un peu hagards, ce qui donne à penser à quelques vieilles femmes que Baptiéret
est lunatique et qu'on lui a jeté un sort.
Sa taille est trop élancée, sa constitution
robuste s'affaiblit tous les jours, s'épuise, se
consume. Les jeune paysannes le craignent, et
quand elles passent auprès de lui, elles baissent
les yeux en disant : — Bonjour, monsieur Baptiéret. — Il dédaigne leurs danses et leurs jeux
du dimanche; il va au château s'informer si
l'on a besoin de lui; quand il a vu Résignée,
quand il a recueilli de cette bouche souriante
quelques paroles affectueuses, il les emporte
comme un insensé; et, couché près des luzernes,
ou des sainfoins odoriférans, il attend la nuit en
lisant quelques ouvrages édifians qu'elle lui a
prêtés, et dont la pieuse morale le console.

Son père s'attriste de cet amour de la solitude, mais il dit tout bas au sacristain, son vieil ami, que si Baptiéret n'était pas le fils d'un malheureux maître d'école de village, Baptiéret serait peut-être un homme de génie.

L'infortuné était sorti de la salle, dès qu'il avait vu entrer le duc d'Alvida; il le hait, ce duc, mais il ne se rend pas bien compte de cette haine. Quel droit aurait-il de haïr l'homme qui sera l'époux de Résignée ? Peut-on soupçonner ce singulier amour qui ne s'est jamais trahi, qui lui vaudrait des soupçons de démence. Il est sorti, il ne reviendra que lorsque la cloche appellera les domestiques à l'office; il épiera ensuite le passage de Résignée, et peut-être obtiendra-t-il un ordre d'elle.

Elle est descendue au salon; on l'attendait pour se mettre à table : — Cinq heures et six minutes, ma chère nièce; entends-tu bien? six minutes! Allons, n'en parlons plus, et donne-moi le bras.

Qu'elle est heureuse! Donald est là. Aussi avec quelle attention elle préside au service! avec quel tact elle fait les honneurs de la table! Elle a l'œil à tout; elle devine les désirs des convives; et, sur un signe presque imperceptible adressé aux domestiques, ces désirs sont remplis au moment qu'ils naissent. Donald admire les soins dont elle protége son oncle. Salvador cherche à plaire, il alimente la conversation de traits ingénieux; Donald plaît sans le chercher; il est silencieux et presque absorbé.

Le comte, qui a des actions sur une compagnie anglaise établie dans les Indes, parle, après le dîner, du volumineux dossier qu'il a reçu; ses facultés s'affaissent, il ne comprend plus l'anglais, et prie lord Donald de lui traduire les pièces les plus importantes de ce compte-rendu. D'Estanceley frémit de l'ennui que lui préparent ces arides calculs, et entraîne gaîment Salvador dans la salle de billard. Résignée a tout disposé autour du malade; elle brode un ouvrage de tapisserie, tandis que Donald lit les

pièces en français ; comme si elles étaient écrites
dans cette langue. Le vieux comte s'extasie sur
cette vivacité de traduction : mais le sommeil,
qu'il a cru vaincre ce soir-là, intéressé qu'il
était à connaître ses gains, son sommeil d'habitude incline bientôt sa tête, clot ses paupières
somnolentes ; et la voix du lecteur s'affaiblit,
s'arrête.

— Un malade réclame et doit obtenir indul-
gence, milord, dit tout bas Résignée.

— En a-t-il besoin, mademoiselle ?

Il ne ressentit aucune de ces inspirations de
galanterie que leur position provoquait. Ils
éprouvaient un bien-être profond, calme, délicieux par leur présence seule; leur existence
semblait s'être complétée depuis qu'ils étaient
ensemble. Elle osait à peine lever les yeux sur
lui, mais elle le sentait là ; il la regardait nuancer
les laines et créer des fleurs sous son aiguille,
dont les mouvemens incertains annonçaient une
distraction combattue; ses doigts charmans vacillaient sur la trame. Il contemplait cette tête

que le demi-jour de la lampe rendait aérienne,
presque divine; il n'avait rencontré nulle part
ce caractère de beauté, ce mélange de coquetterie et de timidité, cette réserve et cette expan-
sivité qu'il devinait; cette fraîcheur de sentiment
et cette crainte du monde; ce besoin caché de
bonheur et cette modestie pudique. Il écoutait
son haleine devenir plus inégale, plus entrecoupée, plus vive, plus émue; il respirait plus
difficilement lui-même à observer les oscilla-
tions de son sein. Leur silence n'était rompu
que par des paroles vulgaires, mais affectueuses,
que leur contrainte mutuelle faisait éloquentes.

— Il pleut, dit lord Donald.

— Oui, la pluie bat contre les persiennes.

— Je voudrais qu'il plût demain.

— Et pourquoi, milord?

— Nous n'irions pas à la chasse, et je tradui-
rais le dossier.... Vous restez le matin auprès de
monsieur votre oncle?

—Oh, oui!.... mais il ne pleuvra pas, et il

faut espérer que vous serez plus adroit à Estanceley qu'à Livrange.

—Cette chasse a détruit ma réputation de
chasseur.

— Vous aviez une excuse, milord ; vous étiez
souffrant.... Vous paraissez mieux portant aujourd'hui ?

— Je suis mieux en ce moment.

— Le docteur Jernier n'est-il pas votre médecin ?

— Ma santé est assez bonne, mademoiselle ;
je n'ai pas besoin de médecin : il me faut du
calme, du bonheur.... Je ne suis pas heureux ;
c'est là ma maladie.

— Quoi ! dit-elle, vous n'êtes pas heureux ! —
Son accent fut si vrai, si pénétrant ; il y avait
tant de choses dans ce peu de mots, sa réticence
expressive voulait si bien dire : « Je voudrais
pouvoir vous donner tout le bonheur qui vous
manque », que ces paroles et cet accent descendirent dans le plus intime de l'âme de Donald ;
et ils échangèrent un de ces regards prolongés,

après lesquels tous les mots sont inutiles et froids. En ce moment, une voiture entra dans la cour, et le vieux comte se réveilla ; il s'excusa auprès de Donald, qui reprit le cours de sa traduction.

Peu d'instans après, le docteur Jernier entra suivi de Salvador et de M. d'Estanceley ; il salua assez froidement l'Anglais, baisa la main de Résignée, et interrogea le pouls du vieux comte.

—Allons ! voilà qui va de mieux en mieux, dit-il ; suivez les mêmes prescriptions, et point de folies ! Vous me comprenez !

Le comte ne répondit que par un sourire d'amour-propre, mit son doigt sur ses lèvres, et indiqua de l'œil que Résignée était là. Le docteur avait récemment fait congédier une femme de chambre, sans donner d'autre raison que sa volonté formelle ; il s'avança vers Salvador avec l'aplomb d'un homme qui est chez lui, et le conduisit dans l'embrasure d'une croisée : on les vit sourire, puis se rapprocher du cercle. La conversation prit des allures sautillantes, épigrammatiques; et tout à coup, après un léger signe d'intelligence adressé au duc, Jernier, se tournant vers Donald : — Eh bien! milord, où en sont vos opinions sur le mariage? Vos piquantes apologies du célibat nous ont plus d'une fois égayés; il est impossible d'y mettre plus de verve, de conviction et d'esprit. D'honneur, vous êtes le célibat incarné!

A cette brusque saillie, Résignée baissa la tête sur sa tapisserie; la rougeur gagna le front de Donald; mais, étourdi de cette attaque inattendue, il ne trouva d'autre réponse qu'un insignifiant sourire.

—Est-ce que vous reniez vos opinions, milord? dit Salvador.

—En aucune façon, mon cher duc, — répondit-il, emporté par un mouvement de fierté maladroite. Mademoiselle d'Estanceley se leva, et sortit de l'appartement avec une légèreté vive, effleurant le parquet, et qui ne voulait pas être aperçue. La causerie recommença, frivole, badine, plus libre. Le comte retrouvait sa verdeur quelque peu licencieuse. A neuf heures précises, Résignée rentra, donna le bras à son oncle, l'accompagna jusqu'à sa chambre à coucher, le confia aux soins d'un vieux valet de chambre, et passa chez elle ; puis, quand elle se fut agenouillée à son chevet, au lieu de prier elle rêva.

Le lendemain, elle paraissait calme et toute livrée à ses devoirs accoutumés ; mais un léger cercle brun entourait ses yeux fatigués, et le malade eut plus d'une fois l'occasion de la gronder. Elle remercia à peine le pauvre Baptiéret, qui lui apportait un bouquet des fleurs de la saison ; il s'en alla tout contristé.

Plus d'une fois elle regarda si les chasseurs arrivaient, plus d'une fois un soupir commencé vint mourir sur ses lèvres ; mais elle évita lord Donald, qui ne trouva plus, jusqu'au départ, l'occasion de lui parler seul ; le docteur les suivait partout. Seulement au jardin, le jeune Anglais, passant près des plates-bandes favorites de Résignée, en loua la culture ; à quelques pas, les jardiniers paraissaient fiers et joyeux de ces éloges. Il railla ensuite les jardins fastueux de la Hollande, et la sotte aristocratie que la vanité impose aux fleurs cultivées ; il leur préférait les beautés naturelles des plantes qui tapissent la terre, grimpent et s'épanouissent dans les roches, jusque sur les glaciers de la Suisse, nagent sur les eaux, boivent dans les torrens, se suspendent aux flancs des cavernes, percent la neige, s'entortillent aux corniches des gothiques sculptures à demi écroulées, déploient leurs campanules vertes, bleues, blanches, roses, entr'ouvrent leurs lèvres béantes, se balancent sur les tiges déliées, se groupent en épis, s'épandent en diadèmes, se cachent sous les feuillées, renversent leurs coroles évasées, s'élancent en spirales, s'effoliolent en écailles, prennent les formes les plus capricieuses, défient le pinceau et la pensée. La beauté de convention introduite parmi les plantes lui semblait ridicule, et il prouvait ses assertions avec cette finesse que donnent l'observation et les voyages.

XIII.

Causerie et Réflexion.

RÉSIGNÉE s'était levée matin, et, adossée au parapet de la terrasse qui dominait la cour, semblait s'occuper de quelques fleurs plantées dans les urnes de marbre. Baptiéret passa; elle lui fit signe de s'approcher.

— Plaît-il, mademoiselle? dit-il en se découvrant.

— Baptiéret, vous trouverez sur la cheminée du cabinet les notes de M. Grével.... Ah!... que vous disait donc lord Donald hier au soir avant son départ?

— Il m'a demandé quel était mon emploi au château; alors.... je lui ai conté tout, moi.

— Vraiment?

— Je lui ai dit le bien que mademoiselle faisait à mon pauvre père et à moi ; comment elle nous avait aidés à réparer notre maison d'école; comment elle nous achetait des habits....

— Vraiment?... Indiscret!

— Mademoiselle, reprit-il avec émotion, sait bien que je dis toujours la vérité.

— Après?

— Après, il s'est mis à rêver, et j'ai attendu qu'il parût m'écouter; alors, quand j'ai vu qu'il n'était pas fier, je me suis enhardi; je lui ai dit que je désirais apprendre un peu d'anglais, afin de n'être plus grondé par M. le comte, et de pouvoir traduire les papiers qu'il reçoit de la

17*

Compagnie des Indes. Il m'a tout de suite promis de m'envoyer des livres élémentaires.

—Il ne fallait pas accepter, Baptiéret; je vous en aurais envoyé de Paris.

— Alors, j'ai eu tort..... Tenez, si je savais l'adresse de milord Donald....

— Non, c'est inutile à présent.... Un refus deviendrait une impolitesse... Seulement, ne parlez de rien au docteur.

— Je comprends; M. Jernier ne l'aime pas; et, pendant qu'on sellait les chevaux, j'ai entendu qu'il se moquait de milord.... Faites-moi excuse; mais mademoiselle a ri, je crois.... Cela m'a fait peine pour milord.... Il est si bon!.. Ce n'est pas comme ce monsieur le duc d'Alvida....

— Il suffit, Baptiéret.

— Je le déteste.

— Comment, monsieur!

— Faites-moi excuse, — murmura-t-il, tremblant de lui avoir déplu. Il s'éloignait en roulant entre ses doigts sa casquette de feutre gris. Elle lui fit encore signe de rester; elle était préoccupée, et, sans y songer, effeuillait une giroflée épanouie : la faible plante se pencha à demi arrachée, sur les bords du vase.

— Mademoiselle ne prend pas garde à cette fleur.

— Ah!... c'est vrai.... Baptiéret, n'écoutez pas une autre fois ce que me dira le docteur.... Fi! que c'est laid d'écouter ainsi!...

— Est-ce que mademoiselle est fâchée contre moi ?

— Non, non... Allez à votre travail.

Elle demeura accoudée sur le bord du parapet, et mille pensées passèrent et repassèrent dans cette tête déjà inquiétée.

— Oh! oui, se disait-elle, j'ai eu grand tort de rire pendant que le docteur se moquait de Donald.... Est-ce sa faute s'il est malheureux?... J'ai eu grand tort : mais que peut dire une pauvre femme qui craint toujours de laisser échapper son secret?... Ne faut-il pas que je cache ce que j'ai dans le cœur?... Lord Donald a de si singulières préventions contre le mariage!... Ainsi, il se fait

un jeu de tromper des femmes; c'est odieux!...
Comment! il met de l'amour dans un cœur,
et puis il l'abandonne!... Mais c'est une lâcheté!...
Il en est incapable; le docteur ne l'aime pas,
voilà tout.... O mon Dieu! que me veut-il donc,
s'il ne doit pas m'aimer? Notre devoir, à nous
malheureuses femmes, n'est-il pas de nous
défier des hommes? Nous ne comprenons rien
à tout ce qui se passe, nous laissons choisir pour
nous, ou nous choisissons en aveugles.... S'il
m'abuse, je ne croirai à aucun homme.... Mais
pourquoi le railler?... Est-ce sa faute s'il est
malheureux?

XIV.

Les Carbonari.

Toutes les fois que, par un beau temps, j'ai
rapproché ma table de ma croisée ouverte, et
que, négligeant mes journaux et mes livres, je
me laisse aller au plaisir de regarder la lumière
vivifiante du soleil s'épandre sur les jardins,
sur le peuplier un peu malade qui s'élève devant

mes fenêtres, alors, pénétré de ce bien-être, je
ne conçois plus nos dissentions civiles, je ne
conçois plus que les hommes s'entre-tuent au
lieu de jouir fraternellement du temps si incertain qu'ils ont à passer au soleil. Il faut que
le bruit parfois réveillé de la civilisation monte,
en bourdonnant à travers cours et jardins, jusqu'à mon troisième étage, pour que je me rappelle les hommes et les inégalités douloureuses
de leurs positions sociales. Mais je n'ai souvent
besoin que de regarder le feuillage, jauni dès
le printemps, de mon peuplier, pour songer
qu'il y a là, autour de moi, une population
dont le souffle est contagieux aux hommes et
aux arbres. Pauvre peuplier, il y a entre nous
deux bien des rapports ! Jeunes tous deux, nous
sommes tous deux souffrans : tu as été trans-
planté dans une terre aride, moi je me trouve
souvent comme étranger au milieu d'une société
dont le matérialisme me semble un poison ; tu
serais plus heureux dans une verte et fraîche
campagne ayant un cours d'eau limpide près de

tes racines humectées, moi j'ai grand besoin
d'un air plus imprégné de vie. Oh ! que j'aime-
rais, comme toi, un tapis de verdure étoilé
de fleurs, de clochettes jaunes et bleues, de
marguerites virginales, la vue de l'Océan, si
puissant à me guérir de ce que je souffre, ou
des coteaux à lignes variées, et puis l'oubli du
monde!

Je dois être reconnaissant envers cette verdure qui me procure le chant de quelques fau-
vettes passagères, égarées, qui s'arrêtent, les
pauvrettes, joyeuses de rencontrer des arbres
dans un quartier si populeux, où les maisons
se pressent et s'accumulent. A ce chant, qui me
donne des souvenirs, je m'accoude sur la rampe
en bois de ma fenêtre, et, par la pensée, je me
reporte au temps plus heureux où, le pied
protégé par une épaisse chaussure, j'allais, dès
le matin, à travers les prés, m'embaumant des
haies d'aubépine mélodieusement animées par
les rossignols, m'arrêtant à les écouter, errant
au hasard, méditant un brin d'herbe, priant

par un soupir, par une exclamation, par une larme, et regagnant enfin l'humble toit où j'étais attendu. Quand ces idées de paix me viennent, que le ciel brille pur, et que mon peuplier, rendu plus vert par la rosée, balance sa tête, ses feuilles hastiolées, vacillantes, je m'étonne des turbulences sanglantes des peuples qui luttent à mort sur ces prairies où ils devraient, en s'aimant, prendre leur part d'un travail et d'un repos fraternels.

Mais quand je descends dans la rue, et que d'allées sombres, malsaines, je vois sortir des corps amaigris, des visages livides, des haillons, de la misère sous toutes les formes ; des jeunes filles qui, pour vivre, mettent à loyer les caresses de leur beauté ; quand je vois un ouvrier malade, honteux, tendre la main et demander l'aumône, au détour d'une rue, pour ses enfans qui meurent de faim ; quand je parcours les quartiers des riches, où le luxe insolent se fait oisif par esprit de parti, devient ironiquement avare, et se réjouit d'affamer les marchands qui vivaient par lui; alors, à l'aspect de cette société sans entrailles, qui enregistre avec faste dans les journaux les parcelles d'or qui lui tombent des mains; quand je vois ceux qui possèdent se raidir contre les améliorations proposées en faveur de ceux qui ne possèdent pas, alors mes yeux s'emplissent de larmes, mon cœur se resserre, une colère patriotique m'exalte, je conçois les révolutions, leur désespoir, les conspirations au nom de l'humanité progressive, l'honneur de mourir pour elle, les coups de fusil, les pavés amoncelés et tombant des fenêtres, aux sons lugubres du tocsin populaire.

Il éprouvait cette ardente sympathie pour les populations souffrantes, ce jeune Anglais qui, prodigue de ses biens, ballotté par toutes les inconséquences d'une époque de transition, était bien plus à plaindre qu'à blâmer de ses erreurs. Ses vues philanthropiques avaient de la largeur; son cœur, du ressort et du dévouement. Devant les plaies de l'humanité et la froide indifférence du pouvoir, il oubliait cet égoïsme qui le guidait au sein des plaisirs, dont il semblait l'esclave amolli. Salvador, par ses paroles et son exemple, donnait de l'activité à ce besoin d'être utile à la cause des peuples; ils avaient, tous les deux, été admis au nombre des carbonari français, et ils s'y distinguaient.

Les carbonari se réunissaient secrètement; et comme pour mettre en face des affiliés toute l'étendue des dangers qu'ils couraient, ils délibéraient entourés de sabres, de fusils; on s'exerçait même au maniement des armes. Cette immense organisation militaire, formée en haine de l'absolutisme, conspirait la liberté des peuples, en attendant qu'elle pût la conquérir et l'organiser. Née en Italie, elle avait jeté sur l'Europe son réseau armé. Les carbonari devaient leur sang à la cause commune. En France, pendant plusieurs années, ce fut une conspiration flagrante et prête à agir. Dans une de leurs réunions, le baron de Livrange se livrait à toute la véhémence de son libéralisme.

— Mes bons cousins, disait-il, notre ennemi

est la Sainte-Alliance; mais nous ne pouvons pas
agir seuls; le mouvement insurrectionnel doit
être européen pour réussir. Tant que la mystique
coalition des rois dictera ses ordres au cabinet
des Tuileries, la cause de la liberté sera en
péril. La France, par l'activité de son intelligence, par la précision si nette de ses écrivains,
par l'éloquence de sa tribune, et la soudaineté
avec laquelle elle se met en armes, la France se
trouve à la tête du mouvement social. Ainsi, sou-
venons-nous que l'Europe a les yeux sur nous.

— Sans doute, s'écria Salvador; et depuis
votre révolution de 89, qui a écrasé tant de
trahisons sans pouvoir les écraser toutes, le rôle
de la France a été celui du dévouement; l'admiration de l'Europe, qui sait vous distinguer de
vos gouvernans, doit vous consoler de vos malheurs. Napoléon lui-même n'a été que le pro-
phète armé de l'égalité sociale, l'apôtre en redingote grise de ce grand principe qu'il a porté
avec sa tente impériale aux quatre coins de
l'Europe, dans toutes les capitales, où il l'a laissé

écrit en victoires; les peuples s'inclinaient devant lui et devant sa mission providentielle,
car la Providence est le développement de l'humanité. Puis, quand ce grand homme eût ac-
compli sa tâche, toute sa force s'en alla; il se
trouva seul avec une poignée de héros à che-
vrons; il n'était plus compris, il ne comprenait
plus lui-même; il centuplait, par une admirable
stratégie, les forces qu'il conduisait; il allait à
travers les armées de ses ennemis, se ruant sur
l'une aujourd'hui, sur l'autre demain, y lais-
sant de sanglantes trouées; à l'impétuosité des
attaques, et des charges, tous ses ennemis,
Russes, Autrichiens, Prussiens, Bavarois, Ha-
novriens, tous ces peuples armés, tous disaient :
— Il est là! — et ils fuyaient vers le Rhin, et les
cheveux blanchissaient sur le front des rois.
Mais la nation ne s'échelonnait plus derrière lui.
Il tomba, manquant de quelques heures une
victoire décisive sous Paris, qui pouvait arrêter les vainqueurs devant des barricades; il
tomba; les défections les plus ignobles s'auto-

rısèrent de l'abandon des peuples; et les rois
étonnés, mirent, entrant dans la capitale sou-
mise, chapeau bas devant votre civilisation plus
forte que leur triomphe acheté. Les Bourbons
donnèrent le mensonge de leur Charte octroyée;
le peuple sentit l'imposture, et se tourna vers
Napoléon dès qu'il mit le pied au golfe Juan.
Presque républicain à Grenoble, avec Labé-
doyère, Napoléon alla s'asseoir Empereur aux
Tuileries; on remit à neuf toute cette élégante
friperie impériale; les blouses et les habits
citoyens des fédérés déplurent à l'aristocratie
militaire, qui se retrouva tout organisée. Le
Champ-de-Mai ne fut qu'une comédie d'apparat; Napoléon s'était encore une fois volontairement isolé de la nation. Waterloo fut une
affaire d'armée à armée. Vos soldats se battirent
comme ils se battent toujours; la trahison, et la
faute de Grouchy, firent la gloire de Wellington.
Lafayette mit du haut de la tribune Napoléon
en dehors de la nation; Lafayette est honnête,
pur : il ne lui manque, pour être un homme

complet, que d'avoir du génie; et il était si difficile de faire face aux embarras et aux dangers
d'une telle position! A la Malmaison, Napoléon
vit sur la carte une nouvelle victoire qui pouvait
réparer le désastre de Waterloo; il demanda la
permission de vaincre, on la lui refusa. Il rentra
dans ses remords silencieux, s'indignant que
personne ne voulût prendre cette victoire na-
tionale, qu'il montrait d'un doigt sans pouvoir.
La trahison recommençait ses œuvres et bâil-
lonna les bouches qui chantaient la Marseillaise.
Les Bourbons rentrèrent; il fallut faire des
concessions à l'esprit public. On promit, on
signa des traités avec l'espoir de les violer bientôt. Cette hypocrisie gouvernementale est dé-
masquée. Aujourd'hui la France est encore en
lutte avec ces rois, car ils n'ont point tenu
parole à votre civilisation, qu'ils avaient tant
caressée. La Sainte-Alliance cherche à pallier
son manque de foi, mais il faudra qu'elle l'expie;
et si elle marche contre nous, mes bons cousins,
elle devra se défier de ses propres soldats.

Un murmure et des applaudissemens admi-
ratifs suivirent ces paroles ; et lord Donald,
après avoir obtenu la parole du président de
l'assemblée, dit avec une chaleur graduée :

—Je partage les opinions que mes bons
cousins viennent d'émettre, et, comme eux,
comme vous tous, je suis dévoué à la cause des
peuples, à leur progrès dans le bien-être et la
raison. Je suis Anglais, mais je me crois, avant
tout, membre de cette grande famille qui a nom
l'humanité. A l'origine des sociétés, les réunions
d'individus étaient peu nombreuses; les haines
existaient de peuplade à peuplade ; elles sont
adoucies, des agglomérations en ont résulté, les
nations en naissent. Maintenant les rois disent
aux hommes gouvernés par eux, qu'ils ont des
intérêts distincts et ennemis des peuples voisins;
ils parlent ainsi parce qu'ils veulent réserver à
des privilégiés qui les soutiennent l'exploita-
tion du sol et des industries. Mais les peuples se
rapprochent et commencent à s'entendre. Une
lutte s'engage entre le droit commun pauvre et

I.   18

le privilége enrichi. La France sera au premier rang dans cette lutte : toutefois, j'espère que la populaire alliance de l'Angleterre ne lui fera pas défaut. Sa haine contre la France, entretenue par les torys, s'affaiblit, elle voit clair dans toutes leurs menées elle sent qu'elle gagnera à cette fraternité, et le temps n'est pas éloigné, peut-être, où ces deux nations, sœurs par les mêmes vœux, se donneront la main en dépit de l'aristocratie à laquelle j'appartiens, mais dont je ne partage pas les égoïstes préjugés.

— Bravo, bravo!—s'écria-t-on de toutes parts.

— Oui, tous les peuples seront frères un jour, s'écria le baron de Livrange, et la France aura l'honneur d'avoir ouvert cette forte confraternité. Notre beau pays souffre dans sa dignité froissée par les rois de la coalition! N'est-il pas temps qu'il se venge du guet-apens commis contre sa gloire? n'est-il pas temps que le peuple ne paie plus des impôts aussi ruineux, et n'alimente plus un budget qui dévore sa substance, sang et chair? N'est-il pas temps de

briser les entraves mises à la publication des vérités? La presse ne doit-elle pas être libre comme
la pensée et la volonté de l'homme? N'enlève-
rons-nous pas la tache de 1815, tombée sur une
page du livre de notre glorieuse histoire? N'est-
ce pas le jour de commencer la régénération de
l'Europe?

— Voilà qui est bien dit, mon bon cousin,
s'écria un jeune homme; mais il faut bien faire!
Agissons au lieu de parler, reprenons notre
drapeau républicain, donnons le signal, et que
la Sainte-Alliance des peuples brise la Sainte-
Alliance des rois comme je brise ce cristal. —
Il prit un verre sur la cheminée et le jeta à
terre, où il vola en éclats.

Un profond silence se fit. Donald seul alla
vers lui, et lui serra la main. Le jeune homme
qui venait de s'exprimer avec cette verdeur se
nommait Dirvole. Son patriotisme exalté était
la source d'où jaillissait un talent vigoureux,
qui s'essayait déjà dans quelques feuilles périodiques : la liberté de sa patrie et l'émancipa-

18*

tion générale des peuples composaient les deux symboles de sa religion politique ; il ne croyait plus en Dieu, mais il croyait en elle, et c'était du moins une conviction.

—Mes bons cousins, continua-t-il, j'ai eu plusieurs conférences, en qualité de votre député, avec le député de la vente suprême ; ainsi je suis dans les termes du pacte de la carbonarie. Songez que la camarilla des Tuileries a résolu de contre-révolutionner l'Espagne ; et si l'Espagne tombe aux mains des absolutistes, c'en est fait du Portugal, l'infant don Miguel le saisira comme une proie. La vente suprême pense qu'il est temps de frapper : mais elle veut que plusieurs plans d'insurrection lui soient présentés, afin qu'ils soient délibérés et approuvés par les députés des ventes particulières réunis en vente centrale. Nous devons désirer que le plan que nous offrirons soit celui qu'on adopte. Il y a gloire et danger à cela, et c'est ce qu'en hommes de cœur nous cherchons tous. Je demande à m'adjoindre deux de nos cou-

sins, afin de leur soumettre mon travail prépa-
ratoire, qui, je l'espère, sera sanctionné par eux
et par vous. Allons, il y a assez long-temps que
nous parlons et que nous faisons l'exercice ; je
suis pour le soulèvement sans phrases.

— Oui, oui ! s'écrièrent des voix au milieu
d'un tumulte confus.

— Je vais mettre la proposition aux voix :
Que ceux qui partagent l'opinion de notre bon
cousin Dirvole se lèvent. — Toute l'assemblée
se leva.

— Alors quels sont ceux qui veulent s'adjoindre à Dirvole?

— Moi ! s'écria l'industriel Ganeville.

— Moi ! s'écria lord Donald.

On applaudit : mais pendant que le noble
Anglais étendait la main avec solennité, Salvador se pencha vers le baron de Livrange, et lui
parla en souriant; Donald ne le remarqua pas.

XV.

Je n'y suis pour personne.

SALVADOR et Donald rejoignaient à pied leurs voitures stationnées sur les boulevards, et, presque insoucieux de la scène qui venait de se passer, le jeune duc affectait une piquante frivolité et disait à son ami plus sérieux : — Vous allez souvent à l'hôtel Chanuzac, et votre équipage

est un accusateur qui séjourne long-temps dans
la cour.... N'entreprenez pas de vous justifier ;
entre amis on ne se défend pas d'un crime aussi
charmant que celui-là. Madame de Nelvoisy
est ravissante ; il est piquant d'initier cette enfant séduisante à tous les mystères de la coquetterie et de la passion, selon les convenances
et les usages reçus... Où en êtes-vous avec elle ?

— Elle m'accueille toujours fort obligeam-
ment, répondit-il avec une réserve mêlée de
fatuité, et M. de Nelvoisy aussi.

— C'est là tout ce que vous me permettez
d'entrevoir?... Ai-je commis une indiscrétion ?

— Aucune, mon cher ami, aucune, je vous
assure.

— Allons, j'ai parlé en étourdi ; votre réserve
est une leçon.... Au revoir... Je vous félicite. —
Ils se séparèrent.

La répugnance de Donald pour tout lien qui
gênait ses plaisirs, et l'étonnement où le jetait
son amour naissant pour Résignée le tenaient
perplexe. En des momens, il souhaitait d'ou-

blier cette jeune fille dans les bras de madame
de Nelvoisy, à demi vaincue ; en d'autres,
comme il sentait qu'il n'aimait plus que Résignée, il sentait qu'il était d'un galant homme
de ne point abuser une jeune femme par des
semblans honteux. Mais la passion se fait à elle-
même une fatalité, où, de combat en combat,
elle se précipite. Quand on a mis un cœur en
délire, il faut subir la passion qu'on y a allu-
mée ; et c'est alors pour une âme délicate un
châtiment d'autant plus vif qu'il naît de la faute
même.

Cet ennui, cette inquiétude, ce malaise, qui,
dans ses visites, ne lui permettaient plus de
rester long-temps assis, l'incohérence de ses
paroles n'échappèrent pas à madame de Nelvoisy.

— Qu'avez-vous donc ce soir, milord ? lui
disait-elle ; êtes-vous indisposé ? Vous êtes sombre à effrayer.

— Rien, rien, madame ; je suis..... comme
d'habitude.

— O mon Dieu, quel ton glacial!

— Avec vous, Oh! jamais!.... Seulement, je vous obéis.

Et la conversation, renouée vingt fois, se brisait toujours : littérature, théâtre, anecdotes, musique, amitié, rien n'y faisait; l'entretien retombait, à chaque minute, pesant et glacé. Enfin, Donald prit assez brusquement congé. Madame de Nelvoisy pensa que sa sévérité obstinée à repousser toute expansion dangereuse lui aliénait le cœur de Donald; elle ne vit dans cette froideur qu'un amour dépité, et, dans le chagrin qui l'accablait, elle lui écrivit :

« Donald, vous ne m'aimez plus, ou vous
« voulez me punir de ma résistance. Avez-vous
« résolu de vous éloigner de moi? Au nom du
« ciel, dites-moi la vérité! quelque amère qu'elle
« soit, je l'aime mieux que l'incertitude. Vos airs
« contraints et froids m'ont appris, hier au soir,
« que vous cessez de m'aimer ou que vous sou-
« haitez de vous défaire d'une amitié qui vous
« importune... Vous vous êtes fait un jeu de me

« rendre folle pour m'abandonner à ma folie,
« quitte à moi d'y laisser ma vie ou ma raison.

« Pendant quatre mois vous m'avez poursui-
« vie des obsessions les plus tendres ; vous m'a-
« vez fait une habitude d'émotions qui me rend
« presque insupportable toute autre présence
« que la vôtre ; je ne sais comment vous con-
« cilier avec vous-même. Je suis presque aussi
« insensée que vous voulez que je sois ; mais
« cela ne vous suffit pas, vous ne vous croirez
« pas aimé, si je ne vous fais le sacrifice de moi-
« même.

« Vous m'avez dit : — *Je t'aime*, — et ce
« n'est pas dans mon cœur que cette parole
« pouvait tomber stérile. Je l'ai recueillie dans
« mon amour, elle y a germé, elle s'y développe,
« elle prend racine dans mon être qu'elle en-
« vahit. J'ai tort de m'arrêter au souvenir de
« cette parole, et j'aime à avoir ce tort, je m'y
« arrête, je m'y complais ; vous l'avouer c'est
« faiblesse, je le sais et je vous en fais l'aveu.
« Il y a des instans où je me sens bien forte

« contre vous, et d'autres où je me sens défaillir
« au son de votre voix seule !.. Oh ! de grâce ne
« vous armez pas de ces aveux, soyez généreux,
« défendez-moi de moi-même ; laissez-moi es-
« sayer tout ce qui est possible, épuiser toutes les
« ressources d'une raison qui s'en va... Pardon-
« nez-moi de prolonger cette lutte où tout un
« passé expire... N'aurais-je donc plus d'avenir
« qu'un jour brûlant dont le lendemain serait
« un remords qui me tuerait ?.. Savez-vous ce
« qui serait le plus cruel de mes chagrins, si je
« me perdais ? ce serait celui de ne plus vous es-
« timer ; je voudrais dans mon malheur n'avoir
« point trop de reproches à vous adresser.

« Songez à tout ce qu'il m'en coûte pour écrire
« ces lignes ; voyez la honte que j'ai au front.....
« Mais il n'y a pas de supplice au monde plus
« cruel que celui de vous voir froid et distrait à
« mes côtés. Si c'est une feinte, elle a atteint
« son but, j'en ai été bien malheureuse ; mes
« pleurs ont coulé ; réjouissez-vous de ces pleurs,
« ils témoignent de ma faiblesse. Mais non,

« voyez-y de l'amour, et que cette tendresse si
« vraie vous désarme et vous persuade de me
« garantir de moi-même. »

Son premier mouvement fut un mouvement
de joie ; ses remords disparaissaient devant une
espérance prochaine et enivrante. Enfin , il la
tenait à ses pieds, cette jeune femme! Le monde
lui avait apparu comme un contraste à ses idées
de jeunesse ; elle avait compris tous les mensonges d'une éducation qui n'a plus de rapports
avec ce qui est ; mais elle conservait cet instinct
de pudeur et de dignité d'elle-même , qui est la
sauvegarde de bien des femmes encore..... Elle
était près de l'oublier.

Joyeux de son succès , il répondit :

« Vous me demandez si je vous aime. Oh ! je
« vous aime au-delà de toute expression , et cette
« affection est telle , que je contiens mes désirs ,
« parce que vous les craignez. Vous êtes bien
« ingénieuse à me tourmenter ! Vous me pres-
« crivez une amitié insuffisante et froide , je m'y

« condamne ; et quand je me torture à vous
`« obéir, vous m'en faites un crime !

« Eh ! ne voulez-vous pas détruire cette inti-
« mité délicieuse qui naissait entre nous ! Si je
« me présente chez vous, votre appartement est
« comme une place publique ; on y entre, on
« en sort à chaque instant. Vous ne pouvez pas
« vous résoudre à rester seule avec moi ; vous
« sonnez vos gens sur le moindre prétexte : alors
« l'étiquette me chasse, et je pars le désespoir
« dans l'âme.

« Écoute, si tu m'aimes, consens, quand je
« serai chez toi, consens quelquefois à n'y être
« plus pour personne..... on en trouve des pré-
« textes quand on veut..... Oh ! si j'entendais ces
« paroles sortir de ta bouche à mon arrivée : —
« Je n'y suis pour personne ! »

Il envoya ce billet par leur messager ordinaire, puis il en eut regret ; il se reprochait de
l'avoir écrit, il n'avait plus d'amour pour elle.
Résignée seule l'occupait..... Il ne sortit pas ; il
était mécontent de lui-même. Le temps était

lourd, pluvieux; sa tête s'embrasait d'images....
Et quel frein avait-il à leur opposer? aucun :
son amour pour Résignée, il le craignait; il
l'ajournait comme un esclavage.

Quelques heures après, son domestique entra suivi d'un chasseur.

— Deux lettres, milord, dit-il.

La première était de madame de Nelvoisy; il
brise le cachet, et lit ces mots à peine lisibles :
« J'ai la fièvre; M. de Nelvoisy dîne au ministère
« des finances, je ne sortirai pas. »

Il leva la tête vers le chasseur, immobile à la
porte :—Présentez, dit-il, mes hommages à
madame de Nelvoisy; je suis désolé de son indisposition. J'aurai l'honneur de la saluer ce
soir.—Il demeura seul, et tout tressaillant
d'une joie fébrile; son amour-propre était en
délire. Il marchait, ou plutôt il glissait sur le
parquet, oublieux de tout, hors d'une idée qui
le plongeait dans un enivrement maladif.

Et la seconde lettre était là, blanche, d'un
beau papier vélin, scellée d'un cachet de cire

rouge parfumée; posé avec soin. Il ne la regardait seulement pas, et pourtant cette lettre était
si bien pliée! L'adresse en avait été tracée lentement avec tous ses détails.... une jeune fille
seule avait pu s'y complaire, et s'y arrêter en
rêvant, en soupirant peut-être.... Enfin, il y
porte les yeux.... ce cachet est aux armes de la
maison d'Estanceley.... il ouvre, et lit:

Paris, hôtel d'Estanceley, octobre 1822.

« Le comte d'Estanceley a l'honneur de saluer
«lord Donald, et de lui adresser une lettre du
«pauvre Baptiéret, leur protégé.»

La goutte raidissant les doigts du vieux comte,
il ne pouvait écrire lui-même; son sécrétaire le
plus habituel, c'était Résignée. Ce billet était
tracé d'une écriture élégante, menue, et avec
le soin recherché que j'ai dit... Tout décélait
Résignée, la netteté des caractères, reflets de
sa candeur posée; le léger parfum qui s'exhalait
du vélin doré, émanation de sa coquetterie

suave ; et ces mots : « du pauvre Baptiéret, *leur*
protégé », révélateurs de sa compassion, et
peut-être d'un amour chaste, chrétien, plein
de béatitude, indicible, inaltérable et profond
comme cet amour incalculé du christianisme, qui
espère aimer dans l'éternité même....................

............................,..

Il se passa quelques instans avant qu'il lui fût
possible de prendre connaissance de la lettre
du *pauvre* Baptiéret, *leur* protégé.

« Milord, écrivait-il, j'ai reçu avec bien de la
« reconnaissance la grammaire, les dictionnaires
« et les autres livres anglais que vous avez eu
« l'extrême bonté de m'envoyer. La lettre qui
« accompagnait cet envoi m'a pénétré le cœur.
« Non, milord, la protection de monsieur le
« comte et de mademoiselle d'Estanceley ne
« m'empêche pas d'accepter la vôtre ; ils me le
« permettent. Elle m'est fort honorable ; mais je
« ne vois pas (excusez ma franchise), je ne vois
« pas ce qu'elle changera à mon sort. Vous me
« demandez pourquoi je ne songe pas à venir à

« Paris, où M. le comte d'Estanceley m'obtien-
« drait si aisément une place. A vrai dire, je ne
« m'en suis jamais soucié ; la ville m'ennuie,
« j'aime le village et le château d'Estanceley. Je
« ne crois pas ensuite avoir le talent qu'il faut
« pour remplir une place ; je serais obligé de
« faire des études. Et qui nourrirait mon vieux
« père ? Il n'accepterait pas des aumônes di-
« rectes ; il est trop fier, et moi aussi, pour cela.
« Si vous saviez, milord, combien mademoiselle
« d'Estanceley est adroite à nous faire accepter
« ses bienfaits, à nous les cacher !... Oh ! je n'en
« devrais parler qu'à genoux !... Voyez-vous, ma
« reconnaissance... je ne saurais bien vous l'ex-
« primer.

« Et puis, mon père est attaché à son école,
« à son curé, à son clocher, à la place où il
« s'assied tous les dimanches au lutrin, au sa-
« cristain, son vieil et fidèle ami. Il mourrait
« de chagrin à Paris ; il a besoin de moi pour
« l'aider à instruire les petits garçons du village.
« Le tombeau de ma bonne mère est là aussi,

I.   19

« dans le cimetière, où nous passons pour aller
« à l'église ; mon père y prie avec moi : sa vie
« comme la mienne, ses souvenirs comme les
« miens, ne sortent pas d'Estanceley. J'aime le
« village, le château, et jusqu'aux pommiers et
« aux treilles plantés devant la porte de notre
« maisonnette, réparée par les soins de made-
« moiselle d'Estanceley. Ici, je suis aussi heureux
« que je puis l'être dans mon humble position;
« un peu moins de pauvreté n'y ajouterait pas
« plus de bonheur; au contraire, j'y perdrais de
« n'être plus au village.

    « Mademoiselle d'Estanceley m'a dit que le
« *Vicar of Wakefield* est un bon livre; elle l'aime
« beaucoup, car elle en lit toujours une traduc-
« tion depuis. Je vais bien travailler, afin de
« pouvoir me le traduire.

    « Je vous renouvelle mes remercîmens, Mi-
« lord.... Oh ! vous pouvez compter toute la vie
« sur la reconnaissance empressée de votre très
« humble et tout dévoué serviteur

                                « BAPTIÉRET. »

Elle en lit toujours une traduction depuis! Il
ne voyait que ces mots dans la lettre.... Et ces
mots réveillaient des souvenirs tout puissans à
combattre, de voluptueuses impressions.... Deux
principes luttaient en lui, l'âme et les sens!...

— James, faites atteler ma calèche, — dit-il
aussitôt après son dîner.

La calèche s'arrêta dans la cour de l'hôtel
d'Estanceley; on l'introduisit au salon. Résignée
s'y tenait, préparant sur un guéridon une théière
en bronze. Elle s'avança modestement, mais
avec une vivacité douce, où l'on devinait la joie
d'un bonheur inattendu. Il comprit tout; et elle
croyait ce sentiment si bien en sûreté au fond
de son âme! Elle ne savait pas que, pour un œil
exercé, son sein était diaphane comme un cristal pur.

— Comment se porte M. le comte? — dit-il
d'un ton qui annonçait aussi que sa préoccupation ne reposait pas sur ce vieillard?

— Il s'est trouvé un peu fatigué du voyage, milord; il vient de se retirer dans son appartement.

19*

-- Notre protégé, mademoiselle, m'a adressé une lettre d'une simplicité charmante.

— Notre protégé ! dit-elle.... — Elle feignait de ne pas comprendre, peut-être afin qu'il insistât.

— Oui, mademoiselle, notre protégé, le pauvre Baptiéret.

— Je ne le protége pas, milord; je tâche seulement de lui faire un peu de bien, à lui ainsi qu'à son père.... Ah! mon oncle, à la bonne heure.... C'est mon oncle qui m'a dicté le billet que vous avez reçu.

— Mais vous l'avez écrit?

— Oui, dit-elle avec un sourire qu'elle savait fort bien être en harmonie avec ses traits; oui, en ma qualité de secrétaire privé du cabinet de M. le comte d'Estanceley.

— Et cela ne vous ennuie pas?

— Un peu, reprit-elle en agitant avec finesse sa tête ravissante; un peu, maintenant.

— Maintenant!

Ces airs coquets lui allaient à ravir; elle

voyait qu'ils plaisaient à Donald, qui suivait
avec délices tous ses mouvemens, et elle s'y
livrait confiante, heureuse. Cette gaîté confi-
dentielle, c'était presque un aveu. Il en étudiait,
il en goûtait le charme inouï et neuf pour lui;
l'air lui semblait plus léger, plus épuré; il
n'avait plus dans la poitrine ce resserrement
douloureux qui l'oppressait. Il sentait, pour
ainsi dire, son existence se dilater. Il s'enfonça
dans son fauteuil comme un homme qui est
chez lui, s'y appuya plus négligemment, et,
s'inclinant avec un abandon riant vers Résignée, il répéta : — Maintenant !

—Quoi! milord!

— Vous avez dit : — Maintenant !

— J'entendais par-là depuis un mois..... depuis deux mois.... Mais qu'y a-t-il donc d'étonnant, ajouta-t-elle avec un air à demi sérieux,
si, à mon âge, on désire jeter un peu plus de
variété dans sa vie?

— Rien, mademoiselle; oh! rien.... Cependant, je vous ai entendue dire que vous n'aimiez

pas le monde; qu'il vous importunait, qu'il vous effrayait même.

— Je n'étais que l'écho des conseils de mon oncle, et des épigrammes de mon frère..... Et, d'après ce que j'en ai pu voir, une jeune personne doit être en quelque défiance du monde. Il y a si peu de vérité sur les bouches et sur les fronts! On sourit, un sourire vous répond..... Sait-on si ce sourire-là ne ment pas?

Donald tressaillit, et baissa la tête en étouffant un soupir qui resta douloureusement dans sa poitrine comme une pointe de poignard. Elle s'en aperçut, et craignit de l'avoir blessé, lui qui venait de sourire.

— Je sais, milord, continua-t-elle, qu'il est dans cette comédie sociale des cœurs honnêtes, droits, sincères, candides même, qui ne pourraient mentir ainsi. Mais comment les connaitre au sein de cette foule qui porte le même costume, le même langage, les mêmes attitudes, et presque la même physionomie? Comment, lorsqu'on n'a pas un long usage du

monde, y discerner ce qui est imposture et ce
qui est vérité? Faut-il, à mon âge, n'y point
penser par soi-même, n'avoir d'autre intelligence que celle de quelques parens et amis,
quand on a le bonheur d'en posséder? Que
faire? Et lorsqu'une jeune personne s'est trompée, c'est pour toute la vie, il n'y a pas à y revenir; il faut qu'elle tire de son malheur tout
le parti possible; il faut qu'elle se résigne à
s'en faire un bonheur avec l'aide de la religion..... Tenez, voyez cette pauvre madame de
Nelvoisy.

Donald s'affaissait de plus en plus dans son
fauteuil, abîmé de repentir, et surpris de rencontrer dans une jeune fille des notions aussi
nettes du monde. On ne sait pas ce que la solitude et l'habitude de réfléchir sur une idée
juste et toujours présente donnent de perspica-
cité pour apprécier les autres.

— Voyez cette pauvre madame de Nelvoisy!
Elle se croyait bien aimée de son mari, et il
paraît que ce sont de tristes considérations de

fortune qui l'ont déterminé à ce mariage..... J'ai
vu à Livrange combien elle en souffre..... Oh!
si pareil malheur m'arrivait, je ne serais pas
aussi résignée qu'on veut bien le dire... Et pourtant que faire?.... La résignation est une vertu
de nécessité chez toute femme qui est malheureuse dans son ménage.

— Vous dites vrai, mademoiselle; le mariage
est toute la destinée d'une femme, et la moitié
de celle d'un homme.

— Comme vous exprimez bien ce que je
pensais!

— Un homme a tant de distractions sous la
main! S'il s'ennuie du mariage, il allonge sa
chaîne; il voyage.

Cette idée-là ne me serait jamais venue, pensa
Résignée, et les opinions si antipathiques, si
prononcées de lord Donald, sur le mariage,
se réveillèrent en son esprit. Le docteur les lui
avait plus d'une fois malignement expliquées,
en écartant avec soin toute image qui pût altérer
la pudicité de son imagination. On écoute le

mal qu'on vous dit de la personne aimée; on
en souffre d'abord; mais à force d'y revenir avec
des préventions favorables, l'amour use la vérité,
et y met à la place son illusion chérie. Ce mot
peignait trop bien le caractère de lord Donald,
qui, dans son besoin de bien-être, ne s'imposait aucun sacrifice, aucune gêne; ce mot lui
fit mal; mais l'œil de Donald reprit tant de douceur et de tendresse, elle était si puissamment
dominée par sa présence, qui lui composait tout
un bonheur, qu'elle ne s'arrêta pas à cette impression. Elle voulait le pénétrer, car elle s'apercevait qu'elle était subjuguée par cet homme, dont
la voix seule, vibrant en elle, la portait à la confiance; par cet homme qui l'enlaçait habilement dans une conversation dont elle voulait
sortir, où il la ramenait pour jouir de tous les
incidens des troubles et des émotions donnés à
volonté. Mais lui-même vaincu par cet enchantement d'une causerie d'âme à âme; étonné
du plaisir calme qu'elle lui communiquait, il
oubliait tout; il prolongeait sa visite bien au-

delà des limites voulues par le cérémonial, et, sans en parler, il prouvait son amour avec une éloquence dangereuse pour Résignée.

Pour varier la conversation, et dans un but éloigné, vague, plein d'un nouvel attrait pour lui, il se mit à retracer les mœurs domestiques de l'Angleterre; et, après ce tableau un peu flatté, peut-être, il lui demanda son opinion.

—Je ne puis en avoir une, milord, disait-elle avec un commencement d'inquiétude.... Mais je ne conçois rien à ce retard; j'attends M. Jernier, qui doit venir avec mon frère prendre le thé ici, et vous voyez, je préparais tout en bonne ménagère. —Elle montrait la théière, et une boîte à thé en laque de Chine.

—Pardonnez-moi si je prends la liberté de vous dire que vous éludez la question. Préparer le thé, cela est bien, sans doute : mais j'avais l'honneur de vous demander si les mœurs anglaises, telles que je viens de les dépeindre, vous plairaient.

— Milord, balbutia-t-elle, je n'en saurais
juger sur un exposé aussi rapide.... J'avouerai
cependant que les dames Anglaises me semblent
alors avoir une bonne tradition des devoirs
domestiques, de la modestie que le christianisme recommande aux femmes.... — Elle hésitait en parlant, elle rougissait ; enfin elle ajouta
avec émotion : — Mais sont-elles entourées
de déceptions comme les jeunes femmes en
France?... Oh! comment savoir si un regard
qui vous cherche n'est pas un piége qu'il faudrait
fuir !.. Je sais bien, par raisonnement, que je
dois me défier du monde, et, par nature, j'ai
besoin de me confier.... Ah! dites-moi si j'ai
tort?...

— Eh! qui pourrait vous tromper, vous,
vous!...

Ces paroles soulagèrent un peu Résignée,
qui commençait à sentir tout le danger de la
sorte de familiarité qui s'établissait naturelle-
ment entre eux. Ces mots, *vous*, *vous*, expi-
rèrent sur les lèvres de Donald, qui , de la main

droite, serrait convulsivement son bras gauche, et, pour donner le change au remords
soudain qui vint l'assaillir, s'enfonçait les ongles
dans la chair. Certes, le cri involontaire de
Résignée méritait une réponse plus animée :
mais en dire davantage, c'était s'engager ;
c'était compromettre son indépendance ; c'était
accepter des chaînes.... Il le redoutait.... et
il l'aimait trop pour chercher à la séduire !
Son exclamation fut toutefois jetée avec assez de chaleur pour entretenir une illusion ;
et elle l'aimait déjà tant, qu'elle s'en con-
tenta.

Mais elle a bientôt honte de cet élan de sensibilité inquiète, tourmentée à plaisir par une
habileté séductrice; elle s'étonne de ce qu'elle
vient de dire, elle s'effraie d'être seule avec lui ;
elle regarde à la pendule.... Alors il se lève....
Puis, quand ils sont debout l'un devant l'autre ,
ils viennent à éprouver tous les deux le regret
de se séparer; et ce regret, qui se trahit par
leur pose, leur physionomie; ce regret, qui

ne s'annonce que par quelques gestes lents; ce
regret si visible fut seul leur adieu.

Il sort enfin. — A l'Opéra, — a-t-il dit en se
jetant dans sa voiture! La calèche avait franchi les quais et atteignait déjà le Carrousel, quand
il pensa que ne pas se présenter chez madame de
Nelvoisy, qui l'attendait, serait une impolitesse
odieuse, une méprisante ironie, une insulte,
une infamie. Il tire le cordon; les chevaux s'arrêtent. — A l'hôtel de Chanuzac, — dit-il au
chasseur qui ouvre la portière.

Il arrive; il monte pesamment les degrés;
ennuyé, triste. A l'antichambre, une des femmes
de madame de Nelvoisy hésite à l'introduire,
et lui dit que madame est indisposée. En ce
moment, une sonnette retentit; elle entr'ouvre
la porte.

—Qui est-ce? — dit une voix gémissante et
faible qu'il reconnaît.

— Milord Donald, madame.

. — Priez sa seigneurie d'entrer.

—Je croyais que l'indisposition de madame ne lui permettait pas de recevoir.

—Oui, sans doute.... Aussi, maintenant.... je n'y suis pour personne....

—Eh bien!.... Donald, dit-elle dès qu'elle fut seule avec lui, et en tombant comme anéantie sur son fauteuil, eh bien! êtes-vous aimé ?

XVI.

Réflexions.

JE me suis proposé de dire la vérité comme
je la sens, d'entourer ma pensée des voiles de
la décence, mais de mettre à nu les cœurs, de
ne rien farder, de ne rien taire de ce qui peut
avancer la question. Eh! n'est-il pas désolant de
voir l'indifférence et l'ironie envahir tout et

conspuer le beau, le grand, la vertu! Si, dans
mon chagrin, j'accuse avec âpreté notre rape-
tissement et cette tendance à tout réduire aux
besoins matériels, c'est que je suis convaincu
profondément que la force de la société est dans
le système de l'animisme et des croyances morales. « Ame abjecte, s'écriait Montaigne, si
elle ne se sent soulevée par quelque chose de
céleste. »

La société n'est plus travaillée par une fièvre
de vices; elle n'en affiche plus l'impudeur; mais
elle est tombée dans un état déplorable, dans
une funeste léthargie : la tolérance a perdu son
sens philosophique pour en prendre un honteux; et quand on s'est à demi caché, tout est
dit.

La seule fièvre qui constate encore un peu
de vigueur sociale, c'est la fièvre de l'ambition;
au moins il y a vie là, mais une vie dissolvante
et désorganisatrice. Comme il est peu de passions généreuses et désintéressées! Le *combien
cela rapporte-t-il?* est au bout de toutes les

protestations de dévouement; le luxe amollit le
courage comme il énerve le corps, et le besoin
de sensations irritantes est dans toutes les imaginations, ou plutôt dans tous les cerveaux.
L'homme, selon nos raisonneurs, n'est qu'une
espèce de singe perfectionné par la civilisation;
il s'accouple pour se reproduire; il s'associe
pour accroître ses jouissances. Et les voilà cal-
culant leurs religions par francs et centimes,
créant une nouvelle société par prospectus,
sans daigner y admettre Dieu, lien universel
des sociétés.

L'homme qui tient encore à des scrupules, à
des préjugés de vertu, à ce qui lui reste d'une
conscience usée par le matérialisme de nos intérêts, entre en composition avec ceux qui ma-
nipulent notre fange sociale en chair et en os,
s'enveloppe dans une philosophique indifférence, croise les bras, et regarde.

L'homme qui n'est ni vicieux ni vertueux par
système, qui n'a aucun principe arrêté, mais
quelque ressouvenir du spiritualisme instinctif

de sa jeunesse, s'enferme dans son égoïsme,
d'où il ne sort que par boutades irréfléchies, et
sujettes à repentir dès que ses plaisirs ou ses
intérêts en sont menacés. C'était le fond du caractère de Donald, caractère dominant de notre
époque.

Quand on joint à ce caractère peu d'imagination, des idées communes, un cœur froid et
vulgaire, on peut être heureux brutalement,
bestialement, sans échapper toutefois à *l'inexo-*
rable ennui dont parle Bossuet; on piétine dans
je ne sais quel petit bonheur, bien étroit, bien
mesquin, plein de somnolence; c'est le cas du
plus grand nombre. Mais donnez ce caractère à
une âme ardente, mobile, enveloppée de fibres
vives à l'impression, ôtez-lui les espérances spi-
rituelles de la foi, et vous aurez un être essentiellement malheureux.

Malgré les déceptions des plaisirs où l'âme
n'est point admise, on s'y opiniâtre, et l'intré-
pidité du *moi* est souvent telle, que ces égoïstes
élégans ne se dérangent pas d'une femme qui

est devant eux, et qu'ils écrasent, en passant, pour aller à des folies ou à des ambitions.

Surpris du bonheur qu'exhalait la fraîche chasteté d'un amour idéal, Donald en avait joui tacitement comme d'une étrangeté ; puis, dans l'antichambre de madame de Nelvoisy, il s'était dépouillé de ses velléités de repentir. Une fois admis, il avait par amour-propre continué son rôle d'amant ; enfin la douleur, la beauté, l'amour et les combats de cette jeune femme, lui donnèrent ce vertige enflammé qui oublie tout et n'a plus que des sensations.

XVII.

Pouvoir de ce qui est pur.

Résignée reparaissait dans le monde avec plus de bonheur qu'elle n'en avait jamais eu : elle aimait, elle se croyait aimée. Son cœur ne s'était parfumé d'une vague et rêveuse religion que pour en faire une demeure plus digne de l'homme qu'elle chérissait, ou plutôt cette

religion s'alimentait du besoin d'aimer, et Dieu
ne tenait plus toujours la première place dans
sa pensée.

L'hiver fut brillant en fêtes, en concerts, en
bals; l'assiduité de mademoiselle d'Estanceley
dans le monde fut un événement pour le faubourg Saint-Germain, dont elle était alors une
des plus riches héritières. Les quêteurs de dot
et de beauté se mirent en frais; les douairières
déployèrent toute leur diplomatie séduisante
et réservée en faveur de leurs protégés. On
épiait les mouvemens de son cœur; on cherchait à deviner qui elle distinguait. Donald,
occupé de madame de Nelvoisy, ne donnait à
Résignée aucune occasion de trahir un sentiment qu'il cherchait à étouffer en elle comme
en lui. Salvador pénétrait tous ces mystères, se
gardait bien de se mettre au nombre des prétendans si froidement accueillis; les temps n'é-
taient pas venus pour lui. Enfin les douairières,
toutes déroutées, prononcèrent contre la pauvre
Résignée un verdict de froideur.

Elle froide! L'infortunée, quand elle rentrait après chaque soirée où elle n'avait obtenu de Donald que des politesses cérémonieuses, elle se disait avec de douloureux serremens de cœur : — Mais il ne m'aime donc plus ? — Elle restait en de longues immobilités, et presque insensible aux gronderies de son oncle. Elle froide! demandez à son chevet, aux larmes qu'elle y verse, aux insomnies qui l'y tourmentent. Elle froide! Est-ce parce qu'elle ne prend pas tes masques de sensiblerie, société hypocrite? est-ce parce qu'elle semble se résigner à son mal, et se contente d'en souffrir silencieusement? Être, qu'est-ce à tes yeux? rien! et paraître? tout!

Et elle retournait, accompagnée de son frère, dans ces salons où la ramenait toujours un espoir toujours déçu; en vain la fraîcheur de sa toilette et l'éclat si doux de sa beauté charmaient-ils toute une assemblée, Donald, par une délicatesse qui n'était pas encore éteinte en lui, s'éloignait d'elle.

Elle pâlissait, s'affaiblissait, et le docteur lui dit un jour assez brusquement que les fatigues du monde ne lui valaient rien. Quinze jours se passèrent sans qu'elle y reparût. Dès la première soirée, Donald sentit avec effroi qu'il l'aimait, et que son amour n'était pas une de ces émotions fugitives que les femmes lui inspiraient d'ordinaire ; c'était une de ces passions bien rares de nos jours, qui absorbent et consument une vie. Après cet examen rapide de lui-même, il eut peur de se laisser envahir ainsi par une idée ; il essaya de la secouer comme une importunité ; il fut même plus gai que de coutume ; gaîté factice, qui, par momens, retombait pesante. Il eut presque honte de cette faiblesse. Mais impossible ! Ne plus voir Résignée être l'ornement, le diamant d'un cercle ; ne plus deviner son amour à ses poses, à quelques regards qu'il surprenait, lui devenait de jour en jour un tourment dont il n'osait plus sonder la profondeur. Le monde lui semblait vide, et il s'y laissait aller à des

mélancolies mornes, au risque d'en être grondé
par madame de Nelvoisy.

Un soir, chez le baron de Livrange, il aban-
donna une discussion politique engagée au milieu du salon, et s'approcha de la jeune baronne.
— Mademoiselle d'Estanceley est donc malade?
lui dit-il en tâchant de donner à sa question le
ton d'un intérêt de simple politesse.

— Malade, oh! non; mais indisposée, légèrement indisposée.

— Et serons-nous long-temps privés de sa
présence?

— Je ne le pense pas, milord.

— Son absence assombrit tout le salon.

— En effet, vous êtes pensif.....

— Que dites-vous donc là? s'écria madame
de Nelvoisy.

— Milord, dit M. de Nelvoisy, assis derrière madame de Livrange, milord s'informait
de mademoiselle d'Estanceley; et c'est bien
la dixième fois, sur mon honneur, que j'entends adresser la même question : c'est presti-

gieux! Dans tous les coins du salon, vous en-
tendez les mêmes paroles. On dirait des échos
qui se répondent ; n'est-ce pas ? Il faut l'avouer
aussi, mademoiselle d'Estanceley est d'un aérien
délicieux.....

Lord Donald ne put écouter plus long-temps
ces phrases vides dont le retentissement agissait sur ses nerfs ; il se leva brusquement, tandis
que le prétentieux personnage se penchait à l'o-
reille de sa femme, et lui disait : — En vérité,
je crois que milord a été fasciné par les beaux
yeux de mademoiselle d'Estanceley. — Il ne
s'aperçut point de la pâleur de Constance.

Le lendemain, lord Donald envoya savoir des
nouvelles de Résignée, et fit remettre sa carte à
l'hôtel d'Estanceley. Le soir, il assistait à la première représentation d'un opéra italien. Il était
avec Salvador, le baron et la baronne de Livrange dans la loge de madame de Nelvoisy. Il
y avait foule aux Bouffes, étincelans de fleurs,
de frais rubans, de plumes, de diamans, et de
têtes ravissantes. Mademoiselle d'Estanceley ar-

riva, accompagnée de son frère, de la vieille marquise de ***, véritable Talleyrand femelle dans la diplomatie des mariages, et d'un jeune Russe de distinction. Toutes les lorgnettes furent un instant tournées vers cette loge : mais l'admiration dans une assemblée aristocratique a je ne sais quoi de cérémonieux et de froid. Les dames· du noble faubourg, si essentiellement monarchiques, sont républicaines dès qu'il s'agit de beauté; elles en ont brisé le sceptre, et ne reconnaissent point de reine entre elles.

Une soudaine jalousie saisit Donald à l'aspect du jeune étranger assis à côté d'elle. Le tressaillement, qu'il ne put réprimer, n'échappa point à madame de Nelvoisy, déjà capable de souffrir avec réserve. M. de Nelvoisy entra étourdiment dans la loge en s'écriant : — C'est prodigieux comme mademoiselle d'Estanceley est belle; on dirait un astre dont le lever éclipse les étoiles. La simplicité de sa toilette est d'un raffinement incroyable.... Trouvez-vous pas?

— Oh! je l'embrasserais de bien bon cœur,

cette chère et charmante Résignée! dit naturel-
lement madame de Livrange.

— Vous n'êtes pas la seule, madame, à former ce désir, — dit en ricanant M. de Nelvoisy,
qui encadrait son fade visage dans les contours
étudiés de sa cravate.

Sa femme ne parlait pas; mais ses doigts frois-
saient les feuillets du libretto.

— Ce jeune boyard moscovite, dit Salvador,
n'est-il pas parent de l'ambassadeur de Russie?...
Est-ce encore un prétendant? Celui-là serait dangereux; il a des millions de roubles et des milliers
de serfs.

— Mademoiselle d'Estanceley, dit vivement
Donald, est bien assez riche pour dédaigner une
dot, et je ne pense pas qu'elle cède en se ma-
riant à de misérables considérations d'argent.

— Vous en parlez bien à votre aise, milord,
reprit M. de Nelvoisy, vous qui ne savez comment dépenser vos revenus; l'argent est l'âme
des plaisirs et des joies de ce monde; bien fou
qui en cherche d'autres.... Ah! voici la déli-

cieuse personne qui se tourne de notre côté et
salue.

Pendant l'opéra, Donald, presque insoucieux
de la musique, qui excitait les exclamations af-
fectées et le dilettantisme ridiculement exagéré
de M. de Nelvoisy, n'eut guère d'attention que
pour la loge de Résignée; il y suivait tous ses
mouvemens et ceux du jeune Russe. Après le
spectacle, il donnait le bras à madame de Nelvoisy, qu'il reconduisait à sa voiture. Mademoiselle d'Estanceley descendait l'escalier qui mène
au péristyle; Donald, mu par le désir de la revoir, de froisser en passant sa robe, de lui dire
un mot, d'obtenir un regard, entraînait sa compagne tremblante, presque défaillante de douleur, et cherchait à se faire jour jusqu'à Résignée.

—Milord, dit madame de Nelvoisy, vous allez
trop vite pour moi. —Il s'arrêta, et lui demanda
pardon en s'efforçant de cacher le motif de sa
précipitation. Il marcha ensuite aussi lentement
qu'elle voulut, car il craignit d'éveiller ses soupçons, de la blesser : le mal était fait.

Le lendemain, après le déjeuner, on introduisit Baptiéret chez lord Donald. Il se présentait gauchement, mais sans trop de timidité. Donald le fit asseoir, lui parla d'un son de voix affectueux, encourageant ; le remercia de sa lettre, et lui adressa quelques mots en anglais. Puis il lui demanda ce qui l'amenait à Paris. Il répondit qu'il venait de la part de l'homme d'affaires, porter des papiers importans à monsieur le comte.

— Eh! vous avez vu mademoiselle d'Estanceley ce matin, n'est-ce pas ?

— Oui, milord ; et je l'ai trouvée un peu malade.

— Malade !

— Oh! c'est triste, que je devrais dire.... Mais, vous-même, milord, vous....

— Je suis bien, fort bien... Que vous a-t-elle dit?

— Elle m'a demandé des nouvelles de tous les gens qu'elle connaît à Estanceley.

— Après?

— Elle m'a demandé si sa jolie petite chèvre blanche n'était pas incommodée par le froid; et je lui ai dit que non.

— Après?

— Elle m'a demandé si je commençais à traduire *le Vicaire de Wakefield*; et j'ai répondu que oui.

— Après?

— Elle m'a dit qu'à mon départ, demain matin, elle me remettrait un paquet de chemises, de coiffes et de jupes pour la petite Jeanne, une orpheline dont elle a soin.

— Après?

— Après!... c'est tout; son oncle a sonné.... Ah! j'oubliais.... Je lui disais que j'irais vous voir, et elle m'a répondu que je ferais bien.

— Vous me trouverez bien curieux de vous interroger ainsi, Baptiéret, dit-il fâché d'avoir cédé à son ardente curiosité.

— Point du tout, milord; il est si naturel de s'informer des personnes auxquelles on porte intérêt !

Oh! lui aussi, il l'aime, pensa-t-il.

— Venez voir mes livres, dit lord Donald, comme pour lui ôter cette impression. — Ils entrent dans une petite bibliothéque. Baptiéret lève les mains d'admiration, et reste en contemplation devant les rayons. Un domestique était occupé à essuyer les meubles; son maître lui parle bas en riant.

— Ah ! s'écrie Baptiéret avec une secrète convoitise : Télémaque, œuvres de J.-J. Rousseau, œuvres de Racine, œuvres de Pierre Corneille, œuvres de Molière, œuvres de Bernardin de Saint-Pierre, Histoire de France, Histoire d'Angleterre, Tompson, Childe-Harold... — Puis il s'étonne de voir disparaître les livres à mesure qu'il s'y arrête et les nomme.... Le domestique les enlevait des rayons, et les rangeait dans un coffre.

— Qu'est-ce ! s'écria Baptiéret.

—Mon ami, ces livres sont à vous ; continuez à choisir.

— Je ne choisissais pas, milord !...

— Me refusez-vous ? me donnez-vous le déplaisir d'un refus?

— Ah! vous voulez devenir ce qu'elle est pour
moi, un bienfaiteur.... Mais j'ai honte de voir
ce coffre rempli. — Le domestique, après l'avoir
fermé, en remit la clef à Baptièret, qui, pétillant
de bonheur, porta à ses lèvres la main de lord
Donald.

Baptiéret rentra à l'hôtel d'Estanceley, suivi
du domestique anglais, qui déposa le coffre dans
la carriole du jeune villageois. Le soir, Résignée
l'interrogea à son tour sur l'emploi de sa journée.
Il raconta sa visite à lord Donald, et les beaux
livres si bien reliés qu'il lui avait donnés; elle
écoutait avec ravissement tous ces détails ingé-
nuement narrés ; et quand il s'arrêtait dans son
récit, elle lui disait : *Ensuite?* Il fut frappé de
cette curiosité qui employait instinctivement
presque les mêmes formes; il étudia son attention, la joie de son regard, ses distractions, ses
soupirs à demi étouffés ; et, quand elle le congédia, il se dit en sortant : Oh ! elle l'aime!...

Il y avait soirée, deux jours après, chez madame de Livrange; Donald y alla, inspiré par une douce espérance qui ne fut pas trompée. En descendant de voiture il voit entrer un équipage; il reconnaît la livrée.... Il monte lentement les degrés; dans l'antichambre, il cherche à gagner du temps. Résignée entre enfin, à demi couverte d'un manteau de velours noir sous lequel sa blanche toilette étincelle. Ils s'aperçoivent, et se saluent. Les domestiques sont occupés; Donald alors s'avance, et prend ce manteau de ses mains; leurs doigts se touchent, et il leur imprime une legère pression.... Elle le repousse avec surprise et colère, donne la main à son frère, et entre.

Elle avait été placée auprès de la cheminée, par madame de Livrange, qui, après des caresses affectueuses, la quitta pour faire les honneurs de son salon. Un fauteuil était vacant à côté de Résignée, qui se reprochait déjà sa vivacité, si peu d'accord avec ce qu'elle avait dans le cœur; elle avait été offensée, mais heureuse de l'action

I.   21

de Donald. Il errait çà et là, s'approchant peu à
peu de cette cheminée; il n'y résiste plus : il s'assied..... Adieu sa présence d'esprit; adieu cette
éloquence d'amour qui se pliait à toutes les
formes! Il est là, balbutiant, incertain de ses
expressions, timide.... Elle baisse les yeux;
mais elle jouit de ce trouble : elle recueille les
moindres mots qu'il prononce; et lui, il écoute
l'harmonie suave de ses réponses : ils ne se disent
que des choses vulgaires ; mais les inflexions de
leur voix, indépendantes des paroles, forment
à elles seules une conversation notée, expressive, tendre, où ils comprennent leur amour.
Oh! est-il une musique plus délicieuse que celle
d'une voix de femme qui trahit sa pensée par des
modulations argentines, molles et traînantes!

Ils ne s'apercevaient plus du salon, qui, pour
ainsi dire, bourdonnait et tourbillonnait autour
d'eux; ils n'en avaient plus qu'une perception
affaiblie. Enfin, réconciliés, heureux, ils repri-
rent, sous l'œil observateur du monde, une
attitude plus cérémonieuse.

— Vous avez rendu ce pauvre Baptiéret bien heureux, lui disait-elle : lui donner des livres, c'est lui donner du bonheur.

— Notre protégé y trouvera une instruction salutaire.... Décidément, mademoiselle, j'ai quelque droit de l'appeler notre protégé....

— Il est parti en me chargeant de vous remercier encore...

— Comment trouvez-vous la musique que nous avons entendue l'autre soir aux Bouffes?

— Je ne suis pas assez forte musicienne, milord, pour prononcer un jugement... mais, à dire vrai, l'opéra m'a semblé bien froid.

— Je ne conçois pas l'admiration facile de certaines gens qui se récrient sur tout, qui se prosternent devant tout... Cette musique ne dit rien à l'âme.... Le jeune Russe qui vous accompagnait....

— Est un ami de mon frère.

— Il est fort bien, n'est-ce pas ?.... Elle ne répondit point. Sous l'influence d'un sentiment

21*

jaloux, il ne s'apercevait pas de l'inconvenance
de sa question, et il continua :

— Il a de la grâce, une physionomie distin-
guée, des manières....

— Un peu guindées, dit-elle cédant à son
impatience ; il voyage pour se former à l'élégance ; mais l'élégance est un instinct, un
don. — Plongé dans une ivresse pour ainsi
dire attentive, il baisse un peu la tête, et agite
ses lèvres sans produire de sons distincts ; mais
à ces mouvemens de lèvres, et au presque insai-
sissable bruissement qui les accompagne, elle
devina, elle saisit cette exclamation : « Charmante ! »

Il lève les yeux, et voit dans la glace des traits
altérés, des regards fixes, menaçans, attachés
sur lui : il reconnaît madame de Nelvoisy, qui
en ce moment rejetait sur la cheminée un écran
qu'elle venait de briser en le heurtant contre le
marbre. Donald salue mademoiselle d'Estanceley
et se lève. Salvador, qui causait avec la baronne
de Livrange, lui dit : — Madame de Nelvoisy

s'oublie; faites-lui donc remarquer qu'on l'observe.

— Que voulez-vous dire? répondit la baronne avec inquiétude.

— Vous ne vous apercevez pas ?...

— De quoi ?

— Madame la baronne, dit gravement Salvador, vous avez pourtant des devoirs à remplir envers elle.....

Et il s'éloigne.

XVIII.

Illusions. Sommeil.

•

ELLE rentra dans son appartement, et eut
hâte d'être seule afin de se trouver avec ses
pensées.

Quand sa femme de chambre fut partie, la
porte fermée, et que sa tête se fut appuyée sur
ses oreillers, elle se mit à songer à lui, à rêver
les yeux ouverts; elle se plut à reconstruire

son bonheur avec tous ses détails, depuis leur première entrevue jusqu'à cette dernière soirée. Enfantillages de la passion, délicieuses misères ! Elle redisait les paroles de Donald, interprétait des gestes, traduisait des regards, s'attachait à donner un sens aux moindres actions; elle se redisait à elle-même : « Charmante ! » Puis, elle recommençait, puis elle souriait, puis elle pleurait d'espoir et d'amour.

— Oh ! il m'aime, il m'aime, pensait-elle, et j'ai eu tort de repousser sa main quand elle a serré la mienne..... Non, j'ai eu raison ! Il doit me respecter, afin que je lui sois donnée pure, afin que je vienne de Dieu à lui sans qu'une pensée reprochable s'élève en moi !... Eh ! que je suis heureuse d'être belle !... Quand je serai sa femme, je l'aimerai tant, qu'il m'aimera toujours.

— Être sa femme, mon Dieu ! C'est trop, oui, c'est trop de bonheur; mon pauvre cœur n'y suffira pas; il s'épuisera à force d'aimer..... Être sa femme ! Tout ce que je me promets de l'exis-

tence est renfermé dans ces mots ! Il aime la
campagne, lui aussi..... Je me le rappelle : à
notre dernière promenade dans le parc d'Estanceley, nous marchions le long des plates-bandes, il se tenait presque toujours auprès de moi,
c'était le soir.... quel beau soir ? Le feuillage
tombant et flétri était coloré d'un pourpre éclatant versé à larges rayons par le soleil couchant.
Les oiseaux gazouillaient leurs adieux à l'automne, à son dernier beau jour, pour moi surtout.... Il admirait comme moi.... il me peignait
les sites de la Suisse, de l'Italie et de l'Écosse
avec une éloquence qui n'appartient qu'à lui ; je
voyais tout ce qu'il me disait. Ses paroles peignent si bien ! ses paroles sont, pour ainsi dire,
des couleurs sonores.

Cette jeune femme, qui d'ordinaire s'exprimait si simplement, parce que dans sa timidité
elle enchaînait ses facultés, ce soir-là, travaillée
par une douce exaltation, elle trouvait des expressions neuves qui révélaient le développement intellectuel qu'un amour profond et heu-

reux allait opérer en elle. — Quand je serai sa
femme, se disait-elle, nous irons en Suisse, en
Italie, en Écosse, en Écosse surtout; je veux voir
le pays où il est né, où est né mon bonheur,
où est née ma vie en lui. Il aimera Dieu aussi,
car je lui ferai l'existence si bonne, qu'il sentira
qu'il existe une Providence éternelle. Aimer,
c'est déjà croire! l'amour, c'est la moitié de la
foi religieuse, car c'est une foi d'âme à âme !

— Ce n'est point pour ma fortune qu'il me
recherche, lui! Que tous ces prétendans m'en-
nuient!... Il est riche, dit-on; que m'importe?...
Eh bien, tant mieux! Comme nous sèmerons
les bienfaits autour de nous ! Il se promenait,
dans sa jeunesse, sur les montagnes d'Écosse; il
aimera les coteaux d'Estanceley.... S'il le veut,
j'irai en Écosse. Ai-je d'autres volontés que
ses volontés? Ma patrie est le pays où il sera
avec moi.

— Il aime la toilette, et je serai toujours élégamment mais simplement parée; j'étudierai
les couleurs qu'il préfère, afin de les porter. Je

lui chanterai ses romances favorites; ma voix le charme, et j'ai vu plus d'une fois sa poitrine se gonfler et s'émouvoir d'attendrissement à ces ballades écossaises si naïves qu'il m'a données, et que je redirai toute ma vie!... Oh! quand pourrai-je m'asseoir à ses pieds, appuyer ma tête sur ses genoux, et lui dire : — Mon ami! — Il sera mon meilleur, mon seul ami, mon protecteur contre ce monde railleur, où je ne marche qu'en tremblant, tant il me semble rempli d'embûches.... Comme je serai forte et fière à son bras! La considération qui l'entoure sera mon seul orgueil.

— Ce soir, il est resté près d'une heure assis à côté de moi; il causait avec vivacité, et je crois que je répondais de même : c'était se déclarer. L'abandon avec lequel je l'écoutais, le feu de sa conversation, qui s'animait sur des riens, ses dépits au sujet de ce jeune Russe, les éloges moqueurs qu'il en faisait, la joie qui s'épanouissait sur son visage presque toujours mélancolique, notre oubli de la société, ont attiré tous les re-

gards. Tant mieux!... Mon frère, qui ensuite lui a
parlé pendant le reste de la soirée, m'a adressé
sur ma nouvelle conquête un compliment qui
m'a fait rougir, et que j'ai accepté par mon silence.
Ma conquête ! Comme je comprends bien ce
mot, qui me semblait si ridicule, appliqué à
d'autres! Oui, il est à moi, comme je suis à lui,
corps et âme; quand notre amour tacite sera devenu solennel et sacré, je ne distinguerai ni mon
âme de son âme, ni ma vie de sa vie! Qui dira
moi dira lui; qui dira lui dira moi!

— Nous aurons notre part de chagrins (qui
ne l'a pas ?); mais alors il appuiera sa joue
contre ma joue, et nous sentirons nos larmes se
mêler!

Et elle se remémorait ses paroles, ses vœux,
qu'elle réalisait par la pensée. Elle peuplait le
jardin des fleurs qu'il aimait; la bibliothéque
s'agrandissait, les chefs-d'œuvre anglais s'y
pressaient sur les rayons; le bateau à rames
flottait sur la rivière ; le parc s'embellissait de

retraites odoriférantes; et toutes ces touchantes
féeries d'une imagination qui aime et répand
sur tout la divination de son amour, et toutes
ces rêveuses créations, et toutes ces nuances de
sentiment, et toute cette poésie qui s'évapore d'un cœur vierge, parfum le plus digne
qui puisse s'exhaler vers Dieu, espérance de
bonheur, appel le plus puissant qui soit fait à
la miséricorde céleste en faveur de notre future
immortalité!...

Elle croise ses mains sur son cœur, qui bat;
et ses yeux demi-clos, humides sous les longs
cils de ses paupières, voient ce que la pensée
invente. Elle se complaît dans cette fatigue, et
se dispute au sommeil autant qu'elle peut: le
sommeil lui vole du bonheur.

O illusions puissantes et sereines, inondez
cette jeune âme, elle est digne de vous! Jouissances pures comme une neige récente et sans
tache tombée sur le marbre, joies qui montrez
tant l'insuffisance de nos langages humains,

larmes d'amour, élans délicieux, ineffables délices d'une tendresse qui s'élance à deux vers
cet inconnu qui nous échappe, émotions où le
cœur semble se fondre, doux allanguissement,
intimités, extension de la vie par la maternité,
aurai-je, en continuant ces récits, en notant les
impressions de Résignée, aurai-je l'occasión de
vous indiquer aux âmes qui vous ont sentis ?
car vous peindre, c'est impossible!... Malheur à
l'écrivain qui ne brise pas de désespoir sa plume
quand il cherche à vous retracer; il ne sera jamais que médiocre et vulgaire.

M'apparaîtrez-vous, charmantes visions ?

Ou suis-je condamné à des tableaux sombres,
attristans? Le mariage de cette jeune femme
sera-t-il une longue résignation?

La vie sera-t-elle une liqueur corrosive pour
ce vase si beau ?

Elle entr'ouvre son œil appesanti, le referme,
arrondit un de ses bras autour de sa tête, s'as-
soupit, sourit encore, à travers le sommeil, à des

idées qui s'effacent devant elle; on dirait qu'elle
en conserve les reflets sur son visage extatique....
O Raphaël!.... Son souffle égal, régulier, vient
mourir sur ses lèvres légèrement entr'ouvertes;
elle s'endort, elle est endormie.

XIX.

Réveil. Réalités.

Il était onze heures du matin, et elle dormait encore. La nature avait repris ses droits, et réparait les fatigues de l'insomnie. Insensiblement elle souleva une de ses mains, la promena doucement sur ses paupières, soupira, prononça des paroles confuses, languissantes; le nom de Donald y fut mêlé; elle ouvrit enfin les yeux, et vit la baronne de Livrange, triste, assise dans un fauteuil, devant elle.

—Toi, ici, Eudonie!.... s'écria-t-elle; si matin! Oh! que tu es aimable! Viens-tu passer la journée avec moi?... Onze heures!.... Je suis bien paresseuse, n'est-ce pas? Vois-tu, cette nuit, j'ai eu bien de la peine à m'endormir. Quatre heures sonnaient que je n'avais pas encore fermé l'œil.... Ta soirée était charmante.... Mon Dieu! comme tu es triste!

— Je viens de voir Constance, ma bonne amie.

— Eh bien?

— Hier au soir, quand tu es partie, lord Donald t'a donné le bras dans l'antichambre...

— Il m'a reconduite jusqu'à ma voiture.

— Il paraissait fort occupé de toi.

— Tu crois!

— Ses attentions étaient si visibles! Et Constance....

— Je n'ai pas blessé les convenances; il m'a

donné la main; mais mon frère était là, mon frère avait conversé avec lui toute la soirée.... Lord Donald s'est tenu assis assez long-temps auprès de moi.... Je l'écoutais..... que veux-tu, ma chère amie..... ses causeries sont si agréables, si attrayantes !

— Constance est....

— Il fallait donc me dire tout bas de ne pas écouter ainsi.

— Quand tu es sortie, Constance....

— Je me suis trop inclinée vers lui ; oui, je me le rappelle : je ferai plus attention à moi, va!...

— Constance s'est évanouie....

— O mon Dieu! s'écria-t-elle avec une vive inquiétude et la pâleur sur les traits.

— Elle a difficilement recouvré connaissance. Ce matin, je suis allée à l'hôtel de Chanuzac; elle a la fièvre.

— Ta voiture est en bas?

— Oui ?—Résignée porta la main au cordon de la sonnette. La baronne l'arréta.

— Je veux m'habiller, et aller avec toi chez
Constance ; pourquoi me retiens-tu la main,
Eudonie ? Pourquoi cette tristesse, qui ne t'est
pas naturelle ?

— Ne va pas visiter Constance ce matin.

— Que dis-tu là ?

— Ta présence lui ferait mal.

— Comment ! moi , qu'elle aime comme une
sœur !.... Je ne comprends pas.

— Il est des malheurs que tu ne dois pas comprendre, ma bonne Résignée ; mais si tu sens
dans ton cœur de l'estime pour lord Donald,
tâche de la vaincre : cet homme ne la mérite
pas.

— M. Jernier me dit toujours à peu près cela ;
il se raille de lui : je ne le crois plus , j'évite de
lui en parler. Que vous a donc fait lord Donald,
pour vous liguer tous contre lui ?

— Il n'existe point de ligue contre lui, ma
pauvre Résignée. Lord Donald possède des qua-
lités séduisantes, dangereuses ; il charme, mais
il flétrit ; il enchante, mais il tue. Constance....

— Mais elle est mariée! s'écria-t-elle avec une naïveté sublime.

— Je te le répète, Résignée; il est des malheurs que tu ne dois pas comprendre ! Ne m'interroge pas : je suis ton amie, crois-moi; si lord Donald t'inspire quelque intérêt, hâte-toi de le combattre, car cette affection, dont il est si peu digne, serait le poison lent de ta vie.

Ces paroles, dites gravement, posément, pénétrèrent au cœur de Résignée; elle resta décolorée, le front mouillé d'une sueur froide, l'œil fixe. La baronne de Livrange aimait beaucoup son mari, elle en était aimée; elle regardait une infidélité comme une atteinte profonde, irréparable, portée au bonheur domestique; elle avait questionné avec larmes madame de Nelvoisy, et, sans avoir sondé jusque dans sa faute, elle en soupçonnait assez pour frémir. Ainsi l'avis et l'espérance de Salvador arrivaient à un prompt accomplissement.

La jeune baronne trouvait, dans un intérieur paisible et dans ses devoirs de mère, où épan-

22*

cher la sensibilité dont elle était douée. Elle
n'avait plus même besoin de Dieu : le Dieu toujours menaçant qu'on lui avait prêché au *Sacré-
Cœur*, gênait trop ses affections. Pouvait-elle
croire long-temps à une religion qui damnait
l'être qu'elle aimait le plus au monde et qu'elle
retrouvait en son fils? D'ailleurs, les raisonnemens, les railleries, les lectures, les habitudes,
avaient consommé l'anéantissement graduel de
sa foi. Mais, heureuse, elle ne comprenait pas le
langage des affections souffrantes et comprimées.
A voir Résignée assez calme en apparence, elle
crut que l'impression produite par lord Donald
n'était que fort légère, et elle se félicitait intérieurement de s'y être prise à temps pour la
combattre. Quand on est heureux, on désire
presque toujours en finir vite avec les idées
pénibles, et l'on se hâte de supposer aux autres
une partie du calme que l'on a.

— Ainsi, nous serons bien sage, ma chérie?
disait la baronne d'un ton caressant; n'est-ce
pas? Ainsi, nous oublierons ce vilain homme

qui se fait un jeu de perdre et de compromettre les femmes ?

— Lui, compromettre !... Eh mais, c'est impossible ! — s'écria-t-elle en sanglotant.

Ce cri d'amour replongea la baronne dans ses perplexités. — Tu ne crois donc pas à ce que je te dis, Résignée ? Eh bien ! si je te donnais une preuve irrécusable de sa déloyauté ! si une de ses lettres t'apportait la conviction de sa perfidie ! s'il courtisait Constance en même temps que toi !

— Alors je le mépriserais, et il cesserait d'être dangereux pour moi.

— Je retournerai tantôt auprès de notre pauvre malade, et tu auras la preuve dont je te parle. Allons ! du courage, ma bonne amie. — Elle la baisa au front, et sortit.

Résignée se retint de pleurer, car sa femme de chambre venait d'entrer. Eh ! pouvait-elle se défendre de ce vague espoir qui suit les infortunés jusqu'aux dernières limites d'une évidence qui les tue.

Le vieux comte souffrait de la goutte, et il gronda Résignée de descendre si tard. — Hum! Comme tu es paresseuse! disait-il. Toutes les fois que tu vas en soirée, c'est moi qui en pâtis : je n'avais auprès de moi que mon valet de chambre; il lit tout sur le ton d'une psalmodie endormante : je l'ai envoyé à tous les diables. M. Firmin est trop grand seigneur pour songer à moi..... Vois, mes journaux sont encore enveloppés de leurs bandes!.... Hum! C'est toujours moi qui paie tes plaisirs.

— Eh bien! je n'irai ni dans le monde, ni au spectacle, mon cher oncle; je ne sortirai que quand vous voudrez; et je vais vous lire la gazette.

— Oui; assieds-toi, mignonne, assieds-toi. Voilà qui est parler. Voyons! les nouvelles de la cour.

Elle lut; elle accomplit tous ses devoirs avec son exactitude accoutumée; seulement elle se retirait par momens à l'embrasure d'une fenêtre, portait la main à son cœur, et tenait long-temps ses regards attachés au ciel. Le soir même, la baronne vint..... Elles se renfermèrent dans la chambre de Résignée..... Elle prit la lettre, la lut trois fois avec une palpitation effrayante à voir, et qui fit lever plusieurs fois la baronne prête à sonner.

— Ne sonne pas ! lui cria-t-elle..... Maintenant je le méprise comme le dernier des hommes..... Tout est fini..... Ne m'en parle plus..... Maintenant je ne croirai plus à aucun homme.

Son désespoir devint morne. Eudonie n'essaya pas de le combattre : il est des chagrins qui ne veulent ni ne peuvent être consolés. Rendrez-vous jamais au fruit ce duvet frais et brillant que le froissement de vos doigts lui a enlevé?... Elle se montrait bonne et douce envers tout le monde. Au temple, elle se recueillait plus aux paroles du ministre de l'Évangile; si son âme malade s'enflammait, la prière y faisait alors descendre cette rosée céleste qui rafraîchit et féconde la vertu.

On a peint souvent de nos jours la douleur

avec toutes ses divagations. On a torturé la langue, les incohérences, les redites, les alliances
surnaturelles de mots, les accouplemens bi-
zarres d'expressions, les naïvetés les plus niai-
ses, le choc le plus désordonné des phrases,
paroxismes forcenés, on n'a rien épargné ; on
s'est posé dramatiquement pour pleurer. Mais
cela n'est ni vrai, ni touchant ; la douleur ne se
démène pas avec cette exagération. Oh ! qu'elle
est plus pénétrante, cette douleur qui se plie
à la vie extérieure, s'en acquitte comme d'une
nécessité ! Qu'elle est pénible cette douleur qui
sourit quand l'âme est profondément découra-
gée, qui même se fait gaie à l'occasion, qui
écoute et qui répond comme d'habitude. On
la devine à ses inflexions parfois traînantes,
puis brisées, interrompues ; la respiration est
gênée, et l'œil distrait conserve une fixité tou-
chante. Oh! que cette douleur-là m'émeut et
m'attire quand je la rencontre dans le monde,
quand je la sens auprès de moi, quand je la
découvre à je ne sais quel funeste rapport, à

je ne sais quel frissonnement inaperçu des heureux ! Comme je la respecte ! Je l'aime comme une sœur.

Les hommes peuvent étaler impunément leur tristesse ; ils la feignent, ils la jouent : elle a ses poses étudiées, ses touffes de cheveux jetées en désordre, ses rêveuses hypocrisies, ses piéges... Imiter à froid la douleur, c'est une sacrilége et ridicule profanation : la douleur est sainte.

Mais si une femme a des chagrins de cœur, il faut qu'elle s'en cache comme d'une faute ; on interprète sa tristesse : il faut qu'elle ait une autorisation en forme donnée par la maladie et la mort de ceux qui lui sont légitimement chers. Toute autre douleur qu'elle laisserait entrevoir, et qui n'aurait pas été enregistrée à la douane de nos convenances, serait épiée et traduite en médisances, en calomnies ; il y a plus, elle serait un encouragement pour nos aventuriers de séductions, qui, ayant peu de temps à perdre, peu de quarts d'heure à donner, calculent les chances. Oh ! l'admirable invention

que la société telle que vous l'avez faite? Et vous
ne sentez pas que vous l'avez dépouillée de
tout son charme, et que vous êtes les premiers
punis de votre égoïsme mal entendu?.... Otez le
masque à ces douleurs factices, qui mentent
pour égarer; mais respectez les douleurs vraies,
formées au sein de ce désenchantement où des
réalités les traînent : elles se cachent de leur
mieux ; elles tiennent peu de place, et ne s'agitent guère. Épargnez-les, un rien les froisse,
un mot lancé avec malice, et même au hasard,
vient parfois frapper dans le vif de leurs plaies
mal fermées, et les rouvrir saignantes ; elles se
plaignent peu, elles attendent peu de compassion des hommes ; elles aiment mieux se taire
que d'être incomprises : elles ont leur pudeur
aussi.

Cette tristesse concentrée, inquiète, et comme
honteuse, était celle de Résignée. Aussi, pour
la peindre, faut-il être simple et naturel comme
elle ; point de frais d'éloquence, point de paroles
groupées avec art, point de luxe : la vérité nue,

dût-elle ennuyer ceux qui aiment l'éclat du style
à la mode. Mais qu'il est difficile même de l'indiquer ! tout se passe au-dedans d'elle-même. Que
de sentimens refoulés ! que de larmes qui ne se
montrent pas, et qui coulent intérieurement
sur le cœur ! que d'étouffemens dissimulés ! parfois quelle pénible gaîté !.... Et, dites-moi, est-il
des pleurs plus tristes que ces sourires ?

XX.

Départ sans adieu.

Lord Donald ne fut pas reçu chez madame
de Nelvoisy pendant les deux ou trois jours
que dura sa fièvre. Dès qu'il put être admis, il
fut accueilli par elle avec un dédain cérémonieux contre lequel il ne réclama point, car il
se sentait coupable. Toutefois sa politesse, pleine

de douleur et de respect, semblait demander grâce; et la jeune femme, qui savait tout le malheur de ce caractère maladif, paraissait quelquefois attendrie et prête à pardonner; mais un sentiment de légitime fierté la retenait toujours.

Il comprit, après plusieurs tentatives infructueuses, que les portes de l'hôtel d'Estanceley se muraient devant lui; et Resignée ne paraissait plus nulle part! Il allait tous les soirs dans les salons où il avait l'espoir de la rencontrer, et quand l'heure d'espérer sa présence était passée, il tombait dans une lourde atonie de facultés; puis, dès qu'il s'apercevait de cet engourdissement moral, il s'échappait, et rentrait chez lui désespéré.

— Cette jeune fille, se disait-il, est-elle donc maîtresse de toutes mes pensées? Suis-je envahi, dominé? Son absence me torture; je suis atteint d'une sorte d'idée fixe. J'entends par instans le froissement de sa robe sur le parquet; sa ravissante figure sourit tendrement devant moi.... Oh!

les délicieuses causeries que j'ai goûtées près d'elle! Jamais, dans les voluptés effrénées dont ma jeunesse s'est enivrée, jamais je n'ai savouré de jouissance aussi pleine, aussi complète, aussi doucement incisive, aussi vraie, et que je voulusse plus ardemment recommencer. Rien de tel dans ma vie!.... Mais me dois-je condamner à l'honnête et soporifique bonheur du mariage ? Je suis jeune et riche; mes immenses revenus ne me font pas désirer un accroissement de fortune. Un ménage avec ses mesquineries, ses enfans criards et sa fidélité obligée!...... Car enfin, si j'épousais cet ange, je serais un monstre de tourmenter sa vie; elle m'aime, et cet amour me relève à mes propres yeux. Sa vertu sereine et modeste prend empire sur moi ; elle m'a gâté tout l'enivrement de ma liaison avec madame de Nelvoisy.... J'ai été assez sot pour en avoir honte comme d'une sorte de crime , et enfin je me suis vu obligé de m'en ôter le remords.

En vérité, je suis devenu le jouet de mes

scrupules, de mes fantasques imaginations... Ce que je vois de clair en tout ceci, c'est que je suis stupidement malheureux.... Ni vice, ni vertu; je n'ose rien de décisif, parce que je ne crois à rien. Et le moyen de croire à quelque chose !.... Ne suis-je pas dans une atmosphère d'indifférence absolue ? elle est pire que l'incrédulité qui se passionne.

Le désir d'être utile à la cause des peuples m'exalte, me jette en avant; mais, excepté une poignée d'hommes hardis, je ne vois qu'une majorité de peureux et d'irrésolus. Peu de conrages vont jusqu'à l'abnégation individuelle...

Être aimé de Résignée est un bonheur dont je ne sais que faire, et dont la perte me jetterait en un affreux néant.... Mais peut-être ne m'aime-t-elle plus, me méprise-t-elle !.... c'est là ce que je saurai bientôt. En dussé-je être puni, je veux aller au fond de la vérité qui m'est cachée.

Cette résolution prise, il se présenta le lendemain soir chez la baronne de Livrange. Sa démarche solennelle avait un caractère sombre :

la jeune femme frémissait à le regarder s'asseoir gravement, résolument, et jeter ses gants dans son chapeau, avec une vivacité convulsive.

— Madame, lui dit-il après quelques hésitations, vous n'avez peut-être pas été sans vous apercevoir de mes attentions pour mademoiselle d'Estanceley. Vous êtes son amie, et c'est ce titre précieux qui m'encourage à vous adresser une question ; j'espère qu'elle ne vous paraîtra pas indiscrète. Ayez la bonté de me dire si vous savez pourquoi l'hôtel d'Estanceley m'est fermé depuis quelques jours ?

— Milord, vous mettez ma franchise à une épreuve pénible.

— Comment ai-je mérité cette injure ?

— Ne m'interrogez pas, je vous en prie.

— Dût la mort être pour moi au bout de votre réponse, madame, il faut que je sache tout, il le faut.

— Milord, je ne le puis, en vérité, dit-elle effrayée de la pâleur soudaine qui couvrit le visage de Donald.

— Madame, lorsqu'on tue un homme on dit au moins pourquoi.

— Eh bien !... vous devez le savoir.

— Le savoir !... moi !..

— Rappelez-vous un passé, récent encore.....

— N'hésitez pas.... continuez...

— Oui !... feindre d'aimer mademoiselle d'Estanceley et.... pauvre Constance!... Comprenez-vous maintenant, milord ?

— Enfin !... enfin !...

— Mademoiselle d'Estanceley sait tout ce qu'elle peut savoir à cet égard.... et, puisque vous me forcez à le dire, milord, elle ne vous estime plus....

— Elle ne m'estime plus !...

Il semblait brisé par ces mots, et retomba plié, la tête sur la poitrine, l'œil presque sorti de l'orbite : — Elle ne m'estime plus !... répétait-il ; et pourtant, madame, malgré mes fautes, il y a là, dans cette poitrine, un cœur honnête, ou du moins aimant ce qui est honnête.... O mon Dieu, madame la baronne! ayez pitié de moi !...

je suis bien malheureux; j'ai des repentirs et
de l'amour.... Oh! tant d'amour qu'il peut tout
expier.... Qui sait si, en me pardonnant, elle ne
me sauve pas de moi-même!... Une femme doit
comprendre!...

Ces cris désordonnés étaient si vrais, si poi-
gnans, que la baronne en fut bouleversée....
Elle semblait craindre cette conversation si
animée, et ne pouvait que balbutier : — Calmez-
vous, milord, calmez-vous.

— O madame! dites-lui mon repentir, mon
désespoir, mes larmes; dites-lui ce que vous
voyez; dites-lui qu'elle me tue, qu'elle me fera
prendre en haine tout attachement vrai; dites-
lui que je veux me déclarer à sa famille. Oui,
elle triomphe de mes folles opinions : dites-lui
que je ne veux qu'un moment, un moment à
ses pieds, pour la convaincre de la sincérité
douloureuse de mon affection : jamais l'aveu de
ce que j'éprouve ne m'est échappé, je l'ai
respectée, je la respecte encore, au point que
j'ai craint d'altérer la pureté de son âme par la

véhémence de ma passion.... Elle éclate aujour-
d'hui avec une frénésie qui vous épouvante,
n'est-ce pas ?... Oh! ne vous en allez pas.... ayez
pitié de moi.... restez.... malheureux que je
suis!... Un homme qui pleure, n'est-ce pas que
c'est bien ridicule, madame?...

Cette explosion inattendue de sentimens in-
cohérens, de sanglots, d'exclamations passionnées, effrayait la jeune baronne ; mais jamais
femme n'a entendu l'expression vive d'un véritable amour sans être émue.

— Calmez-vous, milord, disait-elle ; si j'avais
su.... j'aurais ménagé votre caractère..... Vous
êtes bien à plaindre.

— Oh oui! et plus que vous ne l'imaginez.
Je ne puis me reposer sur aucun principe....
Quels sont ceux qu'on a laissés debout dans la
société?.... Et je tourbillonne dans la vie, au
hasard, comme les damnés dans l'enfer de
Dante....

La baronne frissonna, car le souvenir de ses
croyances détruites lui traversa l'esprit; invo-

lontairement, elle s'intéressait à Donald; elle
sentait quelque chose de vrai palpiter en lui :
elle commençait à promettre un peu d'interven-
tion, et Donald trouvait une sorte d'apaisement
à l'écouter; mais un bruit de pas résonna à l'antichambre, et l'on annonça le duc d'Alvida. Salvador, avec son habituelle pénétration, analysa
l'émotion de madame de Livrange, et le trouble
de Donald.

— Ah! je suis charmé de vous rencontrer,
mon cher lord; je suis passé à votre hôtel, votre
valet de chambre m'a dit être fort en peine de
vous; il ne vous a pas vu de la journée, et il
vous est arrivé un message fort pressé de l'am-
bassade d'Angleterre; je crains que vous ne
vous soyez compromis par vos relations politiques avec ce jeune Dirvole, carbonaro par trop
exalté, qui donne la main à toutes les conspirations offertes; allez voir ce qu'il en est : je serai
chez vous dans quelques heures.

Un sombre nuage sembla encore passer sur
la physionomie de lord Donald; un triste pres-

sentiment l'avertissait d'un nouveau malheur ;
avec cette voix qui se fait entendre à l'imagination inquiète : — Quoi qu'il arrive, madame la
baronne, s'écria-t-il, veuillez vous souvenir, je
vous en conjure, de ce que je viens de vous
dire. — Il sortit.

Salvador n'avait jamais tenu à la jeune baronne que le langage d'une amitié pour ainsi
dire haute et protectrice ; il la connaissait tendrement attachée à son mari ; d'ailleurs il n'entrait dans ses projets de n'être que son ami.

— Ah ! monsieur le duc, vous me voyez bien
étonnée, dit-elle ; lord Donald m'a parlé avec
une émotion si pathétique !...

— Que vous avez été émue, madame, n'est-ce
pas ? — Ces mots prononcés avec ironie eurent
l'effet qu'il attendait. — Et ne savez-vous donc
pas, ajouta-t-il, que lord Donald est le plus habile comédien de toute la grande-Bretagne, et
qu'il est pétri d'affectation des pieds à la tête.

— Je serais volontiers garant de ce que vient
de vous dire monsieur le duc, s'écria le docteur

en entrant. Lord Donald ne veut que jouer un rôle dans le monde, madame; et en cela, il est d'accord avec les hypocrisies modernes, si habiles; tout est à peu près mis en doute; les extravagans sans usage ou sans tolérance, qui coudoient toutes les façons d'être, se rendent seuls odieux, car ils gênent l'économie des plaisirs et du repos. Je n'ai pas d'opinion, moi; je les admets toutes pourvu qu'elles ne dérangent pas mes habitudes et mon bien-être : mais je suis sans pitié pour la folie à prétention, qui vous heurte et blesse à chaque pas dans la société. Voilà.

— Madame la baronne est tout-à-fait de notre opinion, dit Salvador avec ce ton poli, mais péremptoire, dont il connaissait la puissance; madame la baronne a trop de sens et de tact pour n'avoir pas deviné lord Donald.

Elle répondit par un signe de tête et un sourire affirmatifs.

— Mon pauvre ami mêle si bien ses promesses et ses intentions qu'il ne se souvient jamais d'aucune.

— — Parbleu! je n'aurais jamais souffert qu'il épousât mademoiselle d'Estanceley; j'ai toujours agi dans l'intérêt de cette famille, et je n'ai pas conservé une aussi brillante fortune pour la voir tomber aux mains d'un fou comme lord Donald. J'étais jeune lorsque M. le duc d'Estanceley émigra; mais il avait confiance en moi : on sait ce qui en est advenu. Je dois donc veiller sur sa fille, que je regarde comme mienne.... et je n'ai jamais demandé à cette maison qu'un peu d'affection en échange de tous mes services.

En parlant, le docteur semblait chercher dans les regards de Salvador une approbation qui lui était accordée parfois, et dont il s'enorgueillissait. Salvador semblait un pilote d'amours-propres et d'opinions; il les dirigeait à son gré, et toujours dans le sens de son intérêt, sa boussole invariable mais cachée.

Le baron de Livrange entra, et annonça les bruits fàcheux qui circulaient sur lord Donald : il s'était compromis en se jetant avec trop d'ardeur dans les espérances d'une de ces conspira-

tions ourdies contre le gouvernement de la camarilla. Impatient d'un danger qui eût de la
grandeur et de l'utilité, et rencontrant dans le
jeune Dirvole un courage frère du sien, il avait
accepté le rôle dangereux de chef d'insurrection.
Des papiers avaient été saisis par la police, et
Donald pouvait être arrêté d'un instant à l'autre.
M. de Livrange, pâle, se plaignait amèrement de
ces hommes qui vont toujours trop vite, et ne
font pas plus de cas de la vie des autres que de
la leur. La baronne s'alarmait, et blâmait Donald ; la crainte qu'elle avait pour son mari effaçait tout autre intérêt, et le docteur murmu-
rait entre ses dents : — Égoïsme, pur égoïme !...
Bah !

Salvador s'écria que son devoir l'appelait auprès de son ami, et pria la baronne d'excuser
son brusque départ, pendant que M. de
Livrange faisait des gestes d'admiration au docteur. Il est des hommes qui prodiguent volontiers leur approbation pour se dispenser d'agir.

Les Anglais aiment à se montrer fermes en

face des chagrins inattendus, et lord Donald possédait au plus haut point cette dignité de la douleur en face des hommes. S'il révéla une partie
de ses souffrances, c'est que sa physionomie
était diaphane, et que tous ses sentimens passaient et repassaient derrière cette transparence
animée; mais alors une attitude fière repoussait
toute compassion. Il écrivait quand Salvador entra. — Eh bien! mon cher duc, lui dit-il avec un
geste presque comique, je viens de subir la ha-
rangue et l'éloquence tory de mon ambassadeur;
j'y ai répondu par des paroles les plus flegmati-
ques et les plus wigh que j'ai pu trouver. Je suis
prévenu d'avoir pris part à un complot contre
le gouvernement français; la police va, dit-on,
cerner mon hôtel; mais je viens de commander
des chevaux de poste, mon passe-port est en règle,
et dans quelques minutes je galoperai sur la
route de Bruxelles; je passerai de là en Allemagne et en Suisse. Je suis fâché de me séparer
si brusquement de vous et de nos amis : mais
dites leur que mon cœur sera toujours avec eux.

La lampe éclairait à plein le visage blême de Donald; Salvador se tenait à l'écart et dans l'ombre, car, quelque habitué qu'il fût à gouverner sa physionomie et à ne lui laisser dire que ce qu'il voulait, il craignait de trahir la joie féroce qui bouillonnait en son sein. L'homme qu'il nommait secrètement son rival entrait dans l'impuissance de lui nuire, et il espérait l'y enfoncer, l'y étouffer. Ces horribles voluptés haineuses n'étonnent pas ceux qui ont long-temps regardé dans le cœur humain.

— S'il vous est une consolation à cette séparation si soudaine, mon cher Donald, c'est le regret qu'elle fera naître chez nos patriotes et nos dames. Mais vous êtes semi-cosmopolite, et nous nous rencontrerons en Suisse ou en Italie, cet été, car le froid climat de Paris ne me convient guère, à moi, fils du soleil brésilien.

— Oh! moi, je regretterai Paris, mon cher Salvador!.... — Et un morne abattement vint, pour ainsi dire, plomber son visage. La pluie, poussée en tourbillons, roulait le long des volets, qu'elle ébranlait ; on n'entendait dans la rue que les sifflemens renflés par intervalles d'un vent qui s'élevait impétueux, l'écoulement des eaux dans les ruisseaux et les roulemens assourdis de quelques voitures atardées. — Quel temps ! ajouta-t-il.

— Excellent pour mettre en défaut la meute des limiers de la police. •

— Eh ! croyez-vous qu'ils oseraient m'arrêter ? dit Donald en relevant fièrement la tête. On est bien aise de se débarrasser d'un homme de mon nom et de mon courage ; mais on ne veut ni l'inscrire dans le martyrologe de la liberté, ni même le citer à un tribunal où son dévouement pourrait être contagieux. Je me retire, parce que le procès serait presque ridicule de prosaïsme ; mais s'il y avait danger réel, chances de soulèvement et exemple à donner, je resterais !... Le bien-être m'amollit, m'effémine ; le malheur est un vrai tonique moral, il m'anime et me rend fort.

— Dites qu'il travaille vos nerfs.

— Ah ! comme vous ravalez le courage! Vous
en faites un jeu de l'organisme, une sorte de
thermomètre animé qui subit toutes les influen-
ces de l'air et qui monte ou baisse avec lui.

— Vous parlez en véritable spiritualiste.

— Sais-je ce que je suis ?

— Ravissante franchise !.... Allons, Donald,
vous vous consolerez aisément de cette *misfor-
tune* avec les blanches et tendres ladies qui vont
respirer, au printemps, l'air des montagnes, et
boire le lait des vaches dans le beau jardin de la
Suisse, ce qui sera extrèmement confortable et
doux.

— Sais-je ce que je veux ?

— Eh bien! j'ai sur vous cet avantage, Donald, de savoir ce que je suis et ce que je veux.

—Je vous en félicite... moi, je ne serai jamais
heureux.

— Cette opinion tient à votre situation d'esprit....

— Elle est, répondit-il d'un ton piqué, ce
qu'elle doit être, ferme et calme.

— Alors, c'est à moi de vous féliciter.

— J'espère que cette affaire sera bientôt ou-
bliée, et je compte négocier, de Suisse, mon
retour en France..... Oh! j'ai grand besoin de
l'espérer!....

— Qu'est devenu Dirvole ?

— Il me mande qu'il part pour l'Espagne, où
il va se réunir aux proscrits ; noble cœur, qui
court où l'entraîne une ardente conviction, sans
autre guide que la flamme de son cœur.

C'est un écrit anonyme qui a dénoncé notre complot à la police ; vous en préviendrez
nos amis politiques. — Il sonna.

— James, dit-il au domestique, vous porterez
demain matin ces deux lettres à leurs adresses,
et vous ne partirez que demain soir ; je vous
attendrai à Bruxelles. — Il se promena dans
l'appartement avec une dignité raide, qui semblait comme un défi aux chagrins. — Je vous
remercie, mon cher duc, disait-il en marchant,
d'être venu visiter la solitude de mon départ ; du

moins une main amie aura serré la mienne.....
ô mon Dieu!... — Il tressaillit.

On entendit le bruit d'une chaise de poste,
qui s'arrêta devant la porte de l'hôtel. James
parut, tenant un flambeau; ils descendirent. Les
domestiques étaient sous le vestibule; Donald
leur adressa des adieux qui leur arrachèrent des
larmes. Salvador le serra dans ses bras... Il sentit sur sa joue la joue de Donald toute mouillée
de larmes...

La chaise de poste partit.

Salvador, debout et enveloppé dans son manteau, la regardait s'éloigner. A voir son attitude
fixe, on eût pensé qu'il était recueilli et comme
enseveli dans sa douleur; mais, en s'approchant
de lui et en l'examinant, on eût frémi de voir
un rire atroce et muet agiter ses lèvres.

XXI.

Morale médicale.

Les deux lettres furent remises par le domestique de lord Donald : la première à madame de Nelvoisy, la seconde à la baronne de Livrange. Il exprimait à Constance son regret de quitter Paris, et il lui demandait pardon pour le passé, et un peu d'amitié pour l'avenir.

Voici ce qu'il mandait à madame de Livrange, dans une lettre pleine de désordre :

« Vous comprendrez, madame, tout ce que
« mon brusque départ a de douloureux..... Je
« n'ai pas le droit d'écrire à mademoiselle d'Es-
« tanceley ; sa famille paraît si prévenue contre
« moi, que cette démarche abîmerait mes espé-
« rances au lieu de les relever, et je les veux
« garder ; elles me sont bien chères !.... Oh !
« croyez-le, faites-le croire à mademoiselle d'Es-
« tanceley, je vous en conjure à genoux !... J'écris
« cette lettre quelques instans avant mon dé-
« part, et je vous prie d'excuser le peu de liai-
« son de mes idées.

« Mon grand malheur est de me savoir cou-
« pable, ma grande confusion, de ne pouvoir
« me justifier aux yeux de mademoiselle d'Es-
« tanceley ni aux vôtres..... et pourtant je suis
« digne de pitié, de pardon, peut-être !...

« Mademoiselle d'Estanceley est jeune, elle
« peut attendre..... et je puis reconquérir son
« estime !.... Ne mettez pas l'irrévocable entre le
« bonheur et moi.....

« Je ne sais d'où part la trahison qui me

« frappe ; mais, à coup sûr, c'en est une.... Il me
« sera bientôt permis de revenir en France ; j'en
« ai l'espoir..... Madame, ma destinée est en vos
« mains ; vous pouvez la mettre en pièces ou la
« jeter au feu , en même temps que ma lettre.....
« Oh! vous ne le ferez pas..... Croyez qu'il y a
« assez de noblesse d'âme en moi pour appré-
« cier l'important service que vous me rendrez,
« et surtout pour m'efforcer d'en être digne un
« jour.

« DONALD. »

Dès le matin, avant que cette lettre pût être
remise, Salvador, inquiet, se trouvait chez le
docteur. Assis près d'un bon feu , il lui racon-
tait les détails du départ nocturne de lord Donald , jetant avec art sur son récit une légère
teinte de tristesse. — Il est réellement dommage, mon cher docteur, qu'il soit atteint de
cette hypocondrie qui le rend si importun à ses
meilleurs amis. Madame de Staël disait, avec
cette justesse et cette finesse d'aperçus em-

preintes sur presque toutes ses paroles, qu'il est des hommes qui marchent sur des fleurs et s'étonnent de les flétrir ; eh bien ! lord Donald marche sur le repos et le bonheur des autres en s'étonnant de les froisser.

— Vous avez raison, mon cher duc ; manie, hypocondrie, voilà ! développement de la rate et du foie, sécrétions bilieuses, système nerveux irritable, digestions paresseuses, voilà tout le caractère de notre jeune homme.

— Votre peinture du caractère de Donald est originale, dit Salvador en riant ; elle scandaliserait fort un poète ou un spiritualiste, c'est tout un.

— Peu m'importe ! Quand j'entends parler de morale, je songe à la physiologie, où elle est renfermée ; si j'en avais le temps, je composerais un traité de la guérison des passions par la médecine.

— Ainsi, vous guéririez l'intempérance par la diète, vous opposeriez aux passions les ordonnances du formulaire pharmaceutique ; ainsi, vous traiteriez une fièvre d'amour par des émissions sanguines et le quina!

— Selon les cas et les sujets. Et pourquoi pas, s'il vous plaît? On pourrait étudier les intermittences, apposer de la glace à l'occiput et à l'épigastre avant la déclaration, appliquer des moxas et les sinapismes dans les circonstances extraordinaires et avoisinant la folie.

Salvador riait aux éclats, et le docteur riait lui-même; mais il persistait à soutenir que son système était tout aussi discutable qu'un autre, et qu'il ne tenait qu'à lui de se voir traité d'homme de génie en lui donnant de la publicité.

— Vous êtes sans doute d'avis, avec Hippocrate, qu'il faut attaquer la cause du mal et la prévenir.

— Sans doute. « Opposez-vous aux principes du mal », a dit aussi Lucrèce.

— Ainsi, reprit-il plus gravement, votre fille chérie par une sorte d'adoption, mademoiselle d'Estanceley, mérite toute votre attention. Vous

24*

avez observé que notre pauvre Donald la préoc-
cupait un peu.

— Oh ! l'impression a été des plus vagues et
des plus fugitives.... Bah !...

— Toujours est-il que vous l'avez combattue,
et que votre intention est d'écarter de votre
bien aimée pupille les dangers de cet intérêt
pour un homme incapable de la rendre heureuse.

— Vos prémisses sont posées à merveille.

— Voici la conclusion. Lord Donald a écrit
à madame de Livrange ; sans doute veut-il se
rappeler au souvenir de mademoiselle d'Estanceley. C'est à vous de voir s'il est opportun et
sage que cette confidence arrive à son adresse.

— Parbleu, non ! dit Jernier en sonnant avec
force ; et j'y mettrai bon ordre ; madame la
baronne voudra ce que je voudrai à cet égard,
et si lettre il y a, la lettre sera jetée au feu ;
voilà !... — Germain, attelez le cabriolet.

— Mon cher docteur, votre grand moyen
d'influence sur la baronne est la sûreté de son

mari, qui pourrait être compromise par lord Donald, si....

— Oui; homme à éloigner : je sais, je sais; fou dédaigneux, qui rejette tous les conseils qu'on lui donne.

— Vous comprenez aussi que je ne dois pas paraître avoir contribué à votre démarche, qui émane de votre seul attachement pour la famille d'Estanceley, à laquelle vous avez déjà rendu tant de services!

— Très bien : certes, mon zèle n'a pas besoin d'être réchauffé.... Pardonnez-moi, mon cher duc, si je prends si tôt congé de vous.

— Au revoir, mon cher docteur. Présentez mes hommages à la famille d'Estanceley, je vous en prie; et point de façons entre nous !...

Le docteur, dans un secret entretien avec madame de Livrange, lui démontra que Donald serait un malheur vivant attaché à la pauvre Résignée, si elle se mariait avec lui; qu'il fallait la guérir du commencement d'affection qu'elle éprouvait pour ce vaniteux personnage,

qui n'écoutait aucun conseil, et dont les inconséquences politiques pourraient perdre M. de
Livrange..... Ces considérations furent toutes
puissantes ; le secret fut promis, et la lettre de
Donald jetée au feu.

XXII.

En attendant le Thé.

Il y a pour les êtres souffrans et doués d'une
haute sensibilité, une sorte de consolation fière
et muette à se réfugier en eux-mêmes contre
les hostiles froissemens du monde, et à mettre
Dieu seul dans la confidence de leurs peines.
Dès l'origine de ces attaques partielles que font

les intérêts envahisseurs, leur âme blessée
s'étonne, s'agite ; puis, incapable d'une longue
lutte pour de telles mesquineries, elle aime à
se bercer dans ce délaissement d'elle-même,
qui est doux comme le repos et le calme de la
conscience. Elle abandonne ainsi une à une
toutes les choses de la terre, se retournant à
chaque perte pour la regretter un moment, et
s'enfonçant de plus en plus dans la solitude et
dans l'abandon volontaire de ce que les autres
tiennent à si haut prix. Les intérêts rivaux,
trouvant si bon marché de ces cœurs-poètes,
les chassent de leur place au soleil pour agrandir
la leur ; et ils ont, en agissant ainsi, des pré-
textes spécieux tout prêts, car on est bien fort
contre un être qui ne daigne pas se défendre.

La poésie ne consiste pas seulement à formuler des images, à les couvrir des fleurs
de l'expression harmonique et pittoresque, à
les rhythmer, à les prosodier, à les balancer
mollement par le retour régulier des rimes
sonores ; la poésie a une plus haute mission que

celle de chatouiller l'oreille; elle doit embaumer et fortifier l'âme. Irrévélée, elle existe en bien des âmes silencieuses ; elle n'a souvent d'autre langage que des soupirs et des élans pieux, et celle-là est, de toutes les poésies, la plus agréable à Dieu peut-être.

C'était celle dont se consolait Résignée. Elle n'osait plus se fier à ses propres inspirations, depuis qu'elle avait vu celle qui l'attirait vers Donald si indignement trompée, et pourtant elle y tenait encore, elle aimait toujours. Et que pouvait-elle de plus contre les ennuis de ce monde extérieur, sous la dépendance duquel elle entrait chaque jour d'un pas; car si la loi civile a réglé l'émancipation des biens et de la personne, elle est bien insuffisante à l'égard de la femme, si esclave de l'opinion, et qui, au dire de madame de Staël, doit s'y soumettre quand un homme peut et doit la braver. Lorsque vient à manquer la loi chrétienne, qui compensait ce désavantage par ses solennelles garanties, que reste-t-il à la femme? la coquetterie, l'adresse,

la ruse, la perfidie au besoin..... Il en est quelques unes qui dédaignent ces moyens de défense. Alors celles-là souffrent, se délaissent
elles-mêmes, se perdent, ou se réfugient en Dieu.

Honteuse de sa première déception, con-
firmée dans son effroi à l'aspect du monde, elle
reconnaissait pour elle la nécessité d'un patro-
nage dont l'expérience devint son expérience;
elle se laissait aller à celle du docteur et de la
baronne de Livrange, qu'elle voyait heureuse;
et nous marchons toujours au bonheur, qui est
la loi de tous les êtres.

Depuis quelque temps on vivait plus en famille à l'hôtel d'Estanceley : toutes les semaines,
régulièrement, les *intimes* seuls s'y réunissaient;
on y prenait le thé, on faisait de la musique,
on causait. Salvador et le docteur y dominaient;
les acteurs les plus assidus de ces soirées étaient
M. et madame de Nelvoisy, le baron et la
baronne de Livrange, M. de Chanuzac, Firmin,
le banquier Ganeville et sa femme, qui n'avaient
nul autre accès dans le faubourg Saint-Germain,

et n'étaient guère admis par les d'Estanceley
que grâce au *sans cérémonie* de ces réunions
hebdomadaires. On en bannissait autant que
possible la politique, qui, subtile et pétulante,
trouvait encore le moyen de s'y glisser. M. de
Chanuzac, le très soumis apologiste du ministé-
rialisme, se raidissait contre toute innovation,
et terminait sans cesse par ces mots : « Et telle
est l'opinion du ministère », comme Caton par
son éternel *et delenda est Carthago.* Ganeville
et le baron argumentaient contre lui, pendant
que Firmin fronçait le sourcil et jetait çà et là
quelques monosyllabes. Le docteur riait scepti-
quement de toutes ces opinions furibondes ; mais
Salvador, seul, avait le privilége de trancher
les questions par quelques paroles originales
lancées à propos.

Pendant ces discussions, les dames s'établis-
saient sur un canapé et causaient modes, théâtre,
musique ; Salvador, glissant sur son triomphe
accoutumé, venait s'asseoir vis-à-vis d'elles, et
se montrait aussi léger qu'il avait été profond ;

il traitait les choses sérieuses comme des bagatelles, et les bagatelles comme des choses sérieuses. En dépit des plus touchantes douleurs possibles il amusait. Madame de Nelvoisy y avait déjà laissé la sienne. Résignée assistait là comme à un spectacle étranger, qui par instans l'intéressait. Notre frêle organisation ne tiendrait pas long-temps à un chagrin continuel et concentré; les peines les plus constantes du monde ont toutes leurs momens de repos et d'oubli.

Un soir, on s'établissait commodément autour du feu; Salvador n'arrivait pas, et l'heure du thé approchait.

— Monsieur le duc d'Alvida nous fait défaut, disait madame de Nelvoisy.

— C'est singulier, disait le vieux comte, tirant ses deux montres et les comparant avec la pendule; il est pourtant neuf heures et demie, la moyenne proportionnelle gardée.

— Mesdames, mesdames, dit le docteur avec solennité, au risque d'être indiscret, je vais vous conter une anecdote qui le disculpe, et qui,

sans doute, est cause de son retard. — Tout
le monde prête l'oreille et se rapproche. Jernier
prend lentement une prise de tabac, et se pose
comme un orateur sûr de l'effet qu'il va produire.

— J'exige préalablement une grande discrétion sur ce que je vais dire; M. le duc d'Alvida
doit ignorer surtout par quelle fissure son secret s'est échappé.

— Soyez-en certain, docteur.

— C'est prodigieux, dit M. de Nelvoisy, comme
vous commencez avec mystère; et je vous assure,
en vérité, que....

— Silence!

— Tais-toi donc, mon ami.

— Il n'y a rien de mystérieux dans le fait.
Écoutez : Le duc avait, aujourd'hui même, je
ne sais quelle affaire au quartier latin; il traversait des rues sombres, étroites, humides, éton-
nées de voir un équipage; la nuit tombait, les chevaux glissaient sur un pavé fangeux, ils allaient
au pas, quand une vieille femme ouvre brusquement la portière, et s'écrie : — Vous êtes

riche, monsieur; venez, si vous avez une âme
charitable et compatissante, venez au secours
d'un malheureux étudiant qui veut se tuer, car
il a des dettes et pas de pain. — M. le duc
s'élance, sans attendre qu'on abaisse le marche-
pied, dans une allée infecte, et grimpe à tâtons
à un sixième étage; il pénètre dans une man-
sarde, où gisait, sur un grabat, un jeune homme
affaibli par un long jeûne et par une fièvre
lente, causée par des privations inouïes; et sa
chétive nourriture, malsaine, irritante, lui man-
quait depuis la veille. Il n'obtenait plus de
crédit; sa vieille voisine végétait presque aussi
misérable que lui. Le premier soin de M. le
duc est de faire acheter par la vieille femme
des alimens; puis il m'envoie chercher dans son
équipage. Je l'ai trouvé assis au chevet de l'infortuné.

— Que c'est touchant! s'écria madame de
Nelvoisy.

— Cela est bien, dit simplement Résignée.

— N'est-ce pas, mon ami, que c'est d'un bon,

d'un noble cœur ? dit madame de Livrange, en se tournant vers son mari.

— Ce jeune étudiant avait mis, continua le docteur, tous ses effets, l'un après l'autre, au Mont-de-Piété, non par inconduite, mais par misère, pour avoir quelques bouchées de pain. Ses parens se trouvaient réduits à l'impossibilité de lui envoyer de l'argent, et lui, à celle de prendre un état manuel, un métier qui répugnait à son éducation.....

— Universitaire, s'écria M. de Livrange. L'université n'a qu'un vieux moule pour toutes les éducations, pour tous les cerveaux; elle leur donne à tous la même empreinte, sans s'inquiéter s'il faut des spécialités pour la société, si les organisations sont diverses, les besoins différens. Peu lui importe : elle vend son instruction suivant la formule ; elle empoisonne à droite, à gauche, et elle se proclame immuable.

— Il nous faut des écoles industrielles, s'écriait Ganeville, des écoles intermédiaires ; l'instruction publique doit être libre comme l'air.

Un corps enseignant ne peut pas plus décréter qu'on s'instruira de telle ou telle façon, que la faculté de médecine ne peut enseigner un nouveau mode de respirer, unique, et dont elle aura le monopole, ouvrant des réservoirs d'air respirable, selon le prix!

— C'est infâme!

— Messieurs, le ministère pense....

—Messieurs, il faut en revenir aux oratoriens et aux jésuites....

— Messieurs, il fallait, s'écria le docteur, il fallait au jeune étudiant des bouillons et des toniques, car la fièvre provenait d'épuisement; il fallait les lui administrer par petites doses, et le duc a surveillé lui-même l'accomplissement littéral de mon ordonnance; il fallait des habits, des couvertures, une chambre plus aérée, le duc, avec son activité et sa précision ordinaires, a tout vu, tout fait; le pauvre étudiant a été transporté dans un appartement voisin, vacant et commode : il fallait de l'argent, le duc l'a prodigué; il fallait de la délicatesse, le duc re-

cevait avec une bienveillance affectueuse les re-
mercîmens, les bénédictions du malade, qui
se nomme Planégiste. Le duc a été admirable,
et il a suivi mes conseils. Voilà, messieurs les
théoristes, voilà!

— L'excellent jeune homme! dit dévotement
madame Ganeville.

— Il n'en reste pas moins vrai, docteur, ré-
pliqua le baron, que nous avons raison, M. Ganeville et moi.

— Bah!.... que sais-je?....

Le comte, qui s'amusait de ces débats, prêta
l'oreille et dit : — C'est lui! — La porte s'ouvrit
avec bruit, et Salvador entra. A l'empressement
avec lequel on l'accueillit, il devina l'inévitable
indiscrétion du docteur; mais il ne laissa rien
pénétrer de sa découverte. Au même instant,
comme s'il eût obéi à l'arrivée du maître de la
maison, un domestique apporta un plateau
chargé de brillantes porcelaines, et l'on servit
le thé.

XXIII.

La petite Bibliothèque.

Oh ! une bibliothéque à la campagne, dans
un pavillon entouré de verdure et de fleurs,
d'anémones aux corolles variées, de campanules
dont les calices découpés tournent en volutes,
d'odorantes jonquilles , de ces nombreuses familles de roses aux cent feuilles, aux cœurs

verts! Une bibliothéque dans un pavillon d'où
l'on voit fuir un cours d'eau claire, où les oiseaux viennent s'ébattre, où le chant gai de la
fauvette à tête noire succède aux notes plain-
tives du rossignol, où l'hirondelle tournoie en
voletant le long des hautes fenêtres et y bâtit
sans crainte son nid hospitalier; une bibliothéque bien choisie, formée d'ouvrages élevant
le cœur à Dieu; une femme qui vous aime,
et qui vient lire près de vous en s'appuyant sur
votre épaule..... est-il un seul de vos bonheurs
fébriles qui vaille la tranquillité de ce bon-
heur-là? Oh! le repos et les tendresses d'un mariage bien uni dans une retraite occupée, modeste, où le fracas, le luxe et les plaisirs de la
ville ne viennent pas décolorer et désenchanter
les champs!.....

La situation de la bibliothéque du château
d'Estanceley était celle que nous venons de décrire; et Donald, s'y trouvant un jour avec
Firmin et Résignée, avait dit : — Ici on doit
être heureux, ou l'on ne le sera jamais! — Ré-

25*

signée avait recueilli, accepté ce doux oracle,
et l'oracle mentait si tôt!

L'hiver s'écoulait dans un retour de réunions
pénibles pour la jeune fille, et dont elle sup-
portait les brillantes tortures avec un courage
intérieur; on la pressait de faire un choix, et
Salvador était visiblement favorisé par la famille.
Mars allait finir; déjà le vieux comte parlait de
retourner à la campagne, dont l'air le révivi-
fiait; Résignée soupirait après la solitude, où
elle aurait quelques instants à elle pour se ressouvenir et pleurer; elle fut chargée d'inspecter
le château, et de veiller à ce que tout y fût en
ordre pour le retour. Elle partit avec sa femme
de chambre et l'homme d'affaires. Pendant
qu'on exécutait les ordres qu'elle avait donnés,
elle sortit seule du château avec un léger paquet sous le bras, et alla chez la petite Jeanne,
l'orpheline qu'elle faisait élever par une vieille
femme du village.

Elle lui portait quelques effets de toilette et
sa pension de chaque mois. Jeanne était une

assez gentille enfant de onze ans, blonde et fraîche sous sa cornette plissée, apprenant à ouvrer le linge, à traire les vaches, à écrémer le lait, à baratter le beurre; elle couvrit de baisers la main de sa bienfaitrice, qui la pressait dans ses bras et lui demandait compte de l'emploi de ses journées, pendant que la vieille en rendait un bon témoignage. Résignée lui dit :

– Jeanne, je suis contente; allons, viens te promener avec moi. — Jeanne sauta toute joyeuse, prit une coiffe, un mouchoir de cou blanc, donna la main à Résignée; elles sortirent.

En passant, elles voient la porte de la maison d'école ouverte, la classe déserte; elles entrent, traversent une cour plantée de pommiers, et pénètrent jusque dans un petit jardin. Là était l'étroit cabinet du pauvre Baptiéret, une table en noyer, une chaise d'un travail grossier, et une petite bibliothèque formée de planches de sapin clouées dans le mur; les belles éditions, les étincelantes reliures des livres donnés par

lord Donald, placés auprès de quelques autres
moins élégans, présens de Résignée, contras-
taient avec les bouquins dépareillés, achetés
sur les quais de Paris. Bizarre assemblage!....
Une treille, à présent dégarnie de pampres,
serpentait autour de la porte et de la fenêtre;
vis-à-vis, des touffes de lilas et de chèvrefeuille
bourgeonnant, attachées à des pieux et à des
cerceaux, figuraient un berceau pour l'été. Baptiéret, penché sur un livre, n'entend point les
pas légers de l'enfant et de la belle protectrice;
mais Jeanne se prend à rire de l'immobilité du
jeune villageois, il se lève confus, rougissant
jusque dans les yeux. Résignée sourit, entre et
s'assied; puis sa parole commencée s'interrompt
et se brise sur ses lèvres, quand elle aperçoit
les livres de Donald, que leur éclat indique à
son souvenir.

— Ce sont, dit Baptiéret, les beaux livres que
milord m'a donnés, mademoiselle; aussi, j'en ai
grand soin.

Résignée ne répondait pas; ses yeux, fixés

sur les reliures, se voilaient. — Oh, comme elle l'aime! pensait Baptiéret.

— Il est parti! murmura-t-elle.

— Parti!

— Oui; il a été compromis dans une affaire politique, et il a quitté précipitamment la France.....

— Oh mon Dieu!.... il doit être bien malheureux, alors!

Elle tressaillit à cette exclamation; puis, se remettant, elle pensa que Baptiéret n'y attachait pas le même sens qu'elle.

— Oh! les Anglais sont cosmopolites, ajouta-t-elle, et tous les pays leur sont bons; ils ne font que passer.

— Faites-moi excuse... mais, en vérité, il me semble que mademoiselle ne rend pas aujourd'hui à milord la justice qui lui est due..... J'ai trouvé, dans un des livres qu'il m'a donnés, une preuve..... de son bon cœur. — Il hésitait en parlant, et n'osait ni continuer ni montrer le livre.

— Et quel est cet ouvrage ?

— Un ouvrage d'un poète anglais, nommé Tompson, que je suis bien loin de pouvoir comprendre encore.

— Voyons, Baptiéret.

— A la vérité, j'ai beaucoup travaillé pour traduire le passage ; la preuve dont je.....

— Voyons, voyons !

— J'ai cherché tous les mots les uns après les autres dans le dictionnaire, et j'en ai trouvé le sens..... — Il ouvrit d'une main tremblante le Tompson, et lut :

A HYMN ON SOLITUDE.

Hail, mildly pleasing solitude,
Companion of the wise and good !

— C'est-à-dire ?

HYMNE SUR LA SOLITUDE.

Salut ! douce et attrayante solitude,
Compagne de la sagesse et du bonheur.

— Eh bien ?

— Eh bien ! lord Donald a écrit en marge ces mots : *Oh, certainly! but with her.*

— Ce qui signifie ?

— « Oh, certainement ! mais avec elle. »

Elle regarda ; l'écriture était récente.... Elle ferma le livre, et le rendit au pauvre Baptiéret avec une dignité qui le déconcerta ; mais, pendant qu'il le replaçait dans le rayon, un soupir étouffé passa inaperçu entre les lèvres de Résignée.

Elle reprit la main de Jeanne, abaissa son voile, et sortit. Baptiéret la suivait, craignant que la reconnaissance ne l'eût entraîné trop loin !...

— Ah ! voilà les petits garçons qui viennent à l'école, disait Jeanne.

— J'étais venue voir si votre père n'avait pas besoin d'argent pour payer la vache qu'il a achetée.

— Mademoiselle est la bonté même, et que Dieu la bénisse ! Grâce à ses secours, notre vache est payée. Mon père ne tardera pas à rentrer pour la classe ; il sera désolé d'avoir été absent. Si mademoiselle le permet, il ira la remercier au château.

— Je le verrai toujours avec plaisir.

— Si l'on avait besoin de moi....

— Non ; aidez à votre bon père, Baptiéret; restez.

Les petits garçons se groupaient à l'entrée de la classe, et se découvraient en voyant passer mademoiselle d'Estanceley. Arrivée à la porte, elle congédia Baptiéret par un geste affable, mais plus réservé que d'habitude; puis elle dit à Jeanne : —Va, ma petite amie; retourne travailler, et sois bien sage. — Jeanne baisa la main de sa bienfaitrice, et s'en alla.

Quand Résignée fut seule, elle entra dans un chemin de traverse qui conduisait, en montant, à une des issues latérales de l'avenue ; là, elle laissa couler ses larmes; là, elle se demanda à qui Donald songeait en écrivant la note. A elle, ou à madame de Nelvoisy?.... Elle fut quelque temps occupée à reprendre sa sérénité pour rentrer au château.

XXIV.

Funeste Rencontre.

Résignée retourna, le soir, à Paris. Il régnait un air tiède, avant-coureur du printemps; elle ordonna à ses gens, avant de monter en voiture, de quitter la grande route à Versailles, et de prendre les chemins de traverse par Roquencourt, la Celle, Saint-Cloud et Bougival, afin de

rejoindre la route de Saint-Germain : des souvenirs s'y attachaient pour elle.

La Celle Saint-Cloud est moins un village
qu'un groupe de maisons au milieu des bois.
Saint Clodoald, disent les traditions, y eut sa
cellule. Ce pays garde encore un attrait qui y
rend la solitude douce; c'est un parc naturel,
gracieux, divers, sauvage même en quelques
parties, où la variété des arbres, les inclinaisons
de plans, les contrastes inattendus, la multitude
des plantes, le silence, qui n'y est pas troublé
par les oisifs promeneurs de Paris, le calme, la
beauté des perspectives, tiennent presque toujours l'attention en éveil. Parfois on s'enfonce
dans des gorges étroites, parfois on arrive à des
carrefours où les routes s'embranchent, où des
percées vous mettent en face d'un vaste paysage.
Ici l'horizon est découpé par une frange de
peupliers ; là se dessinent les belles lignes de la
machine de Marly. De ce côté apparaît dans son
encadrure d'un vert foncé, la blanche maison
de Beauregard; de celui-là se déroule la Seine,

au pied de Saint-Germain, et de son vieux
château aux briques rougeâtres, où sont tant
de souvenirs de nos rois ; quand le soleil, se
couchant derrière Lucienne et les arcades de
l'aquéduc, jette à travers les arbres des jours
variés, des nuances à l'infini, et comme une
poussière enflammée, vaporeuse, alors on ra-
lentit son pas, on contemple, et il vous semble
qu'on serait plus heureux encore de trouver près
de soi à qui communiquer la plénitude et le re-
cueillement de son bien-être.

Plusieurs années de sa jeunesse s'étaient
écoulées en ces lieux ; elle les traversait, et sa
pensée revêtait les arbres d'une verdure encore
absente. Elle songeait aux personnes qui lui
avaient fait ces lieux si agréables ; puis, comme
elle se sentait triste des impressions de la
journée, elle s'étudiait à en effacer l'empreinte
sur ses traits, en attendant qu'elle pût en effacer les souvenirs en son âme. —S'il ne m'a pas
aimée comme je méritais de l'être, pensait-elle,
c'est qu'il ne m'a pas connue telle que je suis.

La voiture passait devant la porte principale
du bois de Boulogne, au milieu de l'obscurité
déja tombée, quand Résignée entendit une voix
gémissante crier au cocher : — Arrêtez, au nom
du ciel, arrêtez!... on vous demande un service...
arrêtez! — Le cocher fouettait ses chevaux; ils
prenaient le galop. La personne qui réclamait
secours était à cheval, et galopait aussi dans
une contre-allée. — Au nom de l'humanité,
criait-on encore, je ne vous veux aucun mal...
c'est un jeune homme blessé!... — Résignée croit
reconnaître ce son de voix, tire le cordon, et la
voiture s'arrête enfin. Voici ce qui avait occa-
sioné cette scène.

M. d'Estanceley, chevalier de l'ordre de Saint-
Louis, décoré d'un ordre russe, venait d'être
créé légionnaire. L'étoile de l'honneur, si res-
plendissante sous l'empire, avait été attachée
sur sa poitrine par le prince royal lui-même,
dans la cour des Tuileries, à la garde montante.
Salvador assistait complaisamment avec le docteur à cette cérémonie militaire, tant profanée!

Lorsque le brillant lieutenant-colonel reçut l'accolade chevaleresque, Salvador entendit près de lui frissonner un rire amer. Il se retourne, et voit l'officier en retraite, aux moustaches grisonnantes, aux yeux fixes et verdâtres. Toujours cet homme étrange!... L'œil attaché à cette scène qui l'indigne, il tourmente, d'une main convulsive, le ruban rouge noué à sa boutonnière; enfin il le cache en croisant sa redingote. La troupe défile; le jeune d'Estanceley reste quelque temps au milieu de l'état-major, et rejoint ses amis. La foule s'écoule indifférente ou rieuse; mais l'officier en retraite demeure, lui!

Il suit obstinément de rue en rue le lieutenant-colonel, qui rentrait à l'hôtel avec le duc et le docteur. Ils arrivaient à la porte cochère quand l'homme qu'une haine inexplicable retint sur leurs pas, coudoie M. d'Estanceley, qui se retourne, mais ne laisse tomber sur lui qu'un dédaigneux regard.

Le lieutenant-colonel reçut en costume les

visites et les félicitations des officiers de son corps. Avant le dîner, auquel devaient assister Salvador et le docteur, d'Estanceley tout joyeux proposa une promenade, et contraignit gaîment le docteur à monter à cheval : l'homme aux moustaches grises les attendait au coin de la rue, toujours immobile, pâle, l'œil fixe, égaré. D'Estanceley passe auprès de lui, et un frisson lui parcourt les membres.

Cet homme opiniâtre les suit encore; son pas agile devance même le trot des chevaux. Il court plutôt qu'il ne marche; et pourtant son bras gauche contient sous sa redingote les gardes de deux épées. Il a rencontré à l'entrée des Champs-Élysées, un de ses amis de bivouac; il lui parle vivement, s'avance avec lui vers les cavaliers attentifs, inquiets, et dit en montrant du doigt d'Estanceley : — Tiens, le voilà, ce blanc-bec qui a été décoré ce matin, et dont je veux châtier les dédains et l'insolence. — A cette insulte, le jeune homme, frémissant de colère, se penche sur son cheval, et avec cette fierté aristocratique qui ne le quittait jamais :

— Monsieur, j'ignore qui vous êtes; mais je saurai sans doute, au bois de Boulogne, si vous méritez l'honneur d'une réponse.

— A merveille, monsieur le lieutenant-colonel, répondit-il avec plus de courtoisie; j'aurai alors l'avantage de vous dire qui je suis.

Le docteur pousse un soupir; Salvador s'incline vers d'Estanceley, et lui dit gravement : — Votre réponse a été convenable.

— Je ne souffrirai jamais, dit le docteur, que vous vous battiez avec ce fou. Vous n'avez aucune relation avec lui, je pense?

— Aucune; je l'ai souvent rencontré, mais sans lui donner la moindre attention : nous allons savoir qui il est, et s'il est digne de recevoir une leçon de ma main.

On arrive au bois, on s'enfonce dans les allées solitaires, on choisit un terrain; les chevaux sont attachés aux arbres. On va d'abord s'expliquer, car on doit se connaître avant de se battre; la mort a des préliminaires cérémonieux

I. 26

dans le duel. Les épées sont encore dans le fourreau. Les deux adversaires marchent l'un contre l'autre. Le lieutenant-colonel dit, avec une noblesse voisine de l'arrogance : — Je suis monsieur d'Estanceley, lieutenant-colonel.

— Je suis monsieur Dermondy, Provençal, ex-lieutenant colonel du régiment où vous commandez....

— Vous, monsieur?

— Licencié en 1815, lorsque j'étais encore à l'hôpital, malade d'une blessure reçue dans la poitrine à Waterloo; j'ai dix-neuf campagnes et huit cicatrices sur le corps. Mes services valent-ils votre nom?

— Il est alors inconcevable, dit le docteur en s'avançant, qu'un brave officier tel que vous en vienne insulter un autre. Le point d'honneur est une stupidité, quand il repose sur des regards équivoques ou des paroles qui peuvent être amendées. Dites-moi ce que votre honneur gagnera à vous tirer l'un ou l'autre quelques palettes d'un sang nécessaire à l'équilibre de

vos humeurs et au jeu de vos organismes. Le
duel n'est plus qu'un non-sens dans notre civilisation. Il ne faut qu'un peu de vrai courage pour
avouer et mettre en pratique cette opinion assez
généralement reçue. N'aurez-vous pas ce cou-
rage-là, mon brave monsieur Dir.... Dermondy?
Croyez-moi, il est plus difficile que celui qui
consiste à rester une demi-journée devant des
balles et des boulets sans trop savoir pourquoi, ce qui est encore assez stupide..... et
puis, en quoi êtes-vous lésé? M. d'Estanceley se
trouve lieutenant-colonel du régiment dans lequel vous avez eu ce grade; et bien, après? Son
opinion prévaut aujourd'hui, la vôtre prévaudra
peut-être demain : vous deviendrez alors lieutenant-colonel au service du pouvoir établi, et lui
simple particulier. Ces opinions ne sont que
des fadaises, et ne méritent pas que d'honnêtes
gens se phlébotomisent si dangereusement;
ensuite....

— Assez, assez! cria vivement d'Estanceley.

— Monsieur, dit Salvador, reconnaissez que

26*

vous regrettez de vous être servi d'expressions inconvenantes en parlant de M. d'Estanceley, et tout sera fini.

— Des réparations! moi! envers un des privilégiés spoliateurs de nos grades, que nous avions acquis par tant de dangers, de fatigues et de sang!... Des réparations! non!... J'étais d'un caractère doux, monsieur, et je me suis exaspéré le cœur au milieu des humiliations, des injustices, des dégoûts, des injures dont on nous accable tous, nous, soldats de la grande-armée, qui n'avons d'autres torts que d'avoir vaincu l'Europe et défendu le territoire de la patrie, pied à pied, un contre dix; nous avons été trahis, ensuite garrottés, afin qu'on pût nous vaincre en sûreté, tout à son aise.... Et quand je vois le dédain sur les traits de nos voleurs de grades, de nos profanateurs de décoration, je deviens ivre de rage; et ces regards de mépris, je les ai trouvés souvent dans les yeux de monsieur, qui sourit encore de pitié.

— Allons, l'épée à la main.

— A l'épée ! d'accord.

— Arrêtez, d'Estanceley ! s'écria le docteur ;
mais, monsieur Dermondy, vous n'avez nul droit
d'attaquer ce jeune homme.... Laissez-moi parler.... messieurs je ne saurais autoriser par ma
présence le scandale de ce duel.... je suis le
conseiller et l'ami de la famille.... Si vous connais-
siez sa sœur, si jeune et si belle, vous auriez regret aux larmes que vous lui coûterez peut-
être.... Écoutez votre cœur, la raison....

Le témoin de Dermondy avait, pendant ces
vives explications, allumé un cigare et fumait
tranquillement, tenant à la main l'épée nue qui
devait servir à son ami. Dermondy se tourna
vers lui, et lui dit en riant :

— Sont-ce bien des pékins de la restauration,
au moins !

— C'est assez souffrir les outrages de cet
homme, — dit d'Estanceley ; et il ôta son habit.

— Mon cher Jernier, dit Salvador, laissez
M. d'Estanceley venger son honneur outragé.

— Mais je ne vois pas, morbleu ! répondit-il

en s'échauffant, ce que son honneur en souffre ;
et je prouverai à monsieur que le duel est infâme,
que son courage de spadassin me fait pitié... Ne
riez pas, monsieur le duelliste, ne riez pas; mes
raisonnemens sont logiques, irréfutables; oui,
le duel est infâme, je vous le prouverai.... Et
d'abord, vous n'avez aucun motif pour vous
battre contre ce brave et digne jeune homme....

— Aucun motif! Son dédain de lui, blanc-
bec, à moi, vieux troupier, ce n'est rien !.... Je
vous dis que la douleur et la fureur me crispent
les nerfs quand je vois ce mépris. Quoi! ces pékins en uniforme nous passeraient impunément
sur le ventre, à nous, incapables par nos bles-
sures de gagner notre vie; à nous, qui recevons
des coups de crosse sur les jambes à leurs ridicules parades; à nous, vides et épuisés de sang!
Ils se distribuent nos épaulettes, mangent notre
pain, crachent sur nos glorieuses campagnes,
salissent nos rubans et nous poursuivent de regards dédaigneux, sans qu'il nous soit permis de
sourciller !.... Au diable vos raisonnemens !....

Entre nous c'est l'affaire de l'épée ou du pistolet, au choix ; et je vous déclare que pour mon
compte j'en ai descendu à terre plus d'un !

— Mais c'est horrible ! Vous êtes en démence...

— Nommez d'un autre nom toutes les angoisses physiques et morales que j'ai endurées...
Votre jeune homme me paiera cher son mépris,
car ce combat est un combat à mort !

Il jeta son habit à terre, pendant que Salvador
et d'Estanceley se parlaient. Thonnier lui présenta son épée, et la lui attacha autour du poignet
avec un mouchoir.

— Finissons-en, dit d'Estanceley avec une
élégante fatuité ; mon cher docteur, retirez-vous,
je vous en conjure ; au nom de l'amitié, retirez-
vous !

— Me retirer !.... Non ! c'est une horreur !....
Je suis trop attaché à votre famille pour la tolé-
rer..... je ne veux pas ce combat, je m'y oppose...
Monsieur Dermondy, je suis un honnête homme,
et je vous déclare que votre conduite est indigne !.... entendez-vous ? indigne !....

— Monsieur.....

— Le duel est infâme..... votre action est celle d'un lâche.....

— Moi, lâche !....

— Et je vous le prouverai..... Une épée ! en garde !

Dermondy rit d'un air farouche, tandis que le docteur, hors de lui, s'élance sur une des épées restée à terre ; il la tire violemment : mais Salvador le saisit au corps, l'entraîne à quelques pas, lui représente qu'il va déshonorer d'Estanceley, et le rassure sur son habileté à l'escrime.

Les deux adversaires croisent le fer, et le combat commence enfin. L'agitation de la lutte soutient les combattans ; mais les témoins qui en observent les chances en sont plus troublés souvent. Ici, elle s'annonce terrible : le jeune d'Estanceley est pâle, mais il manie son arme avec une légèreté redoutable. Son adversaire, calme, déploie un bras amaigri où les muscles sont en saillie : tous ses mouvemens sont calculés et son œil perçant est obstinément fixé sur celui de son ennemi ; c'est là qu'il épie les bottes les plus soudaines, qu'il pare sans effort. Le docteur suspend son haleine et suit, les mains en avant, et avec d'affreuses angoisses, les courbes rapides des épées dans l'air. Elles s'agitent, s'abaissent, s'éloignent, voltigent à quelques pouces des combattans, qui attaquent et résistent tour à tour. D'Estanceley, le premier, par une feinte vive, blesse Dermondy au cou.

— Ce n'est rien, dit-il ; nous combattrons tant que nous serons debout.

— Soit ! — s'écrie d'Estanceley. Et le combat devient plus serré, plus rétréci, plus opiniâtre, plus avide de sang. Salvador, qui a, sans y songer, gardé à la main l'épée arrachée au docteur, voit avec douleur son jeune ami faiblir et s'embarrasser devant les coups précis de son ennemi, posé comme dans une salle d'escrime. Dermondy semble le fatiguer à dessein ; enfin il fond sur lui et le perce : la pointe pénètre entre les côtes, malgré le mouvement que d'Estanceley a imprimé à son corps souple ; il pâlit, le sang coule.

— Assez, assez, messieurs ! s'écrie Salvador, relevant les épées.

— Non ! nous sommes encore debout !

— Laissez, mon cher duc, dit d'Estanceley...

— Ah ! il est duc !... Va-t'en, duc ; que je l'achève !

Le docteur s'élance ; Salvador retient avec son épée celle de Dermondy.

— Recule ; éloigne-toi, ou défends-toi, duc !... veux-tu ?

— J'accepte, — dit Salvador. Thonnier croise les bras et regarde en fumant ; il semble compter sur une nouvelle victoire pour son compagnon ; et pendant que le combat s'anime, le jeune d'Estanceley est tombé entre les bras du docteur. Dermondy a encore toute sa vigueur ; Salvador garde un sang-froid solennel : ils luttent tous deux d'adresse, de puissance fascinatrice, et de ce calme affreux qui ajoute tant à la force. Salvador recule devant son antagoniste, il l'é- branle par une dangereuse confiance, il l'abuse par une feinte mollesse de parades, il l'enivre d'un sanguinaire espoir par les progrès qu'il laisse faire à son épée ; puis , quand il voit cette attention absorbée par les chances offertes , il se raffermit soudain , rend à son bras nerveux toute sa souple vivacité , repousse son rival par une attaque impétueuse ; et , au milieu du vertige qu'il lui donne par la mobilité éblouissante de son épée , il la lui enfonce profondément dans la poitrine.

— Ah ! s'écrie Dermondy en déchirant sa chemise , juste dans ma blessure de Waterloo ! — L'arme, qu'il veut relever par un effort de rage, lui échappe de la main ; son œil s'éteint, son visage blêmit ; une écume de sang lui vient aux lèvres , il chancelle et tombe. Thonnier jette son cigare : mais le sang ne coule pas de la plaie ; l'hémorrhagie est intérieure. — Mon vieux , je suis mort, dit Dermondy ; le..... le duc se bat bien..... c'est un brave..... et respect au brave, Thonnier..... respect au brave..... entends-tu ?... L'autre n'est qu'un pékin, un blanc-bec..... il en a eu au moins trois pouces dans le ventre... Soulève-moi... que je le voie... Ah! ah! monsieur le lieutenant-colonel... Il a son compte, je crois... il ne vous regardera plus en pitié, vous autres vieux soldats... C'est un de moins... Le sang me suffoque... Adieu!... J'aurais pourtant mieux aimé mourir..... à Waterloo!.... — Il penche la tête, tend la main à Thonnier, et meurt.

Le docteur s'est dépouillé de sa chemise, l'a découpée en bandages dont il enveloppe la plaie. D'Estanceley a vu la chute de Dermondy.

— Mon cher duc, j'étais mort sans vous! dit languissamment le blessé.

— Une voiture! vite une voiture!... Montez à cheval, Salvador; amenez la première voiture venue!...

— Moi, je puis en aller chercher une à pied, dit Thonnier, car le pauvre diable est mort. — Il partit, et Salvador passa bientôt au galop près de lui. La nuit survenait; et c'est en sortant la grille qu'il rencontra l'équipage qui s'était arrêté à ses cris. Salvador, légèrement blessé à la joue, entr'ouvre la portière, et tressaille en reconnaissant les armes de la voiture, et mademoiselle d'Estanceley.

— M. le duc d'Alvida!.... qu'y a-t-il?...

— Rien, mademoiselle, rien..... restez en voiture...... et partez.

— Non!.... vous parliez d'un jeune homme blessé..... Quel est-il? vous hésitez.... C'est mon frère!....

— Eh bien!... mademoiselle, sa blessure est fort légère....

— Mon Dieu!.... où est-il?

— Dans une des allées du bois.

— Allons, allons vite.

— Mademoiselle, je vous en conjure, calmez votre agitation, une surprise trop vive serait funeste au blessé....

— Il l'est donc dangereusement?

— Non : mais vous comprenez la nécessité de prendre des précautions....

— Oh! oui, je la comprends! je veillerai bien sur moi, allez!—La voiture fit un détour et partit.

Il est des scènes qu'il faut renoncer à décrire, avec toutes leurs circonstances, sous peine d'être convaincu de ne pas connaître les limites de la parole humaine. Comment dire à la fois la surprise, la douleur concentrée qui tremble de donner une émotion fatale; l'effroi, les mots entrecoupés, les silences, les derniers reflets du jour sur un tableau de sang, l'espoir, et ces yeux qui interrogent craignant de comprendre?.. L'imagination ne peut qu'indiquer les sommités, les à-peu-près, à d'autres imaginations qui s'identifient aux scènes et les complètent.

Que devint Résignée, quand la voiture entra dans ces allées solitaires où elle allait chercher son frère expirant, mort, peut-être?... Salvador l'avait devancée, afin de prévenir l'effet d'une reconnaissance trop soudaine, il avait voulu préparer son ami à voir sa sœur et lui expliquer comment il l'avait rencontrée à son retour de la campagne. Elle attendait, elle en proie à des anxiétés horribles, elle attendait! Enfin le duc revint au galop.

— Eh bien, lui cria-t-elle!

— Il est préparé à vous voir, venez, mademoiselle et soyez calme.

Elle se penchait à la portière, éplorée, regardant au loin les objets, les troncs d'arbre,
aux lueurs à demi éteintes du crépuscule, qui
s'effaçait derrière Saint-Cloud et le mont Valé-
rien. Les roues lui semblaient se tacher de
sang.... En vain Salvador l'engageait-il tendrement à s'asseoir; elle restait là inclinée.... Elle
passa près d'un cadavre que la voiture faillit
écraser, car le cocher pleurait sur son siége, et
les larmes vacillaient comme un voile sur ses
yeux... Elle ne pleurait pas, elle, oppressée,
ébranlée dans tout son être.

La calèche s'arrête; elle en descend, elle
s'agenouille. — Ah! c'est toi, ma sœur ?.... Tu
reviens d'Estanceley ?....

— Silence! dit Jernier; silence!... Parler vous
serait funeste!....

—Oui, tais-toi, mon bon frère !.... Monsieur
le duc m'a dit que ta blessure est sans danger....
N'est-ce pas, docteur; n'est-ce pas?

— Oui, répond-il; oui. — Mais il se détourne, et donne des ordres; Savaldor soulève doucement le blessé. On le place dans la voiture ; sa tête repose sur le sein de Résignée. Jernier s'assied vis-à-vis d'eux, attentif aux plus légers mouvemens, et disant sans cesse au cocher :

— Plus lentement! au pas, au pas!

Mollement suspendue, la calèche semblait glisser, tant le cocher se montrait habile à éviter tous les accidens du terrain; Salvador se tenait à cheval auprès de la portière, et quelques gouttes de sang coulaient sur sa joue.

—L'admirable jeune homme ! — dit tout bas le docteur à Résignée, en lui montrant le duc.

— Ma sœur, dit le blessé, ne l'oublie jamais; je lui dois ce qui me reste de vie.

— Je ne l'oublierai jamais, s'écria-t-elle. — L'infortunée ne comprenait pas toute la pensée de son frère.

FIN DU TOME PREMIER.